장편연작소설

멀리 멀리 갔었네

이동희

풀길

멀리 멀리 갔었네

이동희

차 례

천국에 대한 명상

너무 오래 붙들고 있었다.

이 상황에서 빨리 벗어나고 싶다.

그동안 강산이 몇 번 변하였고 인생관이라고 할까 세계관도 많이 바뀌었다. 사람이 글을 쓰는 대신 인공지능으로 쓰는 시대가 되었다.

한때 10년마다 삶을 바꾸자고 마음을 먹었었다. 그리고 그렇게 실천에 옮긴다고 하였다. 다른 것은 다 그렇게 하였는데 직은 바꾸지 못하고 정년을 할 때까지 붙어있었다. 60인가 지나고부터는 5년마다 바꾼다고 선언을 하였고 또 얼마 뒤부터는 1년마다 바꾼다고 하였지만 그렇게 되지도 않은 것 같다.

산다는 것은 부단히 새 꿈을 도전하는 일인데 이 이야기를 붙들고 있는 그 오랜 동안 정해진 틀을 조금도 벗어나지 못하고 바꾸지도 못하였던 것이다. 처음 시작할 때 생각 그대로였다. 그냥 변하지 않은 것이 아니라 그동안 많은 시도를 하고 몸부림을 쳤지만 달라진 것이 없다는 것이라고 할 수도 있다. 제자리걸음을 한 것이 아니라 많이 무수히 뒤변동을 쳤지만 그 자리에 그냥 있는 것이다.

실제 이야기를 쓴 것이라고 할 수 있다. 소설 앞에 그런 수식어를 붙여보았자이지만 적어도 여기서 핵심이 되는 신이라고 할까 하느님에 대한 이야기만은 사실 그대로인 것이다. 어느 안전이라고 딴 소리를 할 수가 있겠는가. 하늘에 아니 하느님께 맹세코 솔직하게 쓴 것이었다.

김학진 목사가 창간한 선교잡지에 연재를 하기 시작하여 여기저기 문예지 등에 연작으로 발표를 하였는데 얼마나 읽어들 보았는지 모르겠으나 그저 신앙고백 정도로 이해하고 있는 것 같다. 그런데 지난 번 '멀리 멀리 갔었네 9'로 발표된 「역려」에 대하여 그동안 여러 가지로 이 얘기에 참여하고 있는 한 분은 노골적인 내용에 대하여 마구 성토를 하였고 그 작품에 대하여 평론을 쓴 한 분은 아우구스티누스의 참회록 구절로 메시지를 전하고 있다.

작품이란 발표하고 나면 독자의 것으로 어떻게 받아들여지든 작자가 나설 일이 아니다. 뭐가 됐든 그것이 증폭되고 극에 달할수록 멀리 멀리 방황하는 이야기는 효과가 비례하게 되는 것이지만 빨리 결론을 내려 작의가 근접되기를 기대하며 서둘러 종장을 쓰기에 이르렀다. 아직 더 써야 하고 다듬어야 하는데 우선 책으로 내어 여러 독자에게 다시 묻고자 한다.

하고 싶은 이야기는 하느님, 신이래도 좋고 어떤 지존의 누구라고 해도 좋은데 좌우간 그 존재가 인정되어지지가 않는다는 것이었다. 절대적이고 불가능이 없는 그 무소불위의 존재가 느껴지지 않는다는 것은 말 그대로 믿지 않는다는 것인데 결국 믿어지지 않기 때문인 것이다. 그것이 무슨 자랑이라고 이렇게 속을 다 뒤집어 보이고 있는 것이 문제인지 모른다. 가만히 있으면 표가 안 나고 중간은 가는데 솔직하게 아니 정직하게 말하고 싶은 성격 탓이다.

그 절대적인 존재가 믿어지지 않기 때문에 신격으로가 아니고 인격으로 대하였다. 많은 사람들 가령 10%라고 할 때 20% 30%라고 해도 좋고 그 나머지 90%든 70%를 대변하여 아니 대신하여 물어본 것이다. 왜 그런 시키지 않은 일을 하였느냐 누가 그런 권한을 주었느냐 하면 또 할 말이 없다. 그저 궁금한 것을 참지 못하고 물어보고 싶었다. 격의 없이.

당신은 지금 뭘 하고 있느냐, 왜 그냥 그렇게 죽치고 있느냐, 왜 온다고 하고 오지 않느냐, 정말 오긴 올 거냐, 와서 무얼 심판을 하고 죽은 자 가운데서 당신을 믿는 자는 살리고 당신을 믿지 않는 자는 밟고 지나갈 것이냐……

좌우간 언제 와서 심판을 할 것인가, 오직 기준은 당신을 믿느냐 믿지 않느냐 그것뿐인가, 그리고 줄잡아서 그 숫자가 반반 정도 된다고 하고 켜켜이 묻혀 있는 죽은 자들을 다 일으켜 세웠을 때 정말 말 그대로 입추의 여지가 없이 죽은 사람을 살려 세워놓을 수 있는 공간이 허용된다고 보는가, 콩나물시루처럼 사람이 꽉 들어차 고개를 움직이기도 힘들다고 하면, 아니 그보다 훨씬 넓은 공간이 주어진다고 하더라도 거기가 천국이 되는 것인가.

그 장면을 연출해 보기도 하였다. 홍길동처럼 구름을 타고 내려와서 생사여탈권을 가지고 심판하는 모습 등 본문의 얘길이 서문에서 다 할 수는 없다. 좌우간 그런 이야기를 썼다. 이야기하고 싶을 땐 쓰고 잊어버리기도 하고 그렇게 30년 쓴 것이다. 그러고 보니 심판을 받을 때가 되었다. 겁 없이 쏟아 놓은 얘기들을 다 주워 담을 수는 없고 그것을 정당화시키는 행동은 하지 못하고 있다. 결론이 내려지지 않아 얘기를 마치지 않고 있었는데 생을 마감하기 전에 어설픈 대로 끝내어야 하겠다.

앞으로 어떤 방법으로든 계속 추가해 갈 것이다. 그것이 삶의 내용이고 죽음은 삶의 연속이라고 생각하기 때문이다. 분명한 것은 쓰면 있는 것이고 안 쓰면 없는 것이다. 그것이 문학의 의미이고 삶의 존재 이유인 것이다. 신에 대한 그리고 천국에 대한 명상이래도 좋고 이 이야기는 말하자면 그런 것이다.

여러 군데 이니셜을 사용하였다. 어색한 대로 ㄱ이다 ㄴ이다 하고, ㅎ까지 썼다. 실명으로 쓸 수 없어 조금씩 찍어다 붙여 본 것인데 모아 놓고 보니 중복이 되어 고친 것도 있고 그냥 둔 것도 있다. 이리 저리 연결은 해보지 말았으면 좋겠다.

제일 뒤에 앉힌 작품은 조금 다른 이야기이나 같은 테마이다. 따로 수록하기도 하였었지만 이 이야기의 결론에 합류시켜야 할 연작이다. 다른 것도 그렇지만 이 작품 안의 내용 숫자 등은 발표 당시의 것임을 밝힌다.

십자가에 못 박혀 죽으시다는 말은 우리 어법에 맞지 않는다. 의식도 우리 예절에 맞지 않는 것이 많이 있다. 작품 내용에도 썼지만 세계 인류 속에서 우리의 정체성을 잃지 말아야 할 것이다. 가까운 사이인 변이주 목사는 우리 어법에 맞게 복음서 수정작업을 하고 있는데 가끔 하던 대로 교정을 부탁하며 발문도 써 달라고 하였다. 변 목사는 여러 날 뒤에 둘 다 응낙을 하였다. 정말 고마운 것은 가차 없이 이 이야기의 문제를 지적하여 준 것이다. 일자 일획 손을 댈 수가 없었다.

세찬 눈바람 속에 꽃이 피고 열매가 어느 해보다 많이 열리었다. 무성한 뜰 안 매화나무의 잎이 다 떨어지고 다시 눈에 덮인다.

아침부터 뻐꾸기 산비둘기가 울어대며 소재를 알리고 저녁엔 소쩍새 울음소리 귀뚜라미 노랫소리가 밤을 지새더니 춥고 적막한 시간이 이어진다. 하루하루 정말 시간이 너무도 빨리 간다.

2018년 12월 1일
귀경재歸耕齋에서
저자

신과의 약속
─서장

　어느 약속보다도 중요하고 꼭 지켜야 될 것이 혼인에 대한 약속일 것이다. 당신과 결혼을 약속한다. 그리고 그것을 평생토록 지킨다. 그런 것이 약혼일 것이다.

　그런 약혼을 가볍게 할 수 있는가. 혼인을 빙자하여 이것저것 갈취하려는 사람들이야 참 사람이라고 할 수도 없는 것이고 아무리 성실하게 잘 지키려고 해도 마음먹은 대로 잘 안 되는 일이 얼마든지 있다. 그러나 우선 당장에 확고한 자신이 없는 것을 지키겠다고 말할 수는 없는 것이다.

　"그래요? 어째 그럴까요?"

　그가 교회에 나가겠다는 약속을 당장 할 수 없다고 하자 그렇게 묻는 것이었다. 실망어린 어조였다.

　약혼 아니 결혼의 몇 가지 조건 중에서 제일 첫째가 교회를 다녔으면 좋겠다는 것이었다. 그것을 본인도 아니고 장모 될 분이 깐깐하게 따지었다.

　장로의 딸이고 선배인 그 교회 목사가 중매를 서는 혼담이었다. 장로의 사위가 될 사람이 교회를 다니지 않아서는 안 되지 않느냐 하는 것이었다. 그래야 말이 되었다. 그럼에도 불구하고 그는 그 대답을 얼른 할 수가 없었다. 결혼에 대한 약속도 어렵지만 더 어려운 것이 신神과의 약속이다. 아무리 좋은 조건—가령 말이다—이라고 해도 그런 약속을 함부로 할 수가 있는가.

"글쎄 제가 지키지 못할 약속을 할 수는 없고 앞으로 교회에 나가봐서 좋으면 나가겠다 그 말입니다."

그는 참으로 냉담하였다. 그러나 일부러 그런 배를 퉁기는 자세를 취한 것은 아니고 그저 정직하게 사실을 그대로 말할 뿐이었다.

"그러면 나가보고 싫으면 안 나가겠다 이 말인가요?"

장모 될 분 김 집사도 계속 냉정하게 물었다. 그것이 제일 중요한 조건이었기 때문이다.

"그거야 그럴 수밖에 없지 않습니까? 억지로 신앙을 가질 수가 있겠습니까? 그렇게 되는 것도 아니지 않습니까?"

그렇게 또 말하자 김 집사는 더욱 실망한 표정을 감추지 못한다. 목사가 소개한 사람이 어째 그렇단 말인가, 그런 표정이 역력했다. 다른 것이 또 월등히 뛰어나고 특출한 데가 있으면 모르겠는데 인물도 꾀죄죄하지, 가난하지, 직장 하나 있다는 건데 그것도 사립학교 교사이다. 그런데 또 무엇을 쓴다고 했다. 아니 쓰겠다고 했다. 그것이 오히려 불안하게 생각되는 것이었다. 그런 김 권사에게, 그것은 비단 그녀뿐 아니라 다른 사람들이 그렇게 생각하고 있는지도 모르고 또 창호지로 바른 문을 사이한 건넌방에서의 대화가 다 육성으로 중계가 되고 있는 터에, 어떻게 허튼 이야기를 할 수가 있으며 더구나 환심을 사는 값싼 수작을 할 수가 있는가. 그럴 수가 없었다.

좌우간 일당백까지는 안 되고 그 혼자 몇 사람의 공세에 맞서야 하는 데 대한 꿀림이나 쫓김은 없었다. 그는 차분히 마음을 가라앉혀 이야기를 하는 대로 다 듣고 또 표정을 다 살펴서 또박또박 쉽게 답변을 하였다. 어디서 그런 여유가 생기는 것이었을까. 하나도 조급하지가 않았고 두렵지가 않았다. 어쩌면 그것은 이 혼담의 절대성을 느끼지 않았기 때문인지도 몰랐다. 꼭 이 혼담이 이루어지지 않으면 안 된다는 강박관념이 그에게는 없었던 것이다. 그것은 뭐 이 집의 둘째딸 호선에게 끌리는 매력이 적다든가 결혼 당사자의 문제가 아니고 결혼 그 자체가 그렇게 절실하게 느껴지지가 않은 것이었다. 그것도 또 그렇다. 사람이 마음에 쏙 들면 다른 여러 가지 조건들이야 뭐 봄눈 녹듯이 다 녹아 잦아지는 것이 아니냐고. 그럴 수도 있을 것이다. 그러나 그녀에게 그렇게 사람을 잡아끄는 마력은 느껴지지 않았고 읍내 다방에서 두 시간이나 얼굴을 마주 보고 이야기를 나누었지만 조그만치도 허점을 보이지 않으려는 조심성만이 떠오르는 여인이었다. 어떤 용모를 가지고 얘기하는 것이 아니고 전체적인 느낌이 그랬다. 순박하고 건강한 이 시골 농촌 여성에 대한 매력을 따지기에 앞서 그에게는 몇 가지 조건이 있었던 것이다. 그의 제1조건은 부모를 모셔야 한다는 것이었다. 맏이도 아니고 지차인데 그것도 성격이 꽤 까다로운 시어머니를 모셔야 된다는 조건을 미리 제시하였던 것이다. 그러자면 자연 시골 출신으로 건강하고 순박하고 가급적 덜 똑똑할 필요가 있다고 생각하는 그였다. 그런 면에서 그녀는 오히려 넘치었다. 그러나 또 그런 당사자가 문제가 아니었다. 그에게는 아직 뭔가 이루지 못한 꿈으로 하여 결혼이다 살림이다 하는 것은 거리가 느껴졌던 것인데 그 꿈을 이루기 위해서 이런 직장 여성─그녀도 교사였다ー을 만나는 것이 좋겠다고 김 목사가 천거한 것이다. 그리고 한 번 보기만이라도 하라는 것이었다. 마음에 안 들면 그만두면 되지 않느냐고, 그런데 마음에 쏙 들 거라고. 그는 선배인 김 목사의 면을 봐서라도 그냥 한 번 보고 마음에 든다 안 든다 할 수가 없었다. 그래서 이런 어색한 대좌까지 하게 된 것이다. 알고 보니 김 목사는 그가 교회를 나갈 것이라고 얘기하였다는 것이고 나가고 있다고 얘기했다기도 하고 거기서부터 혼담이 출발되었던 것이다.

"그동안 교회를 좀 나가보니까 좋은 것 같애요. 전에도 더러 나갔지만 요즘 다시 나가봤는데 여러 가지로 느낀 것이 많습니다."

그는 그렇게 솔직하게 고백을 하였다. 그러자 김 집사의 표정이 다소 밝아지고 다시 그에게 다그쳐 물으려는 자세여서 계속해서 말하였다.

"그러나 아직 마음의 결정을 내리지는 못하겠고 좀 더 나가봐야 되겠습니다. 낚시를 하고 등산을 하며 술을 마시고 취해 돌아오는 것에 비하여 좋을 것도 같애요."

"술을 많이 하세요?"

김 집사는 그것이 또 제일 걸리는 모양이다.

"예, 많이 했지요."

"술이 그렇게 좋아요?"

"좋지 않은 것을 먹을 리가 있습니까? 그리고 뭐 성경에도 술 마시지 말라는 말은 없는 것 같던데요."

점점 한다는 말이 어깃장을 놓기만 하였다. 그런데 그것도 정말 일부러 그러는 것이 아니고 사실대로 솔직하게 말하는 것이었다. 그에게 병이 있다면 너무 솔직한 것이었다.

"그렇게 성경을 자세히 읽어보셨어요?"

"읽어는 봤어요."

"그런데 믿고 싶은 생각이 안 드시던가요?"

또 그렇게 얘기를 끌고 가려 한다.

"안 든다기보다 아직 때가 안 된 모양이지요."

아무래도 마음에 차지 않는 대답이다. 그래도 조금이라도 미쁜 구석을 보여 주지 않고 겉으로만 빙빙 도는 듯한 대화에 김 집사는 맥이 빠지고 만다.

그러나 그로서는 중요한 한 가지 얘기를 더하여야 했다. 그냥 넘어가면 나중에 딴소리를 한다고 할지도 모를 일이다. 적어도 그는 믿음은 없더라도 교회에 나가지는 않더라도 신의만은 저버리고 싶지 않았던 것이다.

"그런데 저에게는 믿느냐 안 믿느냐 교회를 나가느냐 안 나가느냐 하는 것이 문제가 아니라 하나의 교를 믿어야 하는가 하는 것이 문제입니다."

"아니, 그건 또 무슨 얘기지요?"

못 알아들어서가 아니라 얘기가 아주 엉뚱하게 되어 버린 것이다. 너무도 어처구니가 없는 김 집사였지만 얘기를 이렇게 끝낼 수는 없었으므로 그의 이야기를 들어 주었다.

그는 어느 한쪽 종교를 믿을 수가 없다는 것이었다. 문학을 연구하고 작품을 쓰겠다는 사람이 어느 하나의 교리만 신봉을 한다면 다른 수없는 종교에 대해서 무시해버려야 되는데 그렇게 편파적이고 편협하여서는 안 되고 타종교에 대해서는 다 부정을 한다든지 매도를 한다든지 하는 자세로는 안 된다고 하였다. 그렇게 해 가지고는 하나의 종교를 위한 작품밖에는 쓸 수가 없지 않겠느냐는 것이었다.

이 이야기는 당사자에게도 하였다. 그녀는 얼른 그 말을 반박하지 못하였다. 문학이 그런 거냐고 반문하기만 했다. 그러나 어머니는 그런 반문도 할 지식이 없었다. 다만 그렇게 마음에 안 들 수가 없었고 더 얘기를 하고 싶지 않았다. 김 목사가 원망스럽기만 하였다.

"이것 좀 들어보세요."

김 집사는 앞에 내놓은 자두와 계란을 들라고 권하였다. 이야기는 더할 것이 없을 것 같고 대접이나 해서 보내려는 것이다. 실은 계속 물어대어 무엇을 먹을 수가 없기도 했다.

그는 또 그 말만이라도 들어주어야겠다는 듯이 자두를 한 개 집어서 깨물어 먹었다. 그러고 나서 다시 날계란을 구멍을 뚫어 두 개를 거푸 마시었다.

"그런 생각을 가지고 있는 제가 교회에 나가서 제대로 믿을 수가 있을까, 그것이 걱정입니다."

그는 이번에는 먼저 얘기를 꺼내어 마무리를 지으려고 했다.

"그렇겠네요."

김 집사도 고개까지 끄덕이며 그런 의견에 동의를 하였다. 이야기는 완전히 담 넘어간 것이라고 생각하면서. 오히려 그렇게 말하는 것이 속이 편하고 손님ㅡ참 보통 손님인가ㅡ대접이 될 것 같았다.

그런데 그는 거기서 튕겨져 나간 고리를 하나 붙들 듯이 말하였다.

"그러나 결론을 내린 것이 아닙니다. 노력하는 데까지 해 보겠습니다. 조금 더 나가보고 결정하겠습니다."

참으로 정중하고 신중하고, 마음에 들진 않지만 나무랄 데가 없는 대답이었다.

그런 희망, 절대로 허튼소리 흰소리는 하지 않겠다는 솔직함의 고리는 결국 걸리게 되었다. 어머니가 마음에 안 들어하고 또 다른 누가 반대를 하였는지 모르지만 장본인이 결혼을 하겠다고 나서 약혼 날짜를 받아 보낸 것이다. 그것도 여름방학에 들어서는 첫 토요일로 날을 잡은 것이다.

거기에는 물론 두 사람의 만남이 몇 번 있었고 그가 제시하는 조건도 수용하겠다는 의사가 있음으로 내려진 결론이었다. 그렇게 해서 하나의 혼약은 이루어지고 또 결혼을 하고 아들 딸 낳고 집도 장만하고 하는 생활로 이어졌다. 하지만 그 믿음의 문제는 오랫동안 엉거주춤한 상태로 있었다.

두 사람의 손을 성경책 위에 올려놓고 김 목사는 기도를 하였다. 죽음이 두 사람을 갈라놓을 때까지 서로 믿고 사랑하는 부부가 되게 하여 달라고. 복의 근원 강림하사…… 사랑의 찬미가 이어졌다.

먹구름 속의 장맛비가 이날 약혼식 날을 기하여 말끔히 걷히고 긴 여름방학의 첫날에 베풀어진 축제는 참으로 푸근하였다. 양쪽의 가까운 친인척 친지 친우의 대표들이 다 한자리에 모이고 마을 교인 대표라고 할까 권사 집사들이 다 참석을 하였다. 목사가 중매인이고 장로가 혼주였으니 말할 것이 있는가. 시골 교회의 하나밖에 없는 장로였다.

식이 말하자면 교회식인 셈이어서 일요일은 피하였으며 음식도 여러 가지 다 갖추었지만 술은 빼놓았다. 그러나 그는 축하를 받기에 바쁘고 분위기에 취하였다. 처형이다 처제다 처남이다 동서다 이질이다 그리고 동네 사람들이나 교인들과의 수인사에 정신을 차릴 수가 없었다.

"얘들아, 이모부 될 분이시다. 절해라."

김 집사가 큰딸 아이들을 한꺼번에 절을 시키자 빼액 울음을 터뜨렸는데 아이들뿐 아니라 그도 갑자기 이모부라는 호칭이 얼떨떨하여 촌수(?)가 따져지지 않았다. 그의 이모 이모부를 떠올려보았지만 소용이 없었다. 매형, 형부는 알겠는데 또왜 그렇게 처제들이 많았는지 마치 이상한 환상의 꽃밭에 불시착을 한 것 같았다.

교인들은 또 곤란한 질문을 던져대는 것이었다.

"어느 교회에 나가시지유?"

"직분을 뭘 맡고 계시는가유?"

"아, 예, 아니요."

"무슨 대답이 그래유?"

그러나 그런 대답이 문제 될 것은 없었다. 그의 틀린 답도다 맞게 생각하는 시골 마을 사람들, 또 장로님댁 사윗감이라고 하는 대단히 선택된 사람, 그것도 목사가 다리를 놓은 자리에 대하여 그저 달아보고 싶을 뿐 그 이상 이러쿵저러쿵 찧고까불지는 않았다.

"그냥 어느 교회에 나간다고 하시면 될 걸 뭘 그렇게 쩔쩔매셨어요?"

이렇게 넌지시 압력을 넣는 듯한 약혼녀의 마음씀이 또 문제 될 것도 없었다. 그저 뜨악하여 해본 말에 불과한 것이었으니까.

"거짓말을 하고 싶지는 않았어요."

그것이 또 솔직한 그의 심정이었던 것이다. 어쩌면 그의 그런 솔직함, 거짓을 싫어하는 진실함이 신앙 또는 믿음을 대신하였는지도 모른다. 그 뒤, 얼마 뒤까지도 말이다.

약혼을 하고 그 다음 주던가, 대천 해수욕장을 가자고 하여 같이 갔었다. 처음에는 교회의 목사 장로 그리고 몇 제직들과 하계 휴양회에 간 것이다. 거기서 매일 한 차례씩 설교를 듣는 것이었는데 그 일정의 중간에 당도한 그는 본능적으로 발이 멈칫하여 안으로 들어가지 않고 밖에서 서성거렸다.

"안으로 들어가시지요."

그녀는 같이 들어가자고 하는 것이었다.

"글쎄, 뭐 여기 있고 싶으네요."

그가 웃으면서 사양하였다.

"그래도 이왕 이까지 오셨으니 들어가셔서 애길 들어보시지요."

그녀도 웃으면서 다시 권하였다.

"여기서도 다 들리네요 뭐. 전 여기 있겠어요. 어서 들어가시지요."

억지로 잡아끌었으면 못 이기는 척하고—물론 그것을 원한 것은 아니지만—따라 들어갔을지도 모른다. 그러나 그녀는 입가에 웃음을 담아가지고 몇 번 권하다가 손목을 잡아끌지는 못하고 들어가는 것이다. 그녀만이라도 구원을 받겠다는 것이라기보다 자신만이라도 아버지의 품에 있고 싶어서였는지 모른다. 그녀만이라도 신실한 딸이 되고 싶었는지 모른다. 불신자에게 끌려다니지 않고 말이다.

천막 안에 설치한 임시교회에서의 설교는 밖에서도 다 들리었다.

전쟁터에 남편을 보낸 여인이 힘겹게 살고 있었다. 온갖 고초를 나약한 여자의 몸으로 다 겪으며 식생활을 해결하고 자녀 뒷바라지를 하면서도 그녀는 힘들지가 않았다. 언젠가는 돌아올 남편에 대한 기대와 희망과 믿음은 그녀에게 힘을 주었으며 고통을 즐거움으로 바꿀 수가 있었다. 그러나 어느 날 그녀에게 남편의 전사 통지서가 나라온다. 슬픔에 싸인 여인은 힘을 잃고 모든 희망과 기대를 저버린 절망 상태가 되어 고통 속을 헤매었다. 믿음을 잃었을 때 꿈도 잃게 되었다.

이런 6. 25때 전쟁미망인의 예화를 통해 신이란 무엇인가 믿음이란 무엇인가 하는 것을 얘기하고 있었다. 이 여인에게 남편은 믿음이요 신이었다. 남편이 돌아올 것을 기대하고 믿고 있을 때 여인에게는 신이 있었다. 그러나 남편이 죽었다는 통지 이후 여인은 절망상태가 되었고 신이 죽었다. 신이 있을 때 힘과 용기와 기대와 희망이 있었지만 신이 죽었을 때 고통만이 남았다.

신이란 무엇인가, 믿음이란 무엇인가에 대한 얘기였다.

그는 해질녘의 해변으로 터덜터덜 걸어 나갔다. 유난히 붉은 태양이 서편하늘에 크게 걸려 있었다. 신이란 존재, 믿음의 문제가 그에게는 그렇게 심각하지도 않았고 절박하지도 않았다. 그리고 저 아름다운 태양, 저 낭만적인 바다, 인어와 같은 미끈미끈한 여체들, 무도회처럼 하늘을 나는 갈매기 떼들이 다 신의 창조물이란 생각을 하고 있지는 않았다. 그저 그냥 아름다웠고 너무나 할 일이 많았다.

붉은 저녁노을에 젖어 젊음의 교향악과 같은 해변을 터덜터덜 걷고 있는데 아는 얼굴이 나타난다.

"마치 길 잃은 한 마리 양 같애요."

참으로 반가운 얼굴이다.

"그렇게 애처로워 보이세요?"

"뭐 그렇다기보다 호호호호……."

그녀는 웃음으로 하고 싶은 말을 감싸서 모래사장에 묻어

버린다.

"물 위에 기름처럼 떠돈다 그 말인가요?"

그냥 그렇게 지나가도 될 일이지만 그는 동정을 받는 것 같은 느낌이 들어 짓궂게 물어 보았다.

"네 맞아요. 호호호호……."

그녀의 웃음은 말하자면 이쪽이나 그쪽을 보호하기 위한 것이었다.

"하하하하……."

맞받아서 크게 웃어버리며 말하였다.

"그건 피차 마찬가지입니다."

"네? 어째서요?"

"한 번 보세요. 우리만 이렇게 정장을 하고 무슨 교향악단의 지휘자 같지 않아요?"

그가 비키니 해수욕복 차림의 젊음과 자연에 도취되어 술렁이며 어우러지는 해수욕 인파들을 돌아보며 말하였다.

"네? 정말 그렇군요! 마치 두 마리의 펭귄이 서 있는 것 같군요."

"하하하하…… 그렇잖아요? 하하하하……."

그는 와락 끌어안았다.

그녀는 부끄러워 빠져나가는 대신 팔짱을 끼었다.

그렇게 엉뚱하게 끌고 가 버렸다. 신이다 믿음이다 하는 회의와 물음과 대답에 앞서 젊음이 앞섰고 아직은 인생이 즐겁기만 했다. 삶과 죽음은 무한한 사고 또는 연구의 대상일 뿐이었다. 아니 삶, 인생을 바라보는 것이 아니라 그 속에 들어 있었던 것이다.

언젠가부터 그는 계속 밖에서 헤매고 있는 것이다. 잃어버린

양이라고 할지 아직 돌아오지 않은 탕자라고 할지······.

그날 그는 그 하계 휴양 교회 천막에서 약혼녀만을 빼어 내어 장항선을 더 타고 내려갔다. 판교에서 내려 부여 친구의 집으로 갔고 거기서 친구는 밤새도록 술을 낼 준비를 하였다. 그러나 거기서도 빠져 나와 백마강가의 조그만 여인숙으로 갔다. 그의 세속적 욕망에서일까, 어쩌면 그것은 출발할 때부터 의도된 것이었는지 모르지만, 그의 고집대로 이리저리 일정을 굴리었다.

"나, 이 선생의 인격만 믿겠어."

대천을 떠날 때 김 목사는 장인 될 분을 앞에 놓고 말하는 것이었다.

"어딜 가려고 그래. 뒷방을 깨끗이 치워놨으니께 여기서 자. 술을 밤새도록 먹자고는 안 할게. 원 사람도 참! 왜 그러나 모르겠네!"

친구는 또 그들을 붙들다 못해 원망을 하는 것이었지만 그의 생각을 바꿀 수는 없었다.

아는 사람 가까운 사람의 시선이 없는 곳으로 가고 싶었던 것이다. 그러나 그의 의뭉스런 욕망은 너무나 의지가 굳고 강한 그녀가 문을 열어 주지 않아 이루어지지 않았다. 어쩌면 그것은 신앙심 때문인지도 몰랐다. 그러나 이튿날 낙화암 백화정과 조룡대 구경을 즐겁게 하였다. 그 수없이 물속으로 떨어지던 꽃의 의미 또는 백마를 미끼로 용을 낚는 의미를 그들 아직 일천한 인연인 대로 사랑과 삶의 의미로 되새겨 보면서.

결혼을 그 해 11월 춥기 전에 하게 되었다. 그는 교회에서 혼례를 치르는 것을 반대하여-반대라기보다 좌우간 달리 하기를 원하여-토요일 시내 예식장에서 하고 그 대신 주례를 어느 교회 장로인 그의 학교 교장을 세우기로 하였다. 절충식이었다. 주례는 성실하고 항상 감사하는 생활, 믿는 생활을 하라고 또 절충식 주례사를 하였다.

그런 이후 신혼여행 중에도 교회에 같이 나갔으며 언제나 일요일이면 특별한 볼 일이 없으면 아내와 함께 교회에 나갔다. 한 팔엔 성경 찬송가를 끼고 한 팔은 아내가 팔짱을 끼고. 또 그뿐만 아니라 그 뒤 태어난 아이들도 다 유아 세례를 받았으며 어머니까지 교회에 같이 나가게 되었다. 그 뒷날 얘기지만 아이들은 또 자라서 초등반 중등반 반장도 하고 찬양대에서 찬양을 하기도 하고 피아노 반주를 하기도 하고 지휘도 하고 교사도 하였다.

문제는 그였다. 그가 처음엔 열심히 교회를 나갔었지만 차츰차츰 빠지기 시작했고 또 빠지지 않더라도 교회에 나가 앉기만 하면 졸리었다. 수업시간에 조는 학생의 심정을 강습을 받을 때 졸면서 이해할 때가 있었는데 좌우간 꾸벅꾸벅 졸기만 하는 그를 옆에서 아내가 자꾸 꼬집어대는 것도 한도가 있는 것이었다. 한두 해도 아니고 10년 20년도 아니고 말이다.

결혼 초부터 아니 결혼과 동시에 교회는 열심히 다녔다. 열심히라기보다 자주 많이 다녔다.

처음 약속은 그런 것이 아니었다. 아내나 또 장모와는 나가 봐서 좋으면 다니겠다고 하였다. 나가 봐서 좋지 않으면 안 다니겠다는 얘기도 되지만 어디까지나 긍정적으로 얘기한 것이고 또 받아들인 것이었다. 그러나 나가 본다는 것은 한두 번만 나가 봐가지고 되는 것이 아니었다. 어떤 분위기를 이해하려 하는 것인데 겉으로만 봐서 파악되는 것도 아닐 것이다. 그러자니 자연히 어떤 기한도 없이 나가게 된 것이다.

좀 더 솔직히 말하자면 어느 사이 아내와의 사랑이라고 할까 믿음이 형성되어 그녀가 간절히 원하고 있는 부분에 대하여 소중히 생각하고 싶었던 것이고 그것을 추구하고 싶었던 것이다. 아니 그것도 솔직한 것이 아니고—정말 왜 이렇게 우회를 하고 있을까—아내에게 묶이고 끌려가고 있었던 것이다. 그녀의 생각 여하에 따라 기분 여하에 따라 집안 가정의 기상도가 정해지는 터이어서 지레 알아서 처신하지 않으면 안 되었던 것이다.

좌우간 일요일 날 특별한 일이 없는 한 아내와 같이 교회를 가서 예배를 보았다. 물론 부득이한 일이 있을 때는 그 일을 보았다. 그것마저도 어느 것이 중요하냐, 무엇이 중요한 것이냐를 따지기도 하였다. 세상의 일보다 세속적인 일보다 영원한 세계로의 구원이 중요하지 않느냐고 말이다. 그러나 그는 아직 그런 식의 얘기에는 공감을 하지 못하고 있었던 것이다.

"아직 시간이 많은데, 뭐 그렇게 서둘 게 없잖아?"

그는 웃으면서 가볍게 그런 얘기를 물리친다.

"시간이 그렇게 많은 게 아니에요."

아내는 또 그렇게 근엄하게 나왔다. 아내뿐 아니라 믿음이 돈독한 모든 사람들이 그렇게 얘기하였고 그런 태도의 그를 그 믿음이 약한 것을 아쉽게 생각하고 동정 어린 시선으로 바라보는 것이었다. 그는 또 그런 시선을 그렇게 따갑게 느끼지는 않았다. 한마디로 그런 말에 대하여 별로 실감을 느끼지 않고 있었다. 아직 살날이 많은데 죽음에 대한 대비는 안 해도 된다는 얘기가 아니라, 그리고 죽음에 대한 두려움이나 내세에 대한 준비 같은 것을 절실하게 느끼지 않았다기보다도 아직은, 아직은 그런 생각에 얽매이기보다는 현실에 충실하고 싶었다. 너무나 현실에 바쁘게 뛰어다니고 있기 때문이었는지도 모른다. 어떻든 그가 교회를 잘 안 나갔다는 얘기가 아니라 거의 일요일마다 나갔다는 얘기를 하고 있는 것이다.

결혼 초에는 서로 떨어져 있었다. 한 주일은 그가 내려 가고 한 주일은 그녀가 올라왔다. 직을 옮길 수가 없어서였다. 직을 그만 둘 수는 더구나 없었고 조만간 서로 한 지역에서─아내가 올라오는 것이지만─근무하게 되기를 기대하고 그런 노력도 하고 있었던 것이다. 그것이 2, 3년 계속되었는데 기차를 타고 내려가고 또 기차로 올라오고 마중을 나가고 배웅을 나가고 일주일 동안을 기다리고 편지를 쓰고, 그렇게 그리움이 쌓이었고 만남의 주말을 위해 일주일을 사는 듯 했다. 1주일 만에 만난 부부는 아무런 이견 이의가 있을 수 없었다. 어느 쪽에서든 원하는 대로 응하였고 요구하는 대로 끌리어 갔다.

아내가 교회에 나가는 동안 그는 드러누워 잘 수도 있었고, 일보따리를 싸가지고 다니는 그인지라 일을 펴놓고 할 수도 있었다. 사실 기차간에서도 자리만 잡는다면 내릴 때까지 줄곧 책을 보거나 글을 써 대었다.

하지만 일주일 만에 만난 처지에 떨어져 있고 싶지가 않았다. 그것이 그가 내려갈 때의 경우는 더욱 그랬다.

아내는 학교 근처에 방을 얻고 살았는데 그 동네의 교회에 나갈 때도 그랬고 또 얼마 떨어지지 않은 처가 마을의 교회에 나갈 때도 그랬고 나란히 교회에 나갔다. 요는 철저한 들러리가 되어 주어야 했다.

아내는 그것을 강요하지는 않았다. 또 그도 그런 강요에 끌려갈 생각도 없었다. 그러나 화장을 부지런히 한 다음 옷을 차려 입고 성경책을 옆에 끼고 그에게 다만 이렇게 물어보는 것이었다.

"안 가실래요?"

그녀의 자세는 아니라는 대답만 나오면 얼른 문을 열고 혼자 갔다 오겠다고 할 것 같았다.

"안 가면 안 될까?"

그는 내심과는 달리 한 박자를 더 두었다.

"좋으실 대로 하세요."

아내는 또 급하지가 않았다. 단수가 높았다고 할까. 언제나 그보다는 머리 회전이 빨랐다.

아내는 다시 혼자 나갈 기세였다.

"아니 날 잡아 끌어야지. 그렇게 해 가지고 되겠어."

그는 또 한 번 버티어 보는 것이었다.

그랬을 때 아내의 반응은 두 가지였다. 하나, "저는 강요하지 않아요. 강요한다고 되나요?" 이런 식의 고단수를 쓰는 것이었고, 또 하나는, 그것이 더 높은 단수였는지 모르지만 "자, 자, 이렇게 끌게요. 어서 옷을 입어요." 그렇게 끌어 일으키는 것이었다. 그리고 그가 바지를 입으면 상의를 입혀 주는 것이었다.

그러느라고 교회는 항상 늦게 가게 되고 뒷자리에 앉게 되었다.

처가에 갈 때는 교회에 안 나갈 때가 거의 없었다. 장로요 집사인 장인 장모와 같이 교회에 가기 위해서는 그렇게 늦잠 잘 수가 없었다. 그래서 앞자리에 나란히 앉게 되기도 하고, 또 느닷없이 특송을 시키기도 하였다.

"장로님 가족들이 나와서 특송을 해 주시겠습니다."

목사의 이와 같은 얘기가 떨어지면 도저히 사양할 수가 없는 처지가 되었다. 그만 떨어져 앉아 있을 수도 없고, 그럴 때는 그에게 무슨 찬송을 부를까, 하고 물어봐서 그가 부를 수 있는 것을 선택하긴 하지만 그런데 그가 자신 있게 부를 수 있는 찬송가가 별로 없었다. '멀리 멀리 갔더니…'를 겨우 부를 수 있는 정도였다.

어떻든 처가에 갈 때는 그는 남 보기에 참으로 신실한 교인이 되었다. 그들 앞에서 언제나 인사를 시키고 특송을 부르고 특별한 신자가 되었다. 물론 그때까지 아직 나가 보는 단계였던 것이지만 그런 티는 일부러 낼 필요가 있었던 것도 아니었다. 또 그에게 확인하기 위해 가령 장모 같은 분이, "어떻게 나가 보니까 좋아요? 좋지요?" 하고 물었다.

어쩌면 당연히 그렇게 동화되게 되어 있고 신앙의 힘이 얼마나 큰 것이라는 것을 거역할 수 없을 거라고 믿고 있는 것인지도 몰랐다.

크리스마스 때는 방학이 시작되는 때인데 언제나 처가로 가서 축제 분위기의 크리스마스 행사 속에서의 휴가를 보냈고 그런 신앙의 성城 속에서 마치 성주城主의 딸과 같이 군림하는 착각에 빠지기도 하였다.

그것이 착각이 되었든 뭐가 되었든 행복했던 시간들이었음은 부인할 수가 없다. 그때까지 별 갈등이 없었고 그런 신앙의 외형만이라도 갖추었을 때는 방황과는 관계가 참으로 멀었던 것이다.

아내가 그에게로 오는 주일에도 가급적 교회를 나갔다. 이사를 많이 다녔는데 이사 가는 곳마다의 교회에 나가 목사의 심방을 받곤 하였다. 한동안은 버스를 한 시간씩이나 타고 영락교회 같은 데를 다니기도 하였다. 참으로 설교를 잘하는 한경

직 목사의 화법에 매료되기도 하고 그 교회에 나오는 한다는 인물들, 저명인들을 만나는 것을 의의로 삼기도 하였다. 그 교회는 참으로 신도가 많았다. 조금 늦으면 본당으로 들어가질 못한다. 1층 2층이 꽉 차면 그 옆 기념관으로 사람을 들여보낸다. 거기서는 목사를 직접 육안으로 보지 못하고 TV로 중계를 한다. 거기도 꽉 차고 나면 교육관 지하실로 들여보내는데 거기는 확성기로 설교하는 소리만 들을 수 있게 되어 있었다. 그들 부부는 늘 늦어서 지하실로 배치를 받곤 하였다.

아내가 부부교사 케이스로는 안 되어 시험을 쳐서 서울로 올라오고 변두리지만 자그만 집도 하나 지어 정착을 하였을 때 교회도 동네의 가까이에 있게 되어 그리로 나가게 되었다. 여기저기 왔다 갔다 하지 않고 말이다. 나름대로 안정이 되었다고 할까.

그런데 그때서부터 그에게는 하나의 시련이 닥쳐오기 시작했다. 그 동안은 적도 없이 교회를 다니기만 하였다. 그저 설교를 듣고 헌금을 하고 나올 때 목사와 제직들과 악수를 나누고 그렇게 지내왔는데 여기서는 그것이 아니었다. 젊은 안 목사는 그의 손을 꽉 쥐고 놓아주지를 않았다. 목사관으로 같이 데리고 가서 차를 대접하기도 하고 식사를 하자기도 하고 또 그의 집으로 찾아와 한동안 기도를 드린 다음 여러 이야기를 하기도 하였다. 그가 세례교인이 아닌 것을 알고는 더욱 적극적으로 그에게 접근을 하는 것이었고 종내는 학습을 받으라는 것이었다.

좀 나가보고 좋으면 다닌다고 하였는데, 그렇게 장모에게 약속을 하였는데 아내도 그것을 잊고 있을 리가 없고, 이럭저럭 몇 년을 지난 것이다. 얼마를 가지고 좀 나가 보는 것이 된다는 것인지 지금쯤 어떤 하회가 있어야 될 때가 되었다. 그런데 아내에게 졸리는 것이 아니라 목사에게 졸리어 견딜 수가 없었다. 하지만 그는 아직 마음의 결정을 하지 못하고 있었다. 그 동안 실은 그냥 교회 출입만 하였지 그렇게 심각하게 답을 찾으려고 하지는 않았던 것이다. 아내의 들러리 노릇을 한 것이고 하나의 외형을 갖춘 것에 불과하고 아무런 심정 동요가 없었던 것이다. 간간이 거부감 같은 것을 느낀 적이 있었다. 어떤 기적적인 이야기라든가 성경구절을 곧이곧대로 현실에 적용하려 한다든가…… 그러나 그런 것과는 반대로 그에게 감동을 주거나 마음을 움직이게 한 적은 거의 없었다. 그렇다고 아직 안 되겠다는 결론에 도달한 것도 아니었다. 시간은 상당히 흘렀다고 하지만 실은 성경책을 한번 다 읽어보지도 못했던 것이다.

"조금 생각할 여유를 주시기 바랍니다."

그는 안 목사에게 사정을 하였다.

"아니, 뭘 자꾸 생각을 해요. 벌써 독실한 신자가 되셨는데, 그러지 마시고 한 번 오시기만 하세요."

학습 문답을 받으러 오라는 것이었다. 그가 계속 사양, 거절을 하자 안 목사는 얼마 뒤 다시 세례문답을 받으러 오라고 하고 그것도 피하자 그에게로 찾아와서 문답 형식을 밟으려는 것이었다. 아니 형식을 밟으려는 것이 아니라 그런 절차를 생략하고 세례를 주겠다는 것이었다.

"조금 더 시간을 주세요."

그는 분명하게 말하였다.

목사가 참으로 딱하다는 표정을 짓고 돌아간 다음 그는 아내에게 말하였다.

"아무래도 결정을 못하겠어요. 안 믿겠다는 것이 아니고 아직 마음을 정하지 못하였어요."

엄숙한 어조로 말하였다.

"그게 그렇게 어려워요?"

"조금 더 기다려 줘요."

아내는 그에게 물끄러미 연민의 시선을 보낼 뿐 뭐라고 말을 하지 않았다.

미로에서

잭 케루악의 「노상에서」라는 소설을 읽을 때가 벌써 몇 년 전인가. 존 오스본의 「성난 얼굴로 돌아보라」를 읽으며 비트 제네레이션이 어떻고, 이유 없는 반항이 어떻고 하며 무언가 억울하고 피해자로 자처하면서 술을 퍼마시던 때이다.

물불을 가리지 않던 때이다. 돈, 글쎄 돈이 좀 아쉬웠다면 아쉬웠고―그러나 그것은 지금도 마찬가지이다―다른 아무것도 걸리적거리는 것이 없었다. 상사도 두렵지 않았고 하느님도 두렵지 않았고 물론 아내도 두렵지 않았다. 사흘돌이로 외박을 하였고, 결근을 식은 죽 먹듯이 하였다. 오로지 추종하는 것이 있다면 정의이고 의리이고 우정이고 인간성이었다.

그러나 지금은 너무나 노회하다. 너무 능수능란하고 너무 몰염치하고 한마디로 인간이라고 할 수도 없을지 모르겠다. 인간이란 무엇인가. 사람다운 것을 말하지 않겠는가.

"아니야. 그게 인생이야."

"나발같이 뭐가 그래?"

"그럼 인생이란 무어라고 생각해? 인생이란 질서정연한 교향곡 같은 것이 아니야."

"그래서?"

"그래서 교회도 나가고 한 것 아니야?"

"그런가?"

그는 고개를 끄덕였다. 교향곡하고 교회하고 무슨 연관이 있는 것 같기도 하고, 앙드레 지드의 「전원 교향곡」의 개종 얘기가 생각나기도 하였다.

"그래. 스스로를 가두고 살자는 것이었지. 해방의 자유보다는 구속의 행복을 누리고, 그런 벽 속에 갇힌 대로 의지처가 되었으면 하였지. 방탕의 시대에 마지막 보루처럼."

"그러나 그것은 인생이 아니야."

"그럼 무엇이었단 말이야?"

"개똥이라는 거지."

"하하하하…… 개똥철학 같기도 하고. 오랜만에 듣는 이야기네."

그림자와 같이 붙어 다니는 또 하나의 그는 멀쩡한 그를 뭉개고 있었다. 그러나 그는 아무 말을 못하였다. 사실을 말하고 있었기 때문이다.

그때 그랬었다. 똥인지 된장인지 모르고 날뛰었다. 말 갈 데 소 갈 데 다 갔었다. 지금 생각하면 두렵기도 하고 참으로 그리운 낭만의 천국으로 생각되기도 하였다.

미궁 속을 달려가고 있었다.

ㅅ은 지금 그에게 있어서 무엇일까. 한낱 지나간 추억의 그림자에 불과한 것일까. 눈이 억수로 쏟아지는 날 모든 교통수단이 두절되고 걸어서 걸어서 약속 장소에 갔을 때 그녀도 꽤는 늦게 와서 기다리고 있었다. 눈 속을 한없이 걸었다. 볼 옆쪽으로 보이던 허점이 매력이었고 그 사다리를 타고 자꾸 올라갔다. 어느 봄날 계양산 꼭대기를 하이힐을 신고 따라 올라

와 아무도 없는 둘이 되었을 때 소리를 질렀다. 천국이다. 여기가 바로 천국이야. 마구 끌어안고 불을 뿜어대었다. 쨍쨍 태양이 내리쬐는 대낮에 둘은 전라가 되어 춤을 추었다. 그리고 풀밭에 누워 하늘을 우러러보았다. 한 점 부끄러움도······. 그런 것도 없었다. 그리고 바다를 내려다보았다. 아름다운 그림이었다. 사람보다 아름다운 그림이 없었다. 사람이 가장 아름답지. 은사인 야돈 선생도 말하였다. 큰아이 돌 때 그의 누옥을 찾아와 누드 달력을 펼치면서 땅바닥의 맥주를 자꾸 상 위로 올려놓았다. 맥주는 차가워야 한다고 하면서. 고혈압으로 술은 별로 들지 못하였다.

산에 오르려면 등산화나 운동화를 신어야 한다. 물론 그래야만 발이 편하고 오르기가 좋다. 산에서 내려올 때 더욱 그러하다. 그러나 신발이 문제가 아니다. 무엇을 신든 오르고자 하는 의지만 있으면 되었다. 의지가 아니라 그것은 불길이었다. 한 사람이 업고 내려올 수도 있고 또 올라갈 수도 있었다. 힘들고 어렵고 뭐가 어떻고 하는 것은 변명이기에 앞서 의지가 없고 욕망의 불길이 꺼진 것이다.

관악산엘 갔었다. 동동주에 취하였다. 날이 어두워 왔다. 돗자리를 깔아놓은 곳이 많았다. 그러나 그런 곳에서는 안 되었다. 그녀가 안 된다고 했다. 당시 또 하나 화제 소설 「제8요일」의 첫 다이얼로그는 '안 돼요'였다. 첫 문장이고 마지막 문장이었다. 저 바위 위에 올라가면 안 될까요? 계곡의 주인이 그들을 이르집어보며 웃었다. 거기야 천당이지요. 자리는 주인이 가지고 올라가고 술은 그가 들고 올라갔다. 더 어두워지기를 기다려 그녀가 올라왔다. 선녀였다. 어둠의 장막이 세상을 둘러쳐졌다. 그러나 술은 더욱 취하고 경사진 바위 위에 깔아

놓은 돗자리는 자꾸 미끄러져 내려갔다. 그때 그들이 앉은 머리 위로 지나가는 줄이 손에 잡혔다. 차일을 친 줄이었다. 하늘에서 내려준 동아줄이야. 썩은 줄인가 잘 봐요. 아니야, 단단한 나일론 줄인데. 정말 참! 정말 천당이네! 줄을 꼭 잡아. 진짜 천당으로 보내줄게. 말대로 그녀는 줄을 두 손으로 잡았다. 그리고 그는 열심히 약속을 지키느라고 술병을 다 궁글리었다.

천당은 산 위에만 있지 않았다. 바다 끝에도 있었고 들판 가운데도 있었다. 퀴퀴한 여인숙 모텔의 구석방에도 있었고 같이 뛰어들어간 공중 화장실 벽에도 있었다. 무수한 편력의 장소를 곰살맞게 다 기억할 수도 없다. 그 이전 청계천 바닥에 흘려보낸 것은 또 얼마인가. 그가 무슨 변태요 성욕도착자도 아니었다. 정상이 아닌지도 모르지만 비정상도 아니었다. 그는 가끔 그런 질문을 받을 때마다 말한다. 나는 평균적인 존재라고. 중간쯤 되는 사람이라고.

좌우간 ㅅ은 네잎클로버를 붙인 편지를 계속 보내왔다. 그 편지들은 하나하나가 황홀한 시였다. 그러나 그는 언젠가부터 다시 ㄱ을 자주 만나고 있었고 ㄴ에게 빠져 있었다. ㄱ과는 자주 여행을 다녔고 여행 이콜 미망迷妄이었다. 유부녀인 ㅅ과 달리 토요일, 일요일 그리고 밤늦은 시간도 상관없었다. 그 대신 가끔 물었다. 저 책임지실 거예요? 그래, 와이프가 죽으면 내게로 와. 그 전엔 안 돼요? 그게 어떻게 된다고 생각해? 안 될 것도 없지요, 뭐. 뭘 하러 골치 아프게 그래? 그래요. 사모님하고 싸울 자신도 없고 그러고 싶지도 않아요. 알아. 정말이에요? 아니야. 그러나 그것은 한 때의 슬럼프에 불과하고 대개는 조건이 없었다. 그저 아무 말도 하지 말아요. 그래. 난 그런 자네가 좋아. 그래서 좋은 거예요? 무조건이야. 뭘 그렇게

34

따져? 그래요. 무조건이에요.

그러던 ㄱ이 시집을 간다고 하였다. 같이 여행을 가서 하는 얘기였다. 설악산의 단풍이 유난히 붉게 물든 계곡에서 억수로 취하여 어느 때보다 흥건한 밤을 보냈다. 결혼식에는 오지 말아요. 그럴까? 그렇게 하였다. 그리고 다시 만났을 때부터는 그가 요구하지 않았다. 그녀도 그것을 억지로 지키려고 하였다. 키스를 하다가 몸을 쏙 빼서 달아났다.

ㄴ과는 참으로 위험한 곡예를 하였다. 그녀의 집으로 가기도 하고 그의 집으로 오기도 하고 밤중에 불러내어 드라이브를 하기도 하고 아는 사람들 앞에 같이 나타나기도 하였다. 술도 같이 마시고 등산도 같이 하고 세미나도 같이 갔다. 술에 잔뜩 취하여 광란의 질주를 하기도 하였다. 한 번은 그녀의 핏줄이 닿는다는 왕릉에를 갔었다. 정확한 것은 잘 몰랐지만 이십 몇 대조 할아버지가 된다는 거대한 능 주변을 돌아보다가 능 뒤로 돌아갔다. 큰 봉분에 가려져 앞이 보이지 않았다. 꽁무니에 찬 술병을 꺼내서 나팔을 불었다. 그녀 차례가 되자 술을 잔뜩 머금고는 그에게 키스를 하였다. 혀 대신 술을 그에게로 넘기었다. 그가 또 나팔을 불다가 키스를 하며 그녀의 혓바닥 밑으로 반쯤 남긴 술을 보내었다. 소주 한 병을 그렇게 넘긴 그들은 이제 드러누웠다. 그녀가 더 견디지 못하였다. 참 옛날 왕조시대 같으면 능지처참을 하고도 남았다. 정말 너무 하셨어요. 우리 대왕님 앞에서. 앞이 아니고 뒤에서였어. 그래도 그렇지요. 그런가? 참 정말 말도 안 돼요. 하하하하……호호호호…….

그 해 겨울 첫눈이 온다고 그를 불러내었다. 우중계 얘기를 하였다. 비가 올 때 만나는 친구 모임이라고 했다. 비만 오면 어디로 모여서 술을 마시는 도깨비 같은 친구들이었다. 팔짱을 끼고 얼마나 걸으며 포장집 순례를 하다가 돌아오는 길은 눈이 푹푹 빠졌다. 길을 찾을 수가 없었다. 그래서 한참 길이 아닌 엉뚱한 곳으로 가게 되었는데 거기서 해방이나 된 듯 벌렁 뒤로 누웠다. 별유천지였다. 비인간이었다. 두 사람은 마구 뒹굴다가 끌어안고 불을 뿜어대었다. 동네 가운데 공터였다. 하, 참, 말도 안 돼요. 뭐가 자꾸 안 된다고 그래? 아니 그래 참! 호호호호…… 하하하하…….

몇 번이고 첫눈이 올 때 불러내었다. 참으로 멀리 멀리 갔었다. 바닥없는 함정이었다. 그리고 그 후 또 ㄹ과는 더욱 위험한 곡예를 하고 있었다.

미망의 골짜기에 안개구름이 꽉 끼어 있었다. 도대체 언제까지 그 속에서 헤맬 것인지, 어디까지 갈 것인지, 알 수가 없었다. 알 수가 없었다.

말끝마다 사랑이라고 하였다. 사랑한다고 하였다. 정말 사랑이었을까. 사랑이란 무엇일까. 육체에서 오는 것일까, 정신에서 오는 것일까, 영혼에서 오는 것일까, 어느 쪽도 아니다. 그 모두의 신들림이다. 그것은 신의 장난이 아니고 인간의 장난이다. 그것을 동물이라고 하자. 그러나 동물이 아니다. 동물은 동물인데 동물은 아니다. 그러면 신이라고 하자. 말도 안 된다. 그 중간이다.

그는 계속 설복당하고 있었다.

"그래, 그래, 그래."

"너는 너무 행복하다. 너무 무감각하다. 운이 너무 좋거나 너무나 불운하다."

"그래?"

왜냐하면 한 번도 절망을 느끼지 않았으므로. 운 좋게 그냥 그냥 넘어갔다. 예를 들면, 사실 예를 들기가 민망할 정도이다. 의무도 저버리고 권리도 저버리고 도대체 한 것이 뭐가 있단 말인가. 그가 정말 한 것이라고는 실컷 술을 마신 것이고 그리고 실컷 놀아난 것뿐이다. 8할이 바람이었다고 한 이가 있지만, 그 이상이었다. 그래 그것 말고 무엇이 또 있단 말인가. 그러면서도 하고 싶은 얘기 다 하고 그것을 또 무슨 자랑이라고 이리저리 다 공표를 하였다. 언필칭 선비 선비 하면서 감투도 이것저것 다 걸터들이고 되나 개나 자리만 차지하여 뭉기기도 많이 하였다. 못 해본 것이 있다면, 그러나 그것은 너무나 복에 겨운 얘기다.

그야말로 운이 좋다고 할까. 그렇게 양지만 찾아다닌 것이었다. 그를 보고 자기 이익만 챙긴다고 말할 때, 뭐가 그러냐고 예를 들어보라고 하였지만 정말 그랬는지도 모른다. 아니 그랬다. 오십보백보였다. 그 말이 그렇게 실감이 나는 것이었다. 결국 피장파장이 되어버렸고 물에 술 탄 듯 술에 물 탄 듯 아무것도 아닌 한심한 존재가 되어 있었다.

고집도 대단했는데 다 꺾이고 말았다. 넥타이를 안 매고 목졸리지 않게 편안하게 살려고 하였지만 직을 갖고 자리를 갖고자 하는 바람에 다 무너지고 말았다. 넥타이뿐이 아니었다. 술값 물어보지 않기, 술병 흔들어보지 않기, 먼저 도망가지 않기……. 금기사항을 한 가지도 지키지 않았다. 그런 시시한 것들뿐 아니고 체신 깎이는 일을 밥 먹듯이 하였다. 어느 부분 한 군데도 마음에 드는 곳이 없었다. 어느 것 하나 미끔한 것이 없고 자신 있는 것이 아무것도 없었다. 한 가지 내세우는 것이 작품이라는 것인데 사실 그것이야말로 가장 자신이 없었다. 신주 개 물려 보낸 격이었다.

좌우간 그건 그렇다 치고 말이다. 그런 그에게 세례를 받으라는 것이었다. 참으로 황당하였다. 까맣게 잊고 있던 빚을 갚으라는 얘기와 같았다. 잊어버리고 있었던 것이 문제가 아니고 그의 상태가 도저히 그럴 수가 없었던 것이다. 그는 그 동안 한없이 미로迷路를 헤매고 있는 것 외에 또 하나의 걸림돌이 있었던 것이다.

우리는 어디서 왔는가, 어디로 가고 있는가, 나는 누구인가, 이러한 화두를 갖고 우리의 뿌리와 정체성에 대하여 써보고 싶어서 단군 관계 교단을 찾아다니며 마니산에도 자주 갔고 백두산에도 가고 구월산에도 갔다. 「천부경」이다 「참전계경」이다 하는 우리 고유의 경전에 대하여 심취해 있었고, 상고사를 밝혀 놓은 여러 전적들을 뒤적이고 있었던 것이다. 그것이 물론 종교는 아니었다. 종교라 하더라도 그가 그 교인이 된 것은 아니었다. 예수보다도 2000년 전의 단군이 산신령이 아니고 우리의 조상이며 국조國祖라고 하는 것이고, 어떻게 따져서 그렇든지간에 우리의 조상이 아브라함이나 아담이라고 하는 어불성설에 동의를 할 수 없었던 것이다. 그러나 그저 그렇다는 것이고 의견이 다를 뿐이지 그 반대의 주장을 하고 다니는 것도 아니었다.

어떻든 아내는 그것을 문제 삼고 있었던 것이고 그런 저런 구실로 세례를 받으라고 하는 것이었다. 참 약속을 너무 오랫동안 지키지 않았던 것이다. 벌써 몇 년인가. 10년도 넘고 20년도 넘었던 것이다. 그렇게 오랜 세월 동안 계속 엉거주춤하고 있었던 것이다. 그 동안 교회를 나간 것도 아니고 안 나간 것도 아니었다. 그가 교회에 나간 숫자보다 목사가 그의 집에

온 숫자가 더 많다고 호기 있게 얘기를 하곤 하였지만 그것은 과장이었고 교만이었다. 특별한 일이 없으면 아니 별 구실이 없으면 일요일에 아내와 같이 교회엘 갔다. 구실이 참 많았다. 할 일이 있다, 책을 봐야 한다, 약속이 있다, 모임이 있다, 몸이 찌뿌드드하다, 술이 덜 깼었다, 그리고 결혼식이다, 등산이다, 야유회다, 세미나다, 특근이다, 출장이다…… 꼭 거짓말을 하지 않더라도 볼일이 지천으로 쌓이었다.

"아니, 그래, 무슨 볼일이 그렇게 많아요?"

"볼일을 보는 게 사는 것 아니오?"

"그런데 그것이 꼭 이 시간이 아니면 안 되는 거예요?"

"그래도 교회 가는 날짜가 더 많을 걸."

"일주일에 몇 번 가야 되는지 알아요?"

"몇 번은 무슨?"

"열 번 가야 돼요. 알아요?"

"아이고 참, 알았어요. 알았어요."

모르는 것이 아니었다. 매일 새벽기도를 가야지, 수요일날 밤에 가야지, 일요일 날 낮에 가고 밤에 또 가야지, 그래 봐야 속회 구역예배는 따지지도 않은 것이었다. 그것까지는 요구하지도 않았다. 그런 대로 그냥 넘어왔다. 약속은 계속 유예되었고 그렇게 근근이 유지된 것이었다. 참 그가 생각해도 너무하였다. 그동안 교회를 많이 나가 봤는데, 좋다는 것인지 싫다는 것인지 답을 내놓지 않고 미적거린 것이었다. 똑 부러지게 묻지도 않았던 것이지만.

"어떻게 되는 거예요? 약속을 지켜야지요?"

"지금 나가고 있잖아?"

"그게 나가는 거예요?"

"차차 나아지겠지, 뭐."

"술부터 끊어야지요."

"많이 줄였어."

"딱 끊어요."

"술 얘기는 없었잖아?"

"있었어요."

"그게 아니었어."

그것을 장모인 김 집사에게 따져보면 되는데 뇌수술을 하고 병원에 누워 있었다. 그러나 이제 그것을 따져서 무엇을 할 것인가.

그런데 이제 와서 갑자기 세례를 받으라는 것이었다. 그러지 않으면 자신도 약속을 지키지 않겠다고 하였다. 처음에는 그것이 무슨 소리인지 몰랐다. 알고 보니 그것은 결국 어머니를 모시지 않겠다는 말이었다. 심한 치매에 걸려 앞뒤 분간도 못하고 있는 어머니였다.

"아니, 그걸 말이라고 하는 거야?"

"마찬가지예요. 당신이 약속을 안 지키기나 내가 안 지키기나."

"뭐야?"

참으로 어처구니가 없었다. 이제 숨만 붙은 어머니를 볼모로 약속 이행을 요구하고 있다는 것이 너무나 야박했다. 그러나 아내의 인정을 따지기 전에 그토록 오랫동안 결혼의 조건이라고 할까, 약속을 지키지 않고 미적거리고 있었던 자신을 탓해야 했다. 따지고 보면 약속을 안 지킨 것은 아니었다. 다녀보고 좋으면 다닌다고 하였는데 좋지가 않은 것이었다. 단순히 좋다 나쁘다의 문제가 아니라 결국 그의 마음을 움직이지 못했던 것이다. 교회에 나가겠다는 결심을 굳힐 만한 동기가 등장하지 않았던 것이다. 다른 말 할 것이 없다. 교회에 나가겠다는 마음이 동하지 않았고 교인이 된다는 생각이 썩 내키지 않았다. 그러나 이제 그런 것을 따지는 시효도 다 지나고 말았다. 무조건이었다. 그래요. 무조건이에요. 어디서 듣던 소리 같았다. 얼굴이 달아올랐다.

"말하자면 그렇지 않아?"

그는 아내의 얼굴을 정면으로 바라보지 못하고 따졌다.

"마음이 그냥 움직여져요?"

"결국 그 긴 세월 동안 나 하나를 움직이지 못한 거요? 그게 당신의 신앙이고 믿음이란 말이오?"

그가 아내에게 한심하다는 듯이 웃으면서 되물었다. 그러나 그녀는 더욱 한심하다는 듯이 말하였다.

"참 누가 할 소린지 모르겠네요. 나 하나를 못 움직이면서 도대체 어떤 중생을 움직이기 위해서 그 동안 뭘 썼단 말인가요?"

"그게 또 그렇게 되나?"

본전도 못 찾았다. 그는 그의 말을 도로 주워 담아야 했다.

"그럼 어떻게 해야 되는 거지?"

"그걸 여태 몰라서 물어요? 노력을 해 봤어요? 하나님을 만나보려고 했었느냐 말이에요?"

"아니 그런 약속이 아니었잖아? 나가보고 좋으면……."

"그냥 좋아지느냐 말예요?"

"그게 그 말인가?"

"그럼요."

그러니까 세례를 받아야 한다는 것이었다. 그것이 약속을 지키는 방법이라고 하였다. 그가 약속을 파기하려고 하는 것은 아니었다. 그렇게 약속을 한 것도 사실이고 노력을 안 한 것도 사실이었다. 사나이 대장부가 다른 것도 아니고 결혼 조건으로 내세운 것을 지켜야 하는 것이 마땅하였다. 거기에는 이의가 없었다. 그런데 그것이 세례를 받아야 한다는 것이었다. 교회는 나가고 있고 세례만 받으면 된다는 것이었다. 그러나 그것이 그렇게 간단한 것이 아니었다. 신과의 약속, 하나님과 약속을 하는 일이었다. 그 중요한 요건을 여태까지 미뤄오고 있었던 것이다. 오죽하면 그녀도 어머니를 볼모로 요구하고 있는 것이었다. 거기에다 또 하나의 결정적인 돌발 사건이 추가되어 꼼짝을 할 수 없었다. 꼬리가 밟힌 것이다. 일요일 동료문인들과 등산을 갔다가 술에 취하여 돌아온 그의 바지 속에서 잔뜩 구겨 넣은 휴지 뭉터기가 쏟아져 나온 것이었다. 그가 아무리 변명을 해도 곧이듣지를 않았다. 며칠을 이성을 잃고 대어들다가 온 식구들의 금식령을 발동하는 것이었다. 하루 한 끼도 참을 수 없는 것이 어머니였다. 그는 손을 들지 않을 수 없었다.

"그래요. 알았어요."

그가 결연히 말하였다.

"뭘 어떻게 한다는 거예요?"

"어떻게 하긴? 당신 하고 싶은 대로 해야지."

"어떻게요?"

아내는 그의 말을 얼른 알아듣지 못하였다. 그가 약속을 지키지 않는 쪽을 자꾸 생각하고 있는 것이었다. 그럴 경우 서로 갈라서는 것이었다. 그녀는 이 집의 주인이기 때문에 나갈 수가 없다는 것이고―늘 그랬다―그가 어머니와 함께 나가야 한다는 것이었다. 그런 준비를 여러 번 하였었고 다른 방도가 없었던 것이다. 꼭 그런 신앙의 문제뿐이 아니고 너무도 맞지 않는 것이 많아 맞추다 맞추다 막다른 길을 치닫게 되곤 했었다. 셋방을 얻어 놓고 어머니를 설득하였다. 어디 시골 마을에 가서 채마나 가꾸며 살자고도 하고 조용히 글을 쓰고 싶다고도 하였다. 그런데 어머니는 아내, 그러니까 며느리와 갈라서는 것은 안 된다고 하였다. 그 점에 있어서는 대단히 단호하였다. 어쩌면 그 동안 그들 부부를 붙들어 매고 있었던 끈은 아내가 지긋지긋하게 생각하고 있는 어머니라는 존재였던 것이다. 어머니가 아니었더라면 벌써 갈라서고 말았을지 모른다. 좌우간 그가 아내를 따르느냐 아내가 그를 따르느냐, 길은 두 가지였다.

"나가는 거예요?"

아내는 다시 묻는다. 그녀는 항상 부정적인 시각을 갖고 있었고 그렇게 물었다.

"들어오는 거요."

"세례를 받는단 말이지요?"

"그래요."

"그 말하기가 그렇게 힘들어요?"

"그런데 분명히 말하지만 당신을 위해서가 아니라 어머니를 위해서요."

"뭐요? 좋도록 생각해요. 그렇게 주제 파악을 못하고 있으니 참!"

"허허허허…… 그래요?"

"그러나 등산은 절대로 안 돼요."

"아, 알았어요."

그랬다. 어머니에게 불효를 더 할 수가 없었던 것이다. 마지막 시간에라도 보살핌을 받도록 하고 싶었던 것이다. 밥 한 그릇이라도 따뜻이 차려줄 수 있기를 바라는 심정이었다. 그의 신앙이란 그런 것이었다.

그런데 그것이 그렇게 쉬운 것이 아니었다. 멀찌감치 시한을 정하였다. 시간을 벌자는 것이었지만 금방 그날이 왔다. 학습은 생략하고 세례 문답을 하게 되었다. 천지를 만드신 하나님 아버지를 믿습니까? 성령을 믿습니까? 몸이 다시 사는 것과 영원히 사는 것을 믿습니까?

목사는 사도신경의 내용을 가지고 묻는 것이었다. 그것을 외어보라는 것을 어물거리고 있었더니 몇 가지를 집어서 묻는 것이었다. 외우지를 못한 것이 아니었다. 그것을 늘 어물거리고 있었던 것이다. 교회를 갈 때마다 주기도문과 사도신경을 소리 내어 암송하라고 하지만 그는 그러지를 않고 입 속으로 얼버무린 것이다. 계속 그렇게 얼버무린 것이다. 그럴 수밖에 없었던 것이다. 하나님에게 하는 약속을 대충 할 수가 없었던 것이다. 그 스스로 자신이 없는 얘기를 다른 누구에게 할 수가 있단 말인가. 더구나 하느님 아니 하나님에게 어떻게 할 수가 있단 말인가. 하물며 거짓말을 할 수가 있단 말인가. 확실하지 않은 얘기, 자신 없는 대답을 하는 것은 거짓말을 하는 것이었다.

결단의 시간이 왔다. 목사가 그 대답을 기다리며 그를 바라보고 있었다. 피할 수가 없는 자리였다. 계속 얼버무리고 넘어갈 수 있는 자리가 아니었다. 분명히 대답해야 했다.

"믿습니까?"

믿는다는 것은 바로 그것을 말하는 것이었다.

"믿도록 노력하겠습니다."

그는 정말 어려운 약속을 그렇게 하였다. 그 대답을 하는데 20년이 걸린 것이다. 그러나 목사는 정색을 하고 고개를 흔들었다.

"그렇게 해서는 안 됩니다."

"예?"

"믿습니까? 안 믿습니까? 분명히 대답하세요."

안 믿는다는 것은 뭘 말하는가. 아내와의 약속을 지키지 않는 것이다. 나잇값을 해야 했다. 사람값을 해야 했다. 그러나 또 믿는다는 것은 거짓말을 하는 것이다. 믿어지지 않기 때문이다. 아무도 그에게 그것을 확신시켜 주는 사람이 없었다. 이래저래 실없는 존재가 되고 만다. 빼도 박도 못하게 되었다.

"믿습니다."

결국 거짓말을 하고 만 것이다.

가장 진실하여야만 했던 물음과 대답에서 그는 허위로 말한 것이다. 결국 그것을 피하려고 그렇게 오랫동안 미적거렸는데 구렁이 담 넘어가듯이 가상 중요한 대목을 뛰어넘고 말았다. 참 한심한 노릇이었다. 그러나 달라진 것이라고는 아무것도 없었다. 갈등만이 더 커지게 된 것이다. 주일마다 하는 통성기도를 어물거리며 한 주일 동안의 일을 반성하고 그리고 과연 신이란 존재하는 것인가, 하는 질문을 스스로에게 던지곤 하였다. 이미 주기도문과 사도신경을 통성으로 암송할 때 그것을 믿는다고 해놓고 딴 소리를 하고 있는 것이었다. 그것이 그의 운명이고 그란 그런 위인이었다.

"너는 할 수 없는 놈이다. 별 수 없는 놈이여. 이제 그렇게 사는 거여. 여태도 그랬듯이 편한 대로 살아가는 거지 뭐."

또 하나의 그가 말하는 것이었다. 그에게 연민의 시선을 보내고 있었다.

"사기를 친 건 아니야. 소설을 쓴 거야. 의사가 중환자에게 거짓말을 하듯이. 다른 방법이 없었어."

"알아. 다른 사람한테 사기 친 것이 아니고 자기 자신한테 사기 친 것이지. 그러나 뭐 다들 그렇게 사니까, 그렇게 살다 죽으면 돼."

"죽으면……."

"그럼 안 죽고 살 텐가? 좌우간 죽기 전에 한 번 더 고비는 있지."

"그건 각오하고 있어."

영원히 눈을 감을 때도 이런 상태여서는 안 될 것이었다. 이렇게 불확실하고 엉거주춤한 상태로 단말마를 맞고 생을 마감하고 싶지는 않은 것이다. 그것이야말로 영겁의 구렁텅이에 빠지는 것이 아닌가 싶었다. 그런 것을 느끼고 또 각오도 하고 있으면서 그러고 있는 것이다. 억지로 믿어지지가 않기 때문이었다.

'부름 받아 나선 이 몸 어디든지 가오리다……' 참으로 행복한 사람들이다. '괴로우나 즐거우나 주만 따라 가오리다……' 그들의 가는 길에는 막힘이 없었다. 아낌없이 모든 것을 다 바치고 죽음도 두렵지가 않은 삶, 오직 믿음만이 사명인 사람들이 부러웠다. 믿음 소망 사랑, 그것이 진정한 행복인지 몰랐다.

"여러분의 소원은 무엇입니까."

목사가 설교를 하며 말하였다.

"아버지의 뜻을 이루는 것입니다. 어떻게 하면 하나님의 뜻을 이루면서 살아볼까. 이것이 우리 삶의 자세가 되어야 할 것입니다. 우리의 소원은 건강과 명예와 물질을 추구함으로써가 아니라 하나님을 순종함으로써 이루어지는 것입니다. 하나님에게 기쁨을 주는 삶을 위하여 우리 자신을 날마다 부인하여야 합니다. 나를 부인하고 나를 죽이는 길, 그것이 십자가의 길이며 주님의 가신 길을 영광의 길로 밝히는 승리의 길입니다.”

주일마다 십자가의 길을 강요받았다. 그의 마음을 압박하고 있는 것은 아니지만 매번 그냥 지나칠 수만은 없었다. 특히 죽음에 대하여 죄악에 대하여 무감각할 수가 없었다.

“죽음이란 무엇인가. 하나님이 사람을 흙으로 만들고 거기에 숨을 불어넣었습니다. 영혼을 불어넣은 것입니다. 언젠가 그 영혼을 하나님이 불러내십니다. 그것이 다름 아닌 주검입니다.”

언젠가는…… 그것이 언제인가는 모르지만 그에게도 그런 음침한 사망의 골짜기에 다다를 것이라고는 생각하고 있다. 그가 아무리 믿음이 없고 신앙심이 없다고는 하지만 천 년 만 년 살 것이라고 생각하는 천둥벌거숭이는 아니다. 그것을 자꾸만 환기시켜준다. 그것이 믿음이며 신앙심인가. 그의 일거수일투족은 모두가 다 죄악투성이며 죽음의 길을 걷고 있는 것이었다. 육체의 소욕은 성령을 거스르고 성령의 소욕은 육체를 거스른다고 하였다. 육체의 소욕이란 무엇인가.

‘음행과 더러운 것과 호색과 우상숭배와 술수와 원수 맺는 것과 분쟁과 시기와 분냄과 당 짓는 것과 분리함과 이단과 투기와 술취함과 방탕과……’(갈라디아서 5:19) 그와 같은 것들이 육체의 일이며 육체의 길이라고 하였다. 죄목이 무려 15가지였다. 육체의 욕심을 따라 지내며 육체와 마음이 원하는 대로 행하는 사람은 하나님의 성령을 거역하고 불순종하는 것이며 지옥의 형벌이 기다리고 있다고 하였다. 한 마디로 말해서 이런 사람은 죽은 사람이라는 것이었다.

"육체를 입고 있는 사람마다 죄의 소원이 있습니다. 그 죄를 다스려야 합니다. 어떤 집사님 한 분이 있었습니다. 교회 일도 잘 하고 직장 일도 잘 하고 모든 일을 원만히 잘 하였습니다. 그런데 마음에 일어나는 정욕을 다스릴 수가 없었습니다. 여러 날 괴로워하던 나머지 금식하며 기도를 했습니다. 하나님 앞에 몸부림치며 죄의 소원을 다스릴 수 있는 능력을 달라고 호소하였습니다. 그날 밤 꿈에 천사가 오더니 그의 호주머니에서 지렁이 한 마리를 잡아서 끄집어내어 버렸습니다. 그러고 나서는 정욕이 없어졌다고 합니다."

하루는 설교 가운데 이런 말을 하였다. 그 지렁이는 인간 욕정의 상징이었다.

육체의 소욕을 거슬러 싸워 이겨야 한다고 하였다. 육체를 죄의 병기로 사용하지 않고 의의 병기로 사용하여야 한다고 하였다. 성령의 열매를 맺기 위해서라고 하였다. 그렇게 얘기를 끌고 갔다. 그리고 이런 말도 하였다.

"불교와 기독교가 어떻게 다른지 아십니까? 불교는 구원을 얻기 위해서 자비와 선을 행합니다. 그러나 기독교는 구원을 얻은 감격에서 선을 행합니다. 선을 행하는 것은 같지마는 목적이 다릅니다. 우리가 구원을 얻기 위하여 선을 행한다면 인간의 의라는 것은 더러운 누더기와 같고 걸레와 같습니다. 하나님 앞에서는 사람의 의는 누더기요 걸레입니다. 벌레인 인간 구더기인 인생이라고 하였습니다."

도무지 혼란스러웠다. 기존의 가치관이 다 흔들리었다. 하나 하나가 다 죄악이요, 사망의 길이요, 누더기요, 걸레였다. 정욕을 억제하지 못하고 간음을 하고 방탕을 하는 것이야 그렇다 치더라도 술을 마시고 조상에게 제사를 지내고 어떤 종교에 심취하는 것마저 죄악이 되고 마는 것이었다. 성적인 죄, 종교적인 죄, 형제관계의 죄, 무절제의 죄…… 어느 것 하나 죄가 아닌 것이 없었다. 그러니 그가 세례식에서의 약속대로 믿는다고 하는 것은 죄인의 길을 가는 것이었다. 그것은 나를 버리고 사는 고난의 길, 십자가의 길로 연결하기까지는 아직 많은 시간과 노력이 필요했다. 그러므로 해서 그의 마음의 주머니 속에 있는 지렁이는 자꾸 자라기만 하고 *끄집어내어지지가* 않았다. 그것을 꺼내는 핀셋은 그가 가지고 있는 것이 아니고 의사가 가지고 있는 것도 아니며 하나님이 들켜 쥐고 있다는 것이었다.

  그 높은 사다리에는 아직 발도 올려놓지 않은 채 머뭇거리고만 있었다. 그리고 여럿이 함께 부르는 합창 속에서 입을 벙긋거리기만 하였다.

  "십자가를 내가 지고……."

  가성假聲이었다. 위선이었다. 거짓의 몸짓이었다. 그 15가지 죄악, 그러나 어디 육체의 죄악뿐일 것인가. 원죄原罪를 포함해서 죄의 덩어리였다. 인간은 죄로부터 출발하였다. 최초의 사람인 아담은 신명神命을 거역하였다. 인간은 모두 아담의 자손으로서 그 죄를 걸머지고 태어났다. 그러니 그 모두를 인정하지 않는 한 그는 거짓의 몸부림을 치고 있는 위선의 존재였던 것이다.

  "그러나 그것은 결벽이다. 뭐 다들 그렇게 살지 않느냐고?

그렇게 살다 죽는 거지, 뭐 그렇게 중뿔나게 굴 것 있냐고?"

또 하나의 그가 위안을 주려고 한다.

"나도 그렇게 생각해 봤지만 잘 안 돼."

"결벽증이야."

"그 반대일 텐데. 나는 털털하다고 생각하는데."

"그러니까 알레르기성이라고 할 수 있지."

"줏어 대기는……"

"하하하하……."

"그러니 난 어쩌면 좋은가?"

그는 울상이 되어 머리를 쥐어뜯었다.

감옥이었다. 일요일의 벽 속에 갇혀 죄인이 되는 것이었다. 기도를 해보지 않아 지렁이를 꺼내어 주는 꿈도 꾸지 못하였다. 동료들과 등산도 못 가게 하여 새장 속에 갇힌 앵무새와 같았다. 다른 날은 몰라도 일요일은 깨끗한 와이셔츠에 꼭 넥타이를 매었다. 머리에 물을 발라서 갈라 빗고 아내와 성경책을 끼고 교회에 갔다. 그러나 교회에 가서 앉기만 하면 졸렸다. 옆에서 줄곧 꼬집고 발을 밟았다. 그것도 팔자요 운명이라고 생각하였다.

어머니가 백수白壽를 채우지 못하고 세상을 떠난 후에 그것도 3년이 지나서 아내와의 약속을 파기하고 싶은 생각이 간절하였지만 억지로 참았다. 인간적인 약속만이라도 지켜야 할 것 같았다. 그러나 아직도 등산은 안 된다고 하였다. 5년도 더 지났는데 10년 형은 살아야 될 모양이었다. 살인죄에 해당되는 기간이었다.

그러나 언젠가부터 르과 자주 만났고 곡예를 하고 있었다. 전라의 십자가가 되어 그녀에게 다가갔다. 이리 와. 내가 신이야. 피사로의 「앉아 있는 농부農婦」 같은 그녀는 언제나 수줍은 미소로 그의 골수를 파고들었다. 그럴 때는 모딜리아니의 「앉은 나부裸婦」가 되었다. 희열의 순간은 짧지만 끊임없이 빠져들어 갔다. 물방울 유희였다. 저 못됐지요? 맞아요. 히히히히……

미로를 나와서 다시 미궁 속으로 들어간 것이다. 그게 인생이야, 하고 또 하나의 그가 참견할 차례인데 웬일로 혐구를 다물고 있다. 뭐 아무래도 좋았다. 어떤 상태로든 현상유지를 해야 했다. 감옥이라도 좋았다. 아직 죽지만은 말아야 되겠다.

가끔 혀를 삼키거나 숨을 한참 동안 멈추고 허우적거리는 단말마를 만나곤 한다. 요단강 어귀의 뱃사공처럼 아내가 흔들어 깨우기도 하였다. 미망의 골짜기를 헤맬 때마다 천벌을 내리는 것 같았다. 천길 나락으로 떨어지는 것이었다. 지옥이었다. 연옥이었다.

그냥 이렇게 끝나고 싶지는 않았다. 천당엘 가고 극락엘 가지는 않더라도—참 넉살도 좋다—개똥밭에서라도 일을 더 해야 했다. 아직 하고 싶은 일이 너무나 많았다. 니무나 많았다.

기氣를 넣고 정精을 빼다

먼 여행을 다녀왔다. 도무지 무엇에 씌었는지 몰랐다. 지구의 끝까지 아니 천국을 헤매다 온 느낌이었다. 차차 얘기하기로 하고, 한 가지만 먼저 말한다면, 그렇게 헤맨 이유라고 할까 원인遠因이 칡뿌리처럼 깊이 박혀 있었다는 것이다.

아무래도 그는 불교적 사고를 갖고 있는 것 같았다. 불교 신자라는 것이 아니고 기독교 신자가 아니라는 것은 더구나 아니다. 물론 어떤 신자라는 것도 아니다. 신자나 신앙에 대한 얘기가 아니라 사고思考에 대한 얘기였다.

시시각각으로 횡액의 가능성은 잠재하고 있었다. 가령 차를 몰고 다니다보니 언제 어떤 순간에 무슨 사고가 발생할지 모르는 것이다. 또 걸핏하면 밤을 새우는 처지로 달리면서 깜빡 졸 때가 많다. 말이 깜빡이지 지옥의 문턱엘 갔다오는 것이었다. 번번이 참 용케도 견뎌왔다. 100킬로로 달리는 것이다. 그 이상으로 질주할 때도 많다. 눈을 똑 바로 뜨고서도 순간순간의 돌발 위험들을 곡예를 하며 피해가기가 힘든데 잠시라도 그것이 100분의 1초라 하더라도 뻐끗한다면 어떻게 되는가. 뻐이익…… 그러나 그런 것은 약과이고, 그의 의사와는 전혀 관계없이 다른 차가 와서 받기도 하고 중앙선이나 분리대를 넘어서 대형 덤프트럭이 덮치기도 하는 것이었다. 그런 일이 비일비재로 신문에 나고 있지 않은가.

번번이 남의 일일 수만은 없는 것이었다. 어째 나만의 행운을 기대할 수만 있는가. 그건 욕심도 아니고 무지였다. 삶에 대한 무방비였다. 비단 차 사고뿐인가. 가정의 문제, 아이들 문제, 직장의 문제, 건강 문제, 대인관계, 남자 문제, 여자 문제 등등 주변 곳곳에 복병이 도사리고 있었다. 고속으로 달리는 자동차가 아니라고 하더라도 일촉즉발의 위기들이 튀어나왔다. 삶에 대한 무방비는 죽음에 대한 무방비였다.

죽음이 보이기 시작하였다. 주변에 죽는 사람들이 많아지고 여러 가지 죽음의 모습들이 자꾸 떠올랐다. 어느 편인가 하면 천국보다는 지옥이 자주 등장하였다. 이제 그런 것을 대비할 때가 된 것 같기도 하였다. 이번 여행도 그런 것이었다.

그런 연극이나 영화를 보기도 하고 책을 뒤져보기도 하였다. 「이것이 당신이 가게 될 죽음의 세계이다」를 읽어보았다. 레이몬드 무디의 *Life After Life*를 번역한 것이다. 「사후 세계」라고도 하였다. 생 뒤의 생, 죽음 뒤의 삶에 대한 이야기였다. 철학박사이며 정신과 의사인 저자는 육신의 죽음에서 소생하는 현상을 깊이 연구하였고 죽었다 살아난 사람들의 증언과 조사를 하여 책을 낸 것이다. 의사들에 의해서 의학상 죽은 것으로 판명된 후 살아난 사람들, 사고를 당하거나 심하게 다치거나 병을 앓는 가운데 육체적으로 죽음의 문턱에 다다랐던 사람, 죽었다 살아난 사람들이 자신들의 경험을 임종을 지켜본 사람들에게 이야기해 준 것들 등 150명의 실례를 연구한 것이다. 그중 3분의 1에 해당되는 사람들을 만나서 상세하게 면담을 하여 보고하고 있다. 죽음의 비밀 공개장인 셈이다.

"나는 완전히 깜깜한 허공 속에 있었습니다. 마치 내가 진공 속의 흑암을 뚫고 떠다니는 것처럼 느꼈습니다. 공기가 조금도 들어가 있지 않은 원통 속 같았습니다. 그것은 반쯤은 여기에 반쯤은 저기에 있는 지옥의 변방인 것 같았습니다."

중화상을 입은 후에 여러 차례 죽었던 한 남자의 얘기다. 다음은 복막염에 걸렸던 한 여인의 얘기다.

"나의 의사는 나의 오빠와 언니를 불러 마지막으로 나를 보도록 하였습니다. 간호원은 내가 좀 더 편히 죽도록 하기 위해 주사 한 대를 놓았어요. 병원에서 내 주변의 것들이 점점 멀어지기 시작했어요. 그것들이 희미해지자 머리부터 먼저 좁고도 칠흑같이 어두운 통로로 들어갔습니다. 그 속에 내가 들어가기에 꼭 맞는 것처럼 보였어요. 나는 점점 미끄러져 내려가기 시작했습니다."

어두운 터널 속을 다녀온 것이었다. 그러나 어떤 사람들은 평안과 위로와 온화함을 느끼고 무척이나 호젓하고 평화스러운 느낌을 가졌다고 하였다. 아무런 고통도 없었으며 말할 수 없이 아름답고 멋진 공간에 처해 있었다고도 하였다.

죽음을 경험한 사람들, 정확히 말해서 죽음 근처에 간 경험을 한 사람들의 이야기다. 참으로 놀라운 이야기가 아닐 수 없었다. 이 세상에 죽었다 살아난 사람은 아무도 없었던 것이다. 한 사람이 있긴 있었다. 그러나 그는 사람인가. 하나님의 아들이라고 하였다. 그러니 신인가. 아니 사람의 아들이라고 하였다. 소설이었다. 그건 어떻든, 장사한 지 사흘 만에 다시 살아났다고 하였다. 그런데 그 후 소식이 없다. 그가 온다고 하고 다시 오기를 기다리고 있다. 재림再臨. 왔다가 간 것이고 다시 온다고 하였다. 그리고 그들 죽었다 살아난 사람들은 갔다가 다시 온 것이다. 요단강을 건넜다가 되돌아온 것이었다. 그런 사람들의 얘기였다.

참 거짓말 같기도 하고 도무지 믿어지지 않는 이야기였지만 사실이라는 것이고 그것을 <타임>지도 화젯거리로 다루었다. 베스트셀러가 되었다. 미국에 있는 노 선생이 꼭 읽어보라고 몇 해 전 만났을 때 소개한 책이었다. 그에게 내세에 대한 생각을 심어주고자 한 전도였던 것이다. 자주 신앙에 대한 대화를 나누었던 옛 동료를 다시 만나게 되어 부랴부랴 읽어본 것이었다.

인간은 육체적 고통의 한계점에 이르면 죽는다. 의사는 검안을 하고 죽음을 선언한다. 그러나 죽음의 문에 들어서는 순간 요란한 소리가 들리고 굉음이 들리고 캄캄한 터널을 통과한다. 사자의 영혼은 육신의 몸 밖으로 빠져나와 공중에 떠서 내려다본다. 다른 영靈을 만나기도 하고 이미 죽은 친척들 친구들을 만나고 사랑의 영, 온화한 빛을 만나며 그 빛의 인도를 받는다. 황홀경이었다.

"내가 그것(빛)에 점점 가까이 갔을 때 그것은 더욱 커졌어요. 나는 그 빛에 다가가려고 했어요. 그것이 그리스도라고 느꼈기 때문입니다."

그리스도인인 사자는 '나는 세상의 빛이라'고 한 그리스도에게 그 빛을 연결시켰다.

"만일 이 빛이 그리스도이시라면, 만일 내가 죽어야 한다면, 거기 빛 가운데서 누가 나를 기다리고 있는지를 알지요."

그는 책을 뒤적거리며 죽음이란 그런 것인가, 결국 두려운 것이 아닌가, 나는 지금 죽음으로의 행진을 하고 있는가, 등등의 생각을 해보았다. 그리고 다시 유대교, 천주교, 기독교, 예루살렘교, 몰몬교, 이슬람교 등 서방 종교들, 그리고 힌두교, 불교, 유교, 도교 등의 동양 종교들의 죽음과 내세에 대한 대목들을 뒤적였다.

그날 나팔소리가 울리면 죽은 자들이 모두 살아날 것이요 사람마다 하나님 앞으로 와서 심판을 받을 것이다. 의인은 낙원으로 들어가게 허락될 것이나 악인은 영원히 지옥 불에서 고통을 당하게 할 것이다. 유황불 불못 등의 힌놈의 골짜기 게헨나Gehenna 형벌을 받는 것이다.

코란경에 쓰인 것이었다. 성경의 영향권 종교들이 대개 이렇게 고압적인데 비해서 동양의 종교들은 아주 느긋했다. 사람이 생명 후의 생명으로 계속해서 새로 태어나게 된다. 이런 환생還生이 시작과 끝이 없이 계속된다. 힌두교와 같이 불교도 출생 죽음 환생으로 집약할 수 있었다. 이 세상에서 경험하는 업業은 그 사람의 과거의 삶에서의 행위 결과들이다. 지옥 대신 열반을 내세운다. 하지만 염라대왕의 심판 후 땅에 갇혀서 수족을 절단당하는 아픔의 형벌을 받는다는 설법은 동양종교의 공통적인 생각이다. 결론적으로 악인의 형벌에 대해서는 동서가 다를 것이 없었다.

다시 죽음의 공포로 돌아갔다. 죽음의 음산한 골짜기로 그를 끌고 갔다. 그의 불교적 사고는 그 자신을 더욱 불안하게 했다. 르과의 미로 행각은 지옥에 떨어질 수밖에 없는 업을 쌓은 것이다. 쌓고 있는 것이다. 환생과 내세 삶에서 경험하게 될 업이다. 업의 법칙 카르마Karma는 어떤 행위를 하거나 어떤 사고를 할 때마다 지속된다. 나쁜 행위나 생각처럼 좋은 행위나 생각은 뒤에 흔적을 남긴다. 다시 뒤집어 말해서 좋은 행위와 생각을 했을 때처럼 나쁜 행위와 생각은 뒤에 흔적을 남긴다. 흔적을. 죄를 짓는 거지요? 그은 묻는 것이 아니고 대답을 하고 있었다. 제가 기도를 하면 상쇄되지 않을까요? 기도란 그렇게 편리한 것일까요? 그가 되물었다. 그러자 그녀는 지난 주 성당에서 기도한 것을 되뇌어 보이는 것이었다. 저희들을 용서하여 주옵소서. 저희들이 벌 받지 않게 하여주옵소서. 우리가 사랑하면서 사랑하여서는 정말 안 되는지. 죽음의 길이 아닌 삶의 길을 알으켜 주시옵소서……. 그것은 좋은 행위이며 생각일까. 착각의 미로를 헤매고 있었다. 미망의 흔적을 남기며.

죽음이란 무엇인가. 그것을 어쩔 것인가. 그런 의문을 풀고 해결하고자 해서라기보다 그런 것을 생각할 때가 되었다. 이제까지 거기에 대해서는 희떠운 얘기만 하고 야유적으로 객기만 부렸지 진지하게 생각해 본 적이 없었다. 한 번도 그런 심각한 문제를 조용히 또는 밤을 새워 생각해 본 적이 없었다. 솔직히 전혀 생각을 안 해본 것은 아니고 사태의 심각성을 전혀 인식하지 못하고 있었던 것이다. 그러다 죽음이 보이기 시작한 것이다.

몇 가지 징후들이 나타난 것이었다. 팔 다리가 저리고 위통으로 새벽잠을 이루지 못하였다. 중풍 뇌졸중의 전 단계라고 하였다. 저린 것이 다리에서 팔로 옮겨지고 의사가 디스크 수술을 하라고 하는 것을 미적거리고 있는데 오진 쇼가 벌어진 것이었다. 위염을 위암으로 검진 결과를 보낸 것이다. '염'과 '암', 글자 한 자 차이지만 생사의 방향을 바꾸는 말이었다. 찍찍 갈겨 써 놓은 것을 타이핑을 잘 못한 것이라고 하였지만 그런 실수는 의사로서도 처음이라고 사과를 하였다. 참으로 죄송하게 되었습니다. 아니면은 되었습니다. 오히려 그는 감지 덕지였다. 죽었다가 다시 살아 돌아온 심정이었다. 위가 헐었다는 것이다. 위궤양이었다. 거기에다 매일 술을 들이부으니 위인들 성할 리가 없었다. 커피, 사이다, 콜라는 들지 말라고 하여 될 수 있으면 그것을 지키려고 노력을 하였다. 그러면서 그보다 열 배나 나쁠 알코올은 하루도 빠짐없이 마셔대었다. 그는 보살감투가 안주로 나올 때마다 얘기하였다. 이게 돼지의 위라는 것인데 이게 웬만해서 뚫어지겠어요? 그것이 그의 위이기나 한 것처럼 2중 3중으로 된 모타리를 쳐들어 보이며 호기 있게 말하였다. 뚫어질 리가 없지요. 술꾼들은 웃으면서 맞장구를 치며 그의 잔에 술을 쳤다. 오히려 뚫어지는 게 이상하지요. 그럼요. 그러나 그의 위는 헐었다는 것이고 암이라는 진단이었다.

오진이라는 데도 불구하고 그는 밤새도록 의학서적 백과사전을 들추면서 그 자신이 반대로 진단을 해보았다. 그리고 생각하였다. 언젠가는 내게도 닥칠 일이 아닌가. 남의 일만은 아니지 않은가. 다른 병원에도 가서 진찰을 받아봐야 확실하지 않을까.

그러면서 또다시 그도 이제 그것을 대비해야 된다는 생각이 들었던 것이다. 가끔 자다가 단말마를 겪으면서도 그랬다. 언제나 엉성하게 일을 당하고 부닥치듯이 그의 마지막 행사라고 할 죽음도 그렇게 엉성하게 넘기는 것이 아닌가, 생각되었다. 아이들 혼사도 그렇게 대충 넘겼고 뭐다 뭐다 하는 그의 일생일대의 중요한 날들도 사람들만 잔뜩 청하여 인사도 제대로 못하고 욕만 잔뜩 먹지 않았던가. 아이들은 둘 다 외상으로 행례를 치렀다. 딸은 유학을 간다고 하여 장롱을 하나도 못

사주었고 아들도 밖에 있다는 이유로 방 한 칸 얻어주지를 못하였다. 참 남 흉도 많이 보면서 그는 근사하게 잘 좀 해보려고 하였지만 너무나 마음에 안 들게 넘겨버렸던 것이다. 60년에 한 번 있는 날 그날은 정말 의미 있게 보내려고 하였다. 오랫동안 미뤄두었던 글을 묶어 책을 내고 그 출판기념회를 하는 것으로 의의를 삼으려 하였다. 그런데 약력소개를 하면서 날짜가 알려져 완전히 의도와는 다른 모임이 되어버렸고 기념회는 죽을 쑤고 말았다.

그의 모든 일들이 그랬다. 마치 비 새는 지붕의 구멍을 때우듯이 죽음이라는 그의 마지막 통과의례마저 그렇게 지나쳐버릴 수는 없었다. 그러면 결국 뭐란 말인가. 뭘 위해서 살았단 말인가. 산단 말인가.

죽음이란 무엇인가, 하는 생각은 어째 그런지 신이란 무엇인가, 하는 문제로 옮아갔다. 신이란 그에게 무엇인가. 그것도 이제 생각할 때가 되었던 것이다. 그리고 결론을 내릴 때가 되었다. 이제 회의를 느끼고 객쩍은 질문만 퍼붓고 있을 때가 아니고 진지하게 정리히고 그 결론을 조심스럽게 실천할 때가 되지 않았는가 말이다.

「신과 나눈 이야기」가 있었다. 닐 도널드 월쉬가 쓴 책이며 영화였다. 신과의 대화이다. 어느 날 우연한 사고로 목이 부러지게 된다. 몸의 불편함은 마음의 병이 되고 삶에 대한 자신감을 잃게 된 닐은 불행에 대해 의문을 갖기 시작하고 자신의 내면에 귀를 기울이게 되는데 그것이 신과 대화의 시작이다. 영적인 체험을 통한 메시지를 정리한 것이었다. 신은 모든 사람과 말한다는 것이다. 선한 사람과 악한 사람 성인과 악당 그리고 그 중간에 해당하는 사람들에게도 수많은 방식으로 다가와 대화를 한다는 것이다.

너는 이 모든 질문에 대답 받기를 원하느냐, 아니면 그냥 푸념을 늘어놓고 있는 것이냐? 신이 말하였다. 양쪽 다입니다. 나는 분명 푸념을 늘어놓고 있습니다. 하지만 이 질문에 대답이 있다면 죽는 한이 있어도 꼭 듣고 싶습니다. 너는 죽는 한이 있더라도라고 말하는데 기왕이면 살아서 꼭이라고 하는 게 더 멋지지 않느냐. 그게 무슨 뜻인가요?

그것을 미처 깨닫기도 전에 이야기를 시작하며 글로 썼다. 신과 나눈 이야기를 받아쓰는 것이었다.

왜 내 인생은 순탄하게 굴러가지 않는 겁니까. 잘 굴러가게 하려면 대체 뭐가 필요하단 말입니까. 어째서 나는 다른 사람들과 행복하고 즐거운 관계를 가질 수가 없는 겁니까. 필요한 만큼의 돈을 만져보는 일 같은 건 내 평생 한 번도 없을 거란 말입니까. 그리고 마지막으로 더욱 힘주어 물었다. 대체 내가 무슨 짓을 했길래 늘 이렇게 고통스런 삶을 살아야 한단 말입니까. 단단히 따지고 든 것이었다.

받아쓰기는 3년간 계속되었다. 그것이 이 책이었다.

그는 「사후 세계」를 읽을 때 이상으로 호기심과 흥미를 가졌다기보다 그의 관심을 잡아끌었다. 책의 내용에 앞서서 작가의 삶의 경력이었다. 이혼을 다섯 번 하고 매달 양육비를 보조해야 하는 9명의 자녀를 가진 아버지인 월쉬는 신문기자, 편집자, 라디오 토크쇼 사회자 등을 거쳐 현재는 영적인 각성을 목적으로 하는 '리크리에이션(재창조)' 법인을 설립해 활동하고 있고 「신과 나눈 이야기」 이후 「신과의 우정」 「신과의 합일」을 출간한 후 강연자로 돌아다닌다. 미국에서 250만 부 일본에서 50만 부가 팔리고 있는 세계적인 베스트셀러

작가이다. 그가 책을 읽을 때 그랬다.

책이 얼마나 팔리고 얼마나 인기가 있고 유명하고 하는 것보다 그 굴곡 있는 삶에 관심이 갔다. 그는 거기에 비하면 참으로 밋밋한 삶을 살아온 것 같다. 우선 그는 한 번도 이혼할 용기가 없었던 것이다. 그걸 용기라고 할는지 모르지만 대단히 불행하거나 아니면 무척 행복한 사람이다. 그러나, 자유 말이다. 신념대로 사는 것 말이다. 그는 정말 한 번도 하고 싶은 대로 해보지 못하지 않았던가. 바람이나 피웠지. 술이나 실컷 마셨지. 그래서 위가 뚫어지기 직전인 것밖에 더 있는가.

삶이 무척 두렵습니다. 무척 혼란스럽고요. 매사가 좀 더 확실했으면 좋겠습니다. 다시 물었다. 네가 결과에 집착하지만 않는다면 삶에서 두려운 것이란 없다. 신이 대답했다. 아무것도 원하지 않으면이란 뜻이로군요. 그렇다. 선택하라. 하지만 원하지는 마라.

여기에서의 신은 기독교의 하느님도 아니고 도교의 옥황상제도 아니다. 다른 어떤 특종 종교에서 숭배하는 신도 아니다. 오히려 기존의 종교와는 선혀 무관한 단지 창조주이며 관찰자로 존재하는 신, 지옥과 천당도 없이 인간에게 모든 창조력과 선택권을 무제한으로 허용하는 신이다. 난 너희가 원하는 걸 원한다. 이 신은 대단히 보편적인 신이며 작가가 창조한 창조주인 것이다. 그 창조주와의 만남이었다.

그는 마음이 설레고 마치 자신이 죽었다 살아난 사나이같이 황홀한 세계로 진입하는 것 같았다. 깜깜한 터널 속에서 나와 훨훨 어디론가 날고 있는 듯하였다. 그런 느낌으로 다른 여러 종교의 신들을 불러 모았다. 그리고 대화를 나누었다. 예수도 만나고 마호메트도 만나고 석가도 만나고 공자도 만났다. 단군도 만나고 치우도 만났다.

소설이었다. 그의 다른 글에서도 썼고 책으로도 내었지만 성경도 소설이고 예수도 소설이고 석가도 소설이고 불경도 소설이고 지옥도 천당도 연옥도 극락도 소설이었다.

"이 사람 돌았구만!"

또 하나의 그가 말한다. 그의 그림자였다. 죽음의 그림자인지 몰랐다. 무소부재로 항상 그를 수행하는 악마였다. 마우魔友라는 이름을 붙이기도 했었다.

"왜 안 되는 소린가?"

"정신이 있어?"

신인지도 모른다. 정신 깨우침을 해 주며 그를 지켜주는 수호신. 언제나 여유 있을 때 즐거울 때가 아니고 외나무다리에서 원수를 만나듯 아주 난감한 위기의 순간에 얼굴을 내미는 존재이다. 도깨비 같은 친구이다. 항상 혼잣말처럼 중얼거린다. 그이면서 그가 아니고 그가 아니면서 그였다. 궤변이 아니었다.

"그냥 내 생각이 그렇다는 거야."

"되나 개나 그냥 내갈기면 되는 거야? 미친년 오줌 갈기듯이. 미쳤구만!"

"젠장! 얘기도 못 하나? 평생 늙어죽도록 속으로만 우물거리란 말인가?"

"그래도 그렇지. 되는 말을 해야지. 나이가 몇이라고 함부로 뇌까리면 어떡해."

"그러나 그런 것은 아니야. 무턱대고 하는 얘기는 아니야. 단테의 서사시 「신곡神曲」에 지옥과 천국을 만들어놓지 않았냐고. 그게 소설이 아니고 성경인가?"

"그게 어떻다는 거야?"

「신곡」은 '지옥편' '정죄淨罪편' '천국편'으로 되어 있다. 지옥은 다섯 강으로 둘러싸여 있고 대체로 암흑에 쌓여 있으며 질풍疾風 호우豪雨 혈하血河 독류毒流 열사熱砂 빙원氷原 등으로 가득차 있다. 단테의 비참한 생활과 귀향의 거부 등 삶의 모든 굴욕과 꿈의 좌절에 대한 시적 보복이라고 할 수 있는 피안의 여행기이다. 신곡의 원명 Divina Commedia의 코메디아는 처음에는 비참한 운명에 허덕이나 마지막에는 행복으로 끝난다는 뜻이라고 하였다.

그는 밀턴의 「실락원」 얘기도 하면서 이야기를 다시 소설로 끌고 갔다.

"소설이란 거짓말이라는 것이 아니야. 실제보다 훨씬 재미있고 의미 있게 쓴 것이지. 성경이 거짓말이고 예수가 거짓말이라는 것이 아니고……."

좌우간 그것이 소설이라는 신념은 변함이 없었다. 참으로 고집이 세었다. 그렇다고 억지로 우기고 있다고는 생각지 않았다. 그럴 이유도 없었다. 그의 생각이 중요한 것이지 누구의 동의를 받으려고 하는 것이 아니었다. 아닌 게 아니라 나이가 몇 살인가. 이제 그 스스로 생각하여 결론을 내릴 때가 되었다. 자신 있게 자신의 얘기를 주장하고 관철시키고 말이다.

좌우간 소설이라는 것이었다. 누가 만든 것이었다. 지옥도 만들고 천당도 만들고 이상향도 만들었다. 죄를 지으면 어떻게 되고 선행을 하면 어떻게 되고 무엇을 하면 또 어떻게 된다는 것을 보여주고자 하는 인생 계도 소설이며 도덕 교과서였다. 어디 단테나 밀턴의 서사시뿐인가. 그 전에나 그 뒤에도 그와 같은 소설이 얼마든지 있다. 그러나 성경을 소설이라고 하고 예수를 소설이라고 하면 백안시하는 사람이 많았다. 다른 누구보다도 아내가 그랬고 당장 관계가 성립되지 않았다. 무엇보다도 밤의 관계가 안 되었다.

하루는 작정을 한 듯 따지고 들었다. 그날 들은 목사의 설교를 가지고 하는 얘기였다.

한 부자가 있었다. 고운 베옷을 입고 날마다 호화롭게 즐기었다. 나사로라고 하는 거지는 헌 데 투성이로 그 부자의 대문 앞에 버려진 채 부자의 상에서 버려진 것으로 배를 불리려 하자 개들이 헌 데를 핥게 하였다. 거지가 죽어서 천사들에게 받들려 아부라함의 품에 들어가고 부자는 죽어 음부에서 고통 중에 멀리 아부라함과 나사로를 보고 간청하였다. 아버지 아브라함이여 나를 긍휼히 여기사 나사로를 보내어 그 손가락 끝에 물을 찍어 내 혀를 서늘하게 하소서. 내가 이 불꽃 가운데서 고통을 받나이다. 너는 살았을 때에 네 좋은 것을 받았고 나사로는 고난을 받았으니 그것을 기억하라. 이제 그는 여기서 위로를 받고 너는 고통을 받느니라. 아브라함이 말하였다. 그뿐만 아니라 너희와 우리 사이에 큰 구렁이 끼어 있어 여기서 너희에게 건너가고자 하되 할 수 없고 거기서 우리에게 건너올 수도 없게 하였느니라.

「누가복음」 16장에 있는 내용을 인용하여 이야기하고 있었다. 천국과 지옥은 서로 오고 갈 수가 없으며 지옥은 불길 속 눈물의 골짜기이고 천국은 고통 근심이 전혀 없는 낙원이라고 하였다. 구원을 받는 길은 오직 예수를 믿는 길밖에 없다고 하였고 기회가 지나가기 전에 회개하라고 하였다.

"이것도 소설이라고 생각해요?"

"그건 비유인데…… 결국……."

"무슨 소리예요, 또?"

비유는 비슷한 일을 빗대어서 얘기하여 이해의 폭을 넓히는 표현방법이다. 지옥도 그렇고 천국도 그랬지만 실제의 이야기를 보여주는 것은 한 군데도 없고 다 비유로 설명하고 있었다. 실제의 장면은 보여준다는 것은 있을 수가 없다. 그런 것이 존재하지 않으므로 또는 본 사람이 없고 경험한 사람이 없으므로 그럴 수밖에 없는 것이다. 그러니 실제 상황이 아닌 가설이며 이 또한 소설일 수밖에 없다.

"이제 여러 소리 말아요."

계속 권면을 받았고 갈수록 압박이 느껴졌다. 그런 상황을 벗어날 수가 없었고 현실을 인정할 수밖에 없었다. 교회에를 안 나가는 방법밖에 없었다. 그러나 그것은 약속을 어기는 일이었다.

약속은 지키고 살아야 했다. 지옥은 그런 곳이고 천국은 그런 곳이었다. 죄를 진 사람은 그렇게 된다는 것이었다. 아니 회개를 하지 않은 사람은 그렇게 된다는 것이었다. 종교란 그런 것이었다. 그렇게 생각하였다.

좌우간 이번 여행은 무엇보다도 죽음에 대한 의식이 작용한 것이었다. 지옥이다 천국이다 신이다 하는 문제들 말이다.

미국 로스앤젤레스의 '지구환경과 생존전략' 세미나에 참가하였다. 그것도 같은 맥락이었다. 그러나 그것은 중신아비이고 거기에 몇 가지 볼 일이 있었다. 세계적인 정신지도자 명상가 예술가들이 모여 있다는 휴양 도시 세도나를 다녀오고 싶었다. 기氣가 많이 솟아나는 곳이라고 하였다. 노 선생을 만나는 것도 그 하나였다. 그의 아이 문제에 대한 부탁도 있고 듣고 싶은 얘기도 있었다. 아직 공부를 마치지 못하고 있는 아이의 후견인 역할을 맡겨놓고 있었던 것이다. 세미나 주제 발표를 하기 위해 자료 조사를 하다가 노 선생과 밤을 새워 얘기를 하리라 마음먹었다. 만날 때마다 태양은 하나가 아니고 수없이 많다고도 하고 지구를 향해 행성이 다가오고 있다고도 하고 그에게 충격을 안겨주었던 것이다. 이번에는 결론을 내리고 와야 했다.

지구 환경의 문제는 참으로 심각하였다. 지구의 수명은 앞으로 25년밖에 남지 않았다고 하기도 하였다. 도무지 믿어지지 않았다. 그러나 누구나 부인할 수 없는 사태가 진행되고 있었다. 하늘이 뚫리고 땅과 바다와 강이 다 썩고 있다. 지구 표면의 온도가 날로 상승하여 바다 수면이 높아지고 지구는 수장 위기에 있다. 각일각 지구는 침몰하며 죽음의 행진을 하고 있다. 아무 대책이 없다. 결국 원시시대로 다시 돌아가야 되는데 그것을 동의하는 사람은 아무도 없다. 우리는 그러기에는 너무 물질문명에 젖어 있다. 오직 한 가지 방법이 있다면 우리의 욕망과 편리를 억제하고 행진 속도를 늦추는 것이다. 그러나 결국은 죽음으로 치닫고 있는 것이다.

답을 얻은 것이 아니라 문제만 떠안고 불안만 가중되었다. 이제 개인적으로 아무리 잘 해도 다 죽는다. 종교는 뭐에다 써 먹는 존재이고 신은 뭘 하고 계시는 존재이며 이 세상에 질서란 있는 것이며 정의란 있는 것이며 아니 도대체 미래란 있는 것인가.

차츰 그의 머리는 뒤죽박죽이 되어가고 있는 때에 무슨 기적처럼 기가 등장한 것이다. 기란 무엇인가. 그런 것이 있다면 희망은 있는 것이 아니냐는 생각이 들었던 것이다. 기적을 바라는 심정이었다.

세미나를 마치고 여행을 떠났다. 노 선생과 함께 세도나를 가는 것이었다. 그가 가자고 떼를 썼다. 새벽같이 그가 있는 곳으로 노 선생이 미니밴을 몰고 왔다. 애리조나 주의 사막 가운데 있는 기의 도시였다. 기를 좀 넣어 가지고 오려는 것이었다. 만날 사람도 있었다. 창조주였다. '창조주와의 만남' 포럼이 있다고 하였다. 로스앤젤레스에서 10시간 거리였다. 비행기로 갈 수도 있었지만 빨리 가는 것이 목적이 아니었다. 가면서 구경도 하고 얘기를 하려는 것이었다. 그런데 노 선생은 엉뚱한 새 이야기보따리를 끌러놓았다. 거기서 제일 큰 식당을 하던 것도 내놓았고 부인하고도 별거하고 있다고 하였다. 심복인 매니저가 부인과 배가 맞아 주인을 몰아낸 것이었다. 지금 이혼 수속을 밟고 있다고 하였다. 자신의 몫을 챙겨 주식 투자를 해놓고 옛날 제자들과 골프나 치면서 지내고 있다고 하였다. 이제 사장도 아니고 노 선생으로 돌아간 것이었다. 그는 너무 어처구니가 없어서 말문을 닫고 있다가 한 마디 하였다.

"기를 잔뜩 넣어 가지고 오다가 오입이나 한번 하자고."

달리는 위로할 길이 없어서 한 말이었다.

"하하하하…… 그러지 뭐, 까짓거."

노 선생도 말은 그렇게 하지만 그가 알기로는 외도 한번 한 일 없이 살아온 샌님이었다.

"잘 됐네. 하하하하……."

몇 년 그의 옆자리에서 같이 근무한 적이 있는 노 선생은 여기로 건너와 돈을 많이 벌었다. 처음부터 돈을 많이 번 것은 아니고 주유소의 주유원에서부터 안 해본 것이 없고 내외 주야로 뛰어서 제일 큰 요식업소를 가지게 된 것이었다. '제일'

이라는 것을 추구하여 그것을 기어코 이루었던 것이다. 그리고 다시 그것을 잃은 것이었다. 돈보다도 인간적인 배신을 참을 수 없다고 하였다.

점심은 버팔로(들소고기)햄버거 집을 찾아 들어가 사 먹고 저녁에도 역시 햄버거였는데 사 가지고 차 안에서 커피와 들면서 달렸다. 계속 얘기를 하면서였다. 그가 그동안 지난 이야기도 하고 역시 신앙에 대한 이야기, 신에 대한 이야기를 하였다. 노 선생은 독실한 크리스천이었고 만날 때마다 그를 전도하려 하였다. 10시간이 더 걸려 밤중에 세도나에 도착하였다. 그가 가고자 하여 예약한 리트릿은 명상의 휴양 공간이었다. 힐링파크Healing Park라고 하였다. 하루 종일 한 이야기로 미진하여 다시 무더운 밤을 새워 이야기를 하였다. 그는 부인을 용서할 생각은 없느냐고 물어보았다. 노 선생은 몇 차례 부인의 사죄를 다 거절하였다고 하였다. 절대로 그럴 수는 없다고 하였다. 아침에 눈을 조금 붙이고 일어나 리트릿의 경내를 둘러보았다. 붉은 바위로 둘러싸인 사막의 분지였다. 붉은 바위 레드락red rock 여기저기에 기가 솟아난다고 하였고 특히 집중적으로 기가 많이 솟아나는 장소와 시간이 있다고 하였다. 기가 많이 솟아나는 레드락 근처에는 수많은 호텔 모텔이 밀집되어 있기도 하였다. 기를 볼텍스vortex 에너지라고 하였다.

볼텍스는 돌다, 회전하다의 뜻으로 하나의 중심축을 기준으로 물체가 나선형으로 돌아 올라가는 것을 말한다. 이런 볼텍스 현상에는 전기적 성질과 자기적 성질이 있는데 일렉트릭 볼텍스는 지구가 전기력을 방출하는 장소로 이 에너지가 육체에 작용하여 마음에 영향을 준다. 이 에너지가 증가되면 우리 몸의 중앙 신경계 안에 회로가 열리고 새로운 자각을 하게 되고 정신적 영적 능력이 각성된다. 여기서 명상과 기도를 통해 고차원의 정신적인 수준에 도달할 수 있도록 도와준다. 세도나의 뾰족하게 솟은 지역이 이에 해당된다. 예를 들면 벨락(종바위) 같은 곳이다.

그들을 안내하는 벽운 선사는 그렇게 기에 대하여 설명하였다. 또 하나의 기의 성질은 참으로 경이로웠다.

"마그네틱 볼텍스는 한층 신비로운 기가 솟아나는 곳입니다. 물리적인 실체 없이 에너지 장으로만 존재하는 것으로 육체보다는 영적으로나 심적으로 더 크게 영향을 끼칩니다. 여기서는 전생 체험을 하거나 텔레파시 영과의 대화 등 초자연적인 현상을 경험하게 됩니다. 인간의 오관을 조종하여 지구 에너지와 공명이 되도록 하고 우리 몸에 있는 에너지의 장을 재정렬시키는 것이지요. 회복의 장소라고 부르는 캐스드럴 락(성당바위)은 세도나에서 가장 강력한 마그네틱 볼텍스 지역입니다. 영적인 바위지요."

신비의 땅이었다. 말대로라면 이백 살이고 삼백 살이고 살 수 있을 것 같았다.

"다 버리고 이런 데에 와서 살 수는 없을까."

"오시지요 뭐, 환영합니다."

그가 혼자 우스갯말로 해본 것을 선사는 진지하게 답한다.

"못 올 것도 없지요, 뭐."

노 선생도 웃으면서 말하였다. 이제 홀가분하다는 말인가.

그러나 이날 몇 군데의 뾰족한 붉은 바위 위에 서 보고 이튿날 기가 특별히 많이 솟아나는 지역에 시간을 맞추어 가보았지만 기의 실체를 느낄 수는 없었다. 기를 받아들이는 자세가 또 있었다. 기에도 도道가 있었다. 기도氣道였다. 마음부터 비워야 했다.

선사가 다음 안내한 곳은 너무나 놀라운 장소였다. 단군을 모신 언덕이었다. 사막이 다 내려다보이는 붉은 언덕에 거대한 황금색 단군상이 우뚝하게 서 있었다. 그 옆으로는 천부경 天符經을 돌에 새겨 놓았다.

"아아!"

그는 큰 소리로 감탄을 하였다. 다른 무엇보다도 너무나 반가운 얼굴이었다. 황무한 사막의 벌판 이 낯선 언덕에 태곳적 우리의 할아버지는 그들을 기다리고 있었던 것이다. DANKUN이라는 명패를 붙이고.

"미국 애리조나 그리고 캐나다 남미 멕시코에서 칠레까지 퍼져 있는 인디언의 역사도 동이東夷의 역사의 연장이요 줄기지요. 우리 역사와 인디언의 역사가 너무나 흡사하게 닮아 있어요. 앞으로 많은 관심과 탐구를 요하는 비교역사의 가치가 있을 것입니다. 단군 할아버지의 홍익이념과 삶의 가치관이 깔려 있는 곳입니다."

선사는 단군을 그렇게 연결해 주었다. 그러니까 여기도 단군의 땅이었다.

그는 네, 그렇군요라는 말 대신에 혼잣말처럼 중얼거렸다. 당신은 이 시대의 무엇입니까? 신입니까? 우상입니까? 그냥 금칠을 한 옛 할아버지의 얼굴입니까? 한동안 동상을 바라보다가 큰절을 올리었다.

그가 절을 두 번하고 일어서면서 돌아가신 분에게는 절을 두 번 하는 것이 아니냐고 하였더니 성인에게는 네 번 하는 것이라고 선사가 알려주었다. 절을 두 번 더 하였다.

여기서 매달 음력 보름날 달밤에 '창조주와의 만남' 포럼이 열린다고 하였다. 날짜를 따져보니 열흘 뒤가 되었다. 2, 3일이라면 몰라도 너무 먼 기간이었다. 창조주를 만나는데 날짜 며칠이 대수냐고 생각하여 보았지만 그것이 안 되었다. 스케줄이 다 짜여 있었고 사람이 우선 약속을 지키며 살아야 하지 않는가 말이다. 창조주와의 인연이 없는가 보았다. 「신과 나눈 이야기」의 저자 월쉬, 「뇌내 혁명」의 저자 하루야마 시게오 같은 사람들도 참가한다고 포럼을 주재하는 일지 선사가 말하였다. 그리고 창조주는 모두의 마음속에 있다고 하였다. 그는 그들의 책을 좀 자세히 읽어보리라 생각하였다.

돌아오는 길에 기가 많이 솟아난다는 곳을 골고루 다녀서 기를 마셨다. 벨락에는 새벽 네 시에 가야 했다. 창조주와의 대화를 듣지 못하는 대신 기나 많이 넣어가자고 하여 마냥 늦게 출발하였다. 그러는 바람에 가다가 하루를 더 자고 가야 했다. 애리조나, 네바다, 캘리포니아 3개 주가 만나는 변경 도시 라플린으로 나와 콜로라도 강가의 호텔에 들었다. 라스베이거스처럼 도박의 도시였다. 호텔마다 슬롯머신이 꽉 들어차 있었고 그 대신 호텔비는 아주 쌌다.

잠을 자자고 한 것이지만 우선 시간을 정하여 노름을 조금만 하자고 하였다. 한 시간만 하기로 하였다. 이곳저곳 옮겨 다니며 기계를 잡아 돌렸다. 몇 번 좌르륵 좌르륵 대박이 터졌지만 결국 들어가기만 했다. 1000불이 들어가고도 자꾸 들어갔다. 다시 이번에는 시간을 정하지 않고 액수를 정하여 100불만 더 하기로 하고 제일 싼 코인을 바꾸어 돌렸다. 금방 다 들어갔다. 노 선생이 조금 더 하자고 하였지만 그가 그만두자고 하였다. 노 선생도 잃기는 마찬가지였다. 아쉽게 자리를 뜨는 순간 괴상한 생각이 떠올랐다. 돈값을 하는 것인가. 무슨 대발견 같았다. 노 선생에게 말하였다.

"우리가 만일 10배 비싼 코인으로 돌렸다고 하면 만 불을 날린 것이 되는 거지요. 안 그래요?"

그런 얘기였다.

"그걸 말이라고 해요?"

노 선생은 수학 전공이었다.

"그럼요."

100배면 십만 불이고 1000배면 백만 불이었다. 만일 그렇게 가정하면 말이었다. 한 시간을 돌릴 수도 있지만 열 시간을 돌릴 수도 있었다. 밤을 새울 수도 있었다. 평생 피땀 흘려 모은 재산을 한 순간 다 날릴 수도 있었다. 그는 자꾸 그렇게 계산을 하다가 노 선생을 '바'로 데리고 갔다. 맥주를 시켰다.

"돈이란 하루 저녁에 다 날릴 수도 있는 거 아니겠어요?"

"그렇지요."

"잘 생각해 봐요."

이혼수속을 말하는 것이었다. 아이들을 생각하면 그럴 수가 없는 것이었다. 그와 아이들 또래가 같았다. 같이 남매를 두기도 했다.

"돈만은 아니지요."

노 선생은 얼른 말귀를 알아차렸다.

"그럼 정조를 가지고 따지는 건가요?"

"이 선생 같으면 수용할 수 있겠어요? 어떠세요?"

"물론 저도 처음엔 말이 안 나왔어요. 그러나 죽으면 다 썩어서 흙이 되고 마는데, 자꾸 그런 것만 따지겠어요?"

"그럼 아무것도 따질 것이 없다는 얘기인가요?"

"그런 것은 아니고요…, 용서해요."

"안 돼요. 절대로 그럴 수 없어요."

"그러면 사모님을 돌로 치시겠습니까? 사랑은 한 내끼도 없었습니까?"

이번엔 거꾸로 그가 전도를 하고 있었다. 그는 한 술 더 떴다.

"용서하시면 노 선생은 구세주가 되는 겁니다."

"······."

"구세주와 창조주는 어떻게 다르지요?"

"글쎄 같은 거지요, 뭐."

노 선생은 그 말에는 어정쩡하게 대답을 하였다.

"오늘 밤 여기서 창조주를 만나는군요."

"뭐라고요?"

"용서해 주세요. 지금 전화 걸어요. 그리고 우리 근사하게 오입이나 한번 합시다."

"아니!"

"까짓거, 뭐."

그는 맥주를 한꺼번에 몇 병 시켰다. 그리고 돈을 잃고 해롱거리는 여자를 하나 끌어 앉혔다.

노 선생을 움직이면 그도 구세주가 되는 것이었다. 신이 되는 것이었다. 원래 술을 못 하는 노 선생에게 술을 자꾸 따라 주었다. 억지로 받아 마신 노 선생은 금방 혀가 꼬부라졌다.

"약속했잖아?"

"그러면 피장파장이지 뭐냐?"

"오케이! 바로 그거야."

"Okey."

옆에 앉은 여인이 무슨 뜻인지 맞장구를 쳤다.

"하하하하……."

"호호호호……."

"허허허허……."

또 하나의 그도 같이 따라 웃었다.

그는 다시 그의 걸 헌팅을 하기 위해 '바'와 도박장을 돌아다녔다. 기왕이면 젊고 마음에 들어야 했다. 하룻밤을 자도 만리장성을 쌓는다고 하지 않았는가. 여기가 동인지 서인지 방향감각도 없어졌다. 술을 또 잔뜩 시켰다.

그날 밤 그는 천신만고 끝에 결국 노 선생을 움직이고 그도 움직였다. 잔뜩 집어넣고 온 두 사람의 기가 작용을 한 것이 틀림없었다.

콜로라도 강가의 밤은 너무나 짧았다.

일탈과 욕망

그녀와는 자주 만났다. 거의 매주 만났다.

이름을 밝힐 수는 없다. 석자 중에 한 자도 밝히기가 두렵다. 그만큼 알려져서는 안 되는 관계이다. 흔히들 내가 하면 로맨스이고 남이 하면 스캔들이냐고 말한다. 그랬다. 성은 김이요 이름은…… 머리글자로만 애기할 수밖에 없다고, 그러나 그럴 수만도 없었다. 통속적이요 유행가와 같은 로맨스인지도 모른다.

뭐 그런 것이야 아무래도 좋다. 누가 뭐라든 뭐가 어떻다고 찧고 까불어대든 상관할 바 없다. 다만 이름만은 알려져시는 안 된다. 석 자 중에 한 자도 밝히기가 두렵다. 그만큼 알려져서는 안 되는 로맨스랄까 스캔들이다. 그들의 관계가 백일하에 드러나면 참으로 곤란한 지경에 이르게 될 것이다. 그래서 그 관계라는 것에 대하여도 말할 수가 없다. 그런데 그런 생각은 하고 있으면서도 여전히 관계를 계속하고 있고 거기에 대해서 심각하게 생각하지 않고 있다는 데에 문제의 심각성이 있는 것이다.

좌우간 그래도 이야기를 하려면 이름이 있어야 하므로 아무렇게나 붙여 본다. 일단 윤이라고 해두자. 이름이냐 성이냐 따지지도 마시라. 나이, 나이도 밝히기가 그렇다. 10대 20대는 아니다. 유부녀이다. 아이도 있다. 다 장성하였다. 남편은 공직에 있다. 그녀도 같은 공직이지만 단순한 일을 반복하는 기능직이다. 그러나 시간은 마음대로－정말 마음대로는 아니지만－비교적 많이 낼 수가 있었던 것이다. 연가도 내고 출장도 달고 조퇴도 하고 늦게 들어가기도 하고 자신이 책임 진 일만 하면 되었다. 그녀는 남편이 한 단계 한 단계 계단을 밟아 올라가는 대목마다 역할을 하였다. 같이 동부인을 하여 식사 대접을 하기도 하고 가끔 악역을 맡기도 하였다. 선물 꾸러미를 들고 간다든가, 그 선물 속에는 봉투가 들어 있기도 하고, 어떤 때 그것이 발각되어 되돌려 받아오는 수모를 겪기도 하였다. 미인계도 더러 썼다. 술자리를 같이 하기도 하고 잠자리까지는 모르지만, 사실 그것도 잘은 모르는 일이었다. 그것을 말한 적도 없고 물어본 적도 없을 뿐이다. 그에게도 남편의 부탁을 몇 번 한 적이 있다. 들어준 것도 있고 그럴 수 없었던 것도 있고, 다 어려운 것이었다. 말을 꺼내면 집요하게 관철을 시키고자 하였다. 그와의 만남에도 가끔 그런 계산이 들어 있었다. 그것은 계산이 아니고 그녀의 솔직함이며 남편에 대한 애정이라고 생각하는 편이 옳을 것이다.

그녀가 헤프다든지 윤리 도덕의식이 없다는 얘기는 아니다. 오히려 그 반대라고 할 수 있다. 그것이 무슨 기준이 될지는 모르지만 그녀는 번번이 불을 끄곤 하였다. 환한 데에서는 백이면 백 번 다 거절이었다. 백이라? 뭐 그 이상이면 이상이었다.

참 곤란한 얘기만 골라서 텅텅 하고 있는 것이다. 어떻든 그녀가 남편이 승진을 하고 줄을 타는데 결정적인 역할을 하였다고 할 수 있다. 헌신적으로 남편을 위하여 노력을 하였고 어쩌면 남편의 출세를 위하여 자신의 생을 다 바친 여자였다. 그만큼 가정적이었고 또 사회적이었으며 현명하고 똑똑한 아내였다. 그럴 때 딱 들어맞는 말이 현모양처인데 그런 표현이 전혀 손색이 없는 여인이었다. 그와의 스캔들 아니 로맨스를 뺀다면 말이다. 어쩌면 그것이 스캔들이 아니고 로맨스라고 한다면 로맨스도 멋들어지게 하고 있다고 할 수도 있을 것이다.

　뭐가 됐든 그들의 관계 속에는 어떤 중요한 의미가 들어 있을 것이었다. 물론 처음에는 거창한 의미가 있었다. 같이 일을 하자는 것이었고 뜻을 같이 하는 것이었고 모든 것을 터놓고 열어놓고 무엇을 한다는 것이 얼마나 중요한 일이냐, 역사와 민족을 위하여 문학과 예술을 위하여 아니 인생의 구경究竟을 위하여…… 그렇게 생각을 하였다. 그런데 무엇이 되었든 간에 적어도 그녀의 남편과 그의 아내는 절대로 그들의 관계를 용납할 수가 없을 것이다. 절대로. 만일 그런 사실이 털끝만큼이라도 알려지기만 한다면 그 순간 모든 섯은 끝장이다. 너 죽고 나 죽고 다 죽자고 할 것이다. 다른 것은 어떻게 될지 모르지만 그들의 가정만은 도저히 유지될 수가 없을 것이다. 파탄이다. 양쪽 다 파멸이다. 한 가정 아니 두 가정에서 뿐만 아니라 직장이나 지역이나 어떤 고급 사회에서도 그들의 관계는 용납될 수 없을 것이다. 이혼의 제1조건에 해당하며 당장 파면감이고 그런 사회적 법적 제재에 앞서 천벌을 받을 일이며 파렴치한 일인지 모른다. 그럼에도 불구하고 하나도 죄의식을 갖지 않고 있었다. 물론 죄의식을 안 갖는 것은 아니다. 그러나 그것이 계속 반복되고 반복되어 버캐가 앉아버렸다. 처음 얼마동안은 꼬리가 길면 밟힌다는 속담을 떠올리며 꼬리를 자르자고 하였지만 한 번도 꼬리를 자른 적은 없었다. 아무래도 이쯤에서 그만 하자고 그가 용단을 내려 제안을 해보았지만 다른 누가 있느냐고 그러면 좋다고 가라고, 술에 취한 강짜만 받아야 했다.

어떻든 그들의 관계는 들어나서는 안 되는 데도 불구하고 하루하루 각일각 그런 수순을 밟고 있는 것 같았다. 그녀에 대하여 그리고 그들의 관계에 대하여 제대로 소개하였는지 모르겠다. 그러나 그것이 이야기의 핵심은 아니다. 어떻든 윤과는 떼려야 뗄 수 없는 관계가 되었다. 이틀만 지나도 보고 싶고 사흘 나흘만 지나면 만나고 싶어 견딜 수가 없었다. 1주일을 넘기지 못하였다. 다른 이유가 없었다. 보고 싶고 만나고 싶었다.

"보구 싶어요."

"저두요."

거기에 가식도 없고 보태는 것도 없었다. 가끔 이렇게 떠보기도 하였다.

"정말이세요?"

윤 쪽에서였다.

"거짓말이에요."

"거짓말……."

그렇게 한 번 더 드티었다. 그러나 그녀는 그에게 인내심을 갖게 하지 못하였다.

"사실은 제가 전화할려고 하던 참이었는데……."

"그런 줄 알고 제가 먼저 했지요."

"히히히히……."

"빨리 보구 싶어요."

"알았어요."

그렇게 서로의 의사 표시가 있고 시간을 정하면 백리 밖에서도 금방 달려왔다. 그리고 달려갔다. 백리가 아니라 천리만리라도 달려가곤 하였다.

"컨디션이 어떠세요?"

"좋아요."

그렇게 사정을 물어볼 때도 있었다. 그의 편에서였다.

만나는 데는 물론 그들의 일이 전제되었다. 어느 것이 먼저인지는 모르나 두 가지가 겹친 것은 분명하였다. 그들은 같은 길을 걷고 있는 동지였다. 같은 경향의 작품을 쓰고 있기도 하고 한 단체의 회원이기도 하고 임원이기도 하였다. 집이다 밥이다 하는 것을 초월해서 이 땅에 무언가를 이루고 실현하겠다는 이상을 같이 하고 있었다. 민족이고 통일이고 하는 거창한 깃발을 치켜들 것도 없이 뜻이 같으며 궁합이 맞으며 의기투합이 된 것이다. 우리의 정체성이 어떻고 시대가 어떻고 더러는 성치가 어떻고 하다가 자아도취가 되기도 하고 거기에 뮤즈와 바카스가 발동을 하면 길바닥에 앉아 깡소주 나팔을 불기도 하고 길을 잃기도 하고 하는 것이었다.

같이 세미나에 참석해 토론도 하고 발표도 하고 그가 발표를 하면 그녀가 토론자로 질의를 하기도 하고 그것을 바꾸어 하기도 하였다. 혹시 그런 것에 대해 오해받을 소지가 있을 때는 그녀가 빠졌다. 오히려 그가 자꾸 끌어넣었고 그녀는 절도를 지켰다. 같이 책을 내기도 하고 같이 여행을 하기도 하고 하였다. 물론 거기에는 그들 둘뿐이 아니기 때문에 그렇게 중뿔나지 않았다. 길을 잃고 비틀거리지만 않는다면 말이다.

모임, 작품, 때로는 논문으로 인하여 자주 만났고 안 간 데가 없다. 나름대로 의미 있고 자신의 발전과 무언가 이 시대를 위하여 민족을 위하여 회동하는 것이었다. 그래서 그들 모임에서 술잔을 들고 건배를 할 때는 으레 '조국과 민족을 위하여'였다. 세미나 답사 회의 출판기념회 작품낭송회 등을 많이 빠진다고 해도 꽤 여러 번 수도 없이 참가를 하였고 전국을 순회하였다. 한라산 백두산 지리산 산에도 많이 가고 거문도 백령도 독도 섬도 안 가 본 데가 없었다. 부산 대구 광주 춘천 원주 그런 도시뿐 아니라 조그만 소읍 산간 마을 농장 술집 장마당에서 행사를 벌이기도 하고 미국 일본 중국 몽골도 같이 가고 북한에도 같이 갔었다. 그럴 때마다 그녀가 철저히 챙기는 것이 있었다. 기록이었다. 초청장 팸플렛 사진, 사진도 꼭 현수막 앞에서 찍었다. 나 여기 분명히 갔었다 하는 알리바이―아니 그 반대던가―증명용인지 몰랐다. 세미나는 참석 않고 팸플릿만 가지고 갈 때도 있었다.

그녀와 다 터놓고 열어놓고 지낸 것은 꽤 오래 되었다. 그것이 그렇게 어렵지가 않았다. 서로 좋아하고 사랑하고 그런 것보다 서로 신뢰하고 존경했다. 굳이 따지자면 윤이 그를 존경했고 그가 윤을 아끼었다. 사랑했다고 하는 것은 안 되는 말이고 그런 말은 또 하지 않았다. 서로 그 이상으로 귀하게 여겼다. 그녀의 젊은 피 그에게 쏟는 열정은 보배와 같은 것이었다. 윤은 그에게 용기를 주고 넘치는 힘을 주었다. 그는 선배이고 연조가 더 있고 별것은 아니지만 공적이 더 있고 작품 추천도 해 주었지만 그를 통해서 모모한 중견 대가들과 자리를 같이 할 수도 있었다. 그가 무슨 지위가 있고 대단한 위력이 있어서가 아니고 어쩌다 보면 그렇게 되었다. 같이 친하게 지내는 사이가 있고 그중에는 괜찮은 쟁쟁한 존재도 더러 있게 마련이었던 것이다.

한번은 그때 가장 존경받는 선배 작가인 성 선생의 집엘 같이 갔었다. 우리 민족 통일의 화두를 지게꾼의 타령조로 연작을 써서 화제가 되었고 그것이 독일에서 주는 무슨 상을 사양하여 더욱 화제가 되고 있었다. 성 선생이 밝힌 그 사양의 이유가 상패 하나 받으러 가기가 너무 멀다고, 여러 해 전 영국의 어느 작가가 미국 대통령의 초청에 저녁 한 끼 먹으로 가기에는 너무 먼 거리라고 한 적이 있지만, 그런 것이 아니고 선생의 소설이 북한에서 대대적으로 소개되고 있었고 까마귀 날자 배 떨어지기로 그것이 독일 북페어로 연결된 것이어서 이래저래 안 간다고 한 복잡한 사정이 있었다. 얼마나 냉소적이고 비판적이라고 할 것도 없이 현실의 직시와 비판에 대한 설득력이 있었고 거기에는 대중적인 인기라기보다 토속적이고 꾸밈 없는 인간미에서 울어나는 무엇이 있었다. 원색적인 쌍문자도 한 몫 하였다. 그런 면모가 역선전되면서 더욱 매력을 추가하고 있던 성 선생은 그가 추잉하는 은사의 같은 문하—다른 표현이 얼른 떠오르지 않는데 제자라고 할까—였던 것이다. 작고를 하였지만 어떻든 서로 농민문학 또는 민족문학적 체취와 경향이 같다고 하였다.

그의 존재를 설명하려는 것이 아니라 그 성 선생 댁엘 그녀와 같이 갔었다는 얘기를 하는 것이고 거기에서 일이 벌여졌다는 것이다. 그녀뿐 아니라 농민문학 포럼의 여러 회원들이 같이 갔었다. 그날 소개된 선생의 작품 세계와 함께 땔나무꾼과 같은 차림의 사진이 대문짝만하게 난 신문을 사들고였다. 누가 고기를 두어 근 사고 그가 됫소주를 한 병 샀다. 그것 가지고 되겠냐고 그녀가 술을 더 사려고 하였지만 그러지 말라고 말렸다.

"선생님 댁에 가는데 술을 한 병 사들고 가는 거지. 줄줄이 술병을 들고 가는 것은 모양이 안 좋지. 안 그래요?"

그러자 그녀는 얼른 알아차리었다.

"선생님이 그러자면 그래야지요. 뭐 술 없는 동네 있겠어요? 술 떨어지면 제가 사 댈게요."

"하긴 술 한 병 사들고 가서 한 독을 다 비우고 나온 선생이신데 뭐."

옆에 있던 신진 시인이 또 한 마디 하였다.

"허허허허……."

그것은 사실이었다. 오래 전 수몰되기 전에 대청호반으로 성 선생을 처음 찾아갔을 때, 정종 한 병을 사들고 가서 그 마을 가게 잔 소주로 파는 오지 독의 술을 다 비우고야 나왔던 것이다. 초면에 백면서생이 참 염치도 좋았다. 사실은 눈으로 길이 막혀 나올 수가 없는 사정이 있었던 것이고 그로 인해 그는 평생 성 선생에게 술을 샀던 것인데, 그것만으로 그의 관록은 인정이 되었던 것이다. 그만큼 성 선생과의 관계가 두텁다는 얘기였다.

"하하하하……."

"히히히히……."

모두들 웃었다. 윤의 웃음이 가장 매력적이었다. 그 웃음소리는 그에게 힘을 주었다. 용기를 주었고 허세를 더 하게 했다.

"동네 이름이 뭔지 알어?"

"설보르미."

윤은 그의 얘기를 여러 번 들었던 것이다.

강촌의 성 선생이 사는 골짜기 이름이 설보르미, 설보름인데 설날 친정집에 왔다가 보름이 되어서야 갈 수 있는 눈의 고장이라는 뜻이다. 설국雪國이 아니라 설촌雪村이다. 아호를 설촌雪邨이라고 쓰기도 하는 성 선생은 「설국」으로 노벨상을 받은 가와바다 야스나리와 깡마르고 왜소한 체구가 비슷했다. 어느 정도 가망이 있는지 몰랐지만 성 선생과 가까운 사람들은 미구에 노벨문학상을 탈 것이라고 기대하고 있었다.

그날 윤은 자신의 약속을 지키기라도 하듯이 그리고 그의 체면을 살려주기라도 하듯이 연방 화장실 가는 척하고 시골 동네 구판장을 들락거리며 치마 속에 소주병을 사 넣고 왔다.

"아니 그 치마 속에 도깨비 방망이라도 들은 기여?"

성 선생이 드디어 그녀의 존재를 인지하였다.

"이 속에요?"

윤은 그날 당시 유행하던 맥시라던가 새로 사 입은 긴 치마를 벌렁 까뒤집어 보이면서 스트립쇼를 하였다.

"이 속에 화수분이 들어 있어요."

얼굴이 술로 빨갛게 되어가지고 요상을 떨었다.

"하하하하……."

"허허허허……."

윤의 그러한 교태가 금방 방안을 달구어 놓았다. 물론 거기에는 다른 여류들이 있었고 더 뛰어난 존재가 있었지만 제일 먼저 취한 윤에게 시선이 집중되었다. 우선 그의 시선을 잡아 끌었다. 화장실을 같이 가게 된 그녀는 그의 앞에서 참지 못하고 소방호수에서 뿜어대듯 쏴 소주를 쏟아 제끼는 것이었다.

달 밝은 여름 강촌의 밤이 깊어 갔고 이야기는 더욱 무르익어 갔다.

"잘 하셨습니다, 선생님! 정말 잘 하셨어요."

"뭘 개뿔이나 잘 한 게 있다고 야단들이여?"

"선생님은 이 시대의 별입니다. 그런 시시한 상 받지 마시고 앞으로 노벨상이나 받으시지요, 뭐."

그가 한 마디 하자 방안의 열기는 더욱 고조되었다.

"이러다 나 주재소에 잽혀 가는 것 아닌가 모르겠어."

성 선생은 술이 거나해지자 자신에게 쏟아지는 칭송들이 싫지는 않다는 듯이 그렇게 솔직히 말하였다. 그러자 또 이 사람 저 사람이 한 마디씩 하였다.

"염려 붙들어 매세요. 절대로 그렇게는 못 합니다."

"개 같은 놈들 나타나기만 하면 다 때려죽이고 말겠습니다."

"선생님은 잡아가도 주재소에서 잡아가는 것이 아니라 중앙정보부에서 잡아갑니다. 선생님은……."

"이 사람아, 이름이 바뀌었어."

성 선생은 평론을 하는 이 교수가 열을 올리자 가로채며 지적을 하였다. 그도 그냥 넘기지 않았다.

"주재소는 안 바뀌었지요?"

"하하하하……."

"호호호호……."

"히히히히……."

한 바탕 또 웃었다.

"좌우간 선생님이 잡혀가시면 정말 영웅이 됩니다. 농민의 영웅! 지게꾼의 영웅!"

윤이 또 한 마디 발언을 하였다. 그녀가 무슨 점수를 따려고 인기 발언을 하는 것은 아니었다. 술이 취한 것이고 그냥 함부로 텅텅 던지는 말이었고 그것을 오늘의 주인공인 성 선생이 인정을 해주고 있었다.

"거 참 예의는 바르구만! 뉘 집 딸이여?"

"애 엄마예요."

"유부녀예요. 애가 넷인가 다섯인가."

"아, 유부녀면 어때?"

"그렇지요? 선생님!"

"그런데 뭐 그런 영웅보다도 난 농민으로 족하고 똥지게꾼으로 족해요. 이 시대 영웅은 해서 뭘 해요? 그게 뭐 밥을 멕여 줘요? 옷을 입혀줘요?

모두들 시무룩하였다. 또 이런 말도 하였다.

"이 장군들의 시대에 농민들이 할 게 뭐 있어요? 박정희 장군 김일성 장군 누가 이길 것 같애요?"

그런 성 선생의 냉소적인 수사로 열기가 오른 방 안을 냉각시켰다. 참 역시 선생님이구나 하는 생각도 하였지만 좀 이상한 방향으로 가는 것이 아닌가 하는 생각들도 하였다.

그런 분위기를 알아챈 것인지 성 선생은 36년 동안 그 굴욕을 당하고도 정신을 못 차리고 총칼을 맞대고 싸우고 있으니 참으로 한심한 민족이라고 하였다. 일제 농민 수탈 얘기인 「굴욕일지」를 어디에 연재하고 있었다.

"참 내……"

엇갈린 분위기 속에서 뭐라고 대꾸를 하지는 못하고 술만 따르고 마시고 하는데 다시 윤이 마재기 뒷불알처럼 톡 튀었다.

"선생님은요, 그런 영웅이나 장군 같은 거 하지 마시고요, 똥장군이나 하세요."

"뭐여?"

성 선생도 너무나 의외라는 듯한 표정을 감추지 못하고 실색을 하며 반문을 하여 방 안을 다시 급랭하였다.

"에헤 참! 똥장군이나 지시라고요."

참 기고만장이었다.

"하하하하…… 맞아. 자네 정말 맘에 드네. 하하하하……."

그리하여 방 안의 열기는 다시 되살아나고 떠들어대고 웃어대며 술을 계속 마셔대었다. 술을 얼마나 들어부었던지 속이 타서 마루로 나 앉기도 하고 마당에 비틀거리기도 하고 강가로 기어나가기도 하고 그러면서도 누구 하나 갈 생각을 하지 않았다. 봉고차를 몰고 온 이 교수가 곯아떨어졌으니 갈 수도 없었다.

윤은 계속 술을 사 나르고 또 연방 마셔대고 하다가 다들 밖으로 나간 사이에 이윽고 방 가운데 드러누웠다. 그리고 더욱 요상한 짓을 하였다.

"제가 선생님 회춘을 좀 시켜드릴께요. 히히히히……."

그리고는 성 선생의 옆으로 드러눕는다. 영락없는 꽃뱀이었다.

"히히히히……."

무슨 추태라기보다 교태였다. 그녀를 미워하는 사람이라면 도대체 그게 무슨 짓이냐고 질색을 하겠지만 조금이라도 그렇지 않은 사람이라면 왜 그렇게 주책없이 퍼마셨느냐고 술탓으로 돌릴 것이었다. 정말 술 취하니까 가관이라고 생각할 수도 있고, 그런데 그의 경우는 그렇게 그날의 윤이 매력적일 수가 없었다. 남의 유부녀 마음에 들고 안 들고를 따지는 것이 아니라 그렇게 재기발랄하고 민활하고 다른 사람 몇 몫을 하였다. 무엇보다 그의 천금과 같은 선배를 그렇게 기분 좋게 해 주겠다는 마음씨가 가상하고 사랑스러웠다. 그렇게 이쁠 수가 없었다. 너무나 헌신적으로 분위기를 맞추려는 의도가 눈물겨 웠다. 그것이 무슨 주책이고 술 탓일 것이 있는가. 사랑이고 애정이었다.

어떻든 그녀가 성 선생과 맞장을 뜰 수 있었던 것도 그를 통해서였고 애교를 떨 수 있었던 것도 그가 있었기 때문에 가능했던 것이다. 그가 등단을 시켰으며 자꾸 등장을 시켰다. 그 것이 발전의 발판이 되었다. 말하자면 그랬다. 그런 것을 의도 한 것은 아니고 계산한 것도 아니었다. 자연히 그렇게 되었다.

그날 밤 몇 시나 되었는지 달도 기운 강가 자갈밭에서 마신 소주를 쏟아놓듯이 서로의 욕정을 있는 대로 다 쏟아부었던 것이다.

두 번째는 속리산에서의 세미나 때였다. 삼신사에서 남북 작 품에 나타난 통일형식에 대한 세미나가 있었다. 몇 년 전이던 가 개천절 날이었다. 북의 삼성사三聖祠 대신 환인 환웅 환검 (단군) 삼신을 모신 삼신사三神祠를 세운 한국민학회 삼신학회 조회장이 아직 펄펄할 때의 일이다. 그때 세미나의 후원 기관 이었던 삼신사 수련원 홍풀이 마당에서 막걸리에 취하여 도깨 비춤을 밤새도록 추었다. 도깨비 호랑이 그림을 집대성하여 전시하고 있던 조회장은 막걸리를 도깨비 물이라고 하였다. 자꾸 그 물을 퍼마시게 하고는 덩실덩실 춤을 추게 하였다. 징에다 꽹과리에다 장구에다 나팔 호적에다 북도 소고 대고 골고루 갖추어 있어서 아무나 집어다 두드리도록 하여 놓았다. 도깨비 집에는 도깨비의 정말 귀신 같은 너절한 옷들이 켜켜 이 널려 있었다. 그것도 아무나 가서 아무것이나 걸치고 나오면 되었다. 탈이 또 무수히 많아서 마음에 드는 것을 쓰고 나와서 춤을 추었다. 도깨비 탈춤이었다. 이왕이면 가장 마음에 안 드는 탈을 쓰고 가장 보기 싫은 몸동작으로 춤을 추는 것도 하나의 매력이었다. 가면무도회의 밤은 거꾸로 가는 밤이었다. 카니발, 혼돈 속으로 들어갔다.

덩덩 덩더쿵 덩덩 덩더쿵…….

꽝— 꽝— 꽝—

꽹매 꽹매 꽹매 꽹매…….

마구 두드려대고 노래를 부르고 마셔대며 춤을 추었다. 법주사 주지 여적암 천왕사 불광사 봉덕사 여러 사찰의 스님들이 자리를 같이 하고 보은군 교육장 교육위원 경찰서장 문화원장 우체국장 등 기관장 유지들도 함께한 자리였다. 김금화 무당이 또 함께 어울려 춤을 추었다. 하버드 출신의 훤칠한 조회장은 간간히 막간을 이용해서 설명하였다.

"신라의 도깨비들은 으슥한 서라벌 뒷산 속에 숨어 살면서 밤마다 요란스럽게 두드리며 놀기를 좋아했어요. 그래서인지 지금도 경주에서는 도깨비들을 두드리라고 부르고 있지요. 두드리의 괴이한 버릇은 오늘 우리에게 살아남아 술잔을 주고받다보면 숟가락 젓가락을 집어들고 닥치는 대로 두드립니다. 이제 두드리가 따로 있는 것이 아니라 놀기 좋아하고 취하기 좋아하는 한국인 모두가 두드리가 되어 버린 것입니다."

조회장은 춤도 배워서 추냐고 하면서 이 사람 저 사람에게 도깨비 물을 퍼주었다. 그리고 흥풀이 마당으로 등을 떠 밀어 넣었다. 조회장은 오랜 동안 우리 신명의 뿌리인 둥지굿과 환무제천環舞祭天의 부흥운동을 벌이고 있었다.

밤을 새워 춤을 추던 윤을 도깨비 집으로 그가 유인했다. 너풀거리는 옷끈을 끌어당긴 것이다. 그녀는 하나도 힘들이지 않고 끌려왔다. 실은 그녀가 먼저 끌었던 것이다. 그가 그만 들어가서 자겠다고 했을 때 계속 춤을 추자고 그의 옷끈을 잡고 놓아주지 않았던 것이다. 그는 치던 징을 꽝 꽝 있는 힘을 다하여 쳐대었다. 도깨비 집에 갔을 때 그들은 온 몸이 땀에 젖어 있었다. 팬티까지 다 젖어 있었다. 전신이 흐느적흐느적하여 한데 쓰러지고 같이 널브러져 잤다. 모두들 다 여기 저기 나동그라져 잤던 것이다.

그녀와의 만남은 그런 카니발과 같은 혼돈 속에서 이루어졌다. 그러나 그녀가 스스럼 없이 문을 다 열기 시작하고부터는 아무런 거리낌도 없고 두려움도 없이 만났다. 대부분은 그가 연락을 하였지만 그녀가 먼저 전화를 할 때도 있었다. 그런 때가 많았다.

"오늘 뭘 하세요?"

"별 일 없는데요."

"그럼 제가 갈까요?"

"제가 갈게요."

"빨리 보구 싶어요."

"금방 갈게요."

다른 말이 필요 없었다. 보고 싶고 만나고 싶은 것 이상의 더 긴한 용건은 없었다. 대개는 그녀가 약속 장소에 먼저 와서 있었다.

그 날도 중요한 일이 있었다. 북한에 가는 문제였다. 그 일로 처음 만나는 것은 아니었다. 다시 확인을 하고 채근을 하려는 것이었다. 같이 가기로 되어 있었다. 거기에서 남북 통일 문학 세미나를 개최하기로 되어 있었고 그것을 그들 포럼에서 주최하고 있었던 것이다. 임원 중에서도 상임의장이며 사무차장인 그들 둘이 주로 일을 만든 것이다. 통일부에 뛰어다니며 서류도 갖추고 연락도 하고 북경과 연변을 왔다 갔다 하면서 북한 작가 접촉도 하고 그래서 몇 년 만에 천신만고 끝에 승인을 맡은 것이었다.

이래서 안 된다 저래서 안 된다 별의별 구실을 붙여서 안 된다고 하였다. 우리 민족이 만나서 얘기를 하겠다는데 도대체 왜 그렇게 막는지 몰랐다. 그것도 통일을 논의하자는 것이 아닌가. 비록 예술의 분야이고 문학의 분야이고 작품의 내용으로 접근하는 것이긴 하지만 다 민족의 얘기이고 통일의 얘기인 것이었다. 통일부가 왜 그것을 막는가. 도대체 통일을 하자는 것인지, 말자는 것인지 알 수가 없었다. 답답하기 짝이 없었다.

북에서도 그랬다. 그만큼 단단히 세미나를 갖기로 하고 초청을 하기로 약속을 하여 놓고는 번번이 함흥차사였고 꿩 구워 먹은 자리였다. 한두 번이 아니고 여러 번째였다. 몇 년째였다. 통일문학 세미나라고 하였지만 남과 북의 작가들이 한 자리에 앉아 얘기를 좀 하자는 것이었다. 남북작가회의였다. 정치의 논리가 있고 문학의 논리가 있다. 문학의 논리 소설의 논리로 통일의 문제를 풀어보자는 것이었다. 그렇게 누누이 설명을 하였는데도 왜 들어오려고 하느냐, 무엇을 할 것이냐, 누구누구 오느냐, 주제가 뭐냐, 발표자가 누구냐… 몇 년째 똑같은 물음을 사람을 바꿔서 던지고 있고 그 까다로운 절차를 반복하고 있는 것이다. 그런데 알고 보니 잘 안 되는 이유가 돈 때문이라는 것이었다. 노골적으로 그런 얘기를 면전에서 하지는 않았을 뿐이고 중간에 연결하는 사람을 통해서 무슨 컴퓨터를 얼마를 사내라 멀티비전을 얼마를 사내라 돈을 얼마를 내라 하는 것이었다. 그런 사정을 참 한참만에야 알고 화가 났다. 도대체 문인들이 무슨 돈이 있다고 돈도 한두 푼도 아니고 거금을 내놓으라는 것이냐 말이다. 아니 따지고 보면 문인이라고 꼭 가난하라는 법도 없고 꼭 쓸 돈이라고 한다면 그 금액의 많고 적고를 떠나서 못 내놓을 바도 아니었다. 밥을 굶는다는 데에 그냥 가자는 것도 아니었다. 돈을 따지자는 것이 아니라 무슨 사업을 하는 것도 아니고 통일문제를 얘기하는데 왜 돈을 앞세우느냐는 것이었다.

"통일도 큰 사업이디요. 그게 보통 사업입네까?"

결국 따지는 사람만 치사하고 옹졸한 쪽이 되었다. 그래서 회원들이 겨울 내의를 전한다든지 성 선생의 아이디어이지만 가는 사람들이 쌀을 한 가마니씩 가지고 가서 준다든지 하는 것은 무색하게 되고 말았다.

그런데 아리랑축전을 한다고 들어오라고 연락이 왔다. 아리랑 공연도 보고 세미나도 하고 일석이조가 아니냐는 것이다. 그랬다. 님도 보고 뽕도 따고 좋았다. 아리랑! 우리 민족의 노래가 아닌가. 우리 민족의 얼이 담겨 있고 한이 서려 있는 아리랑이 아닌가. 또 그런데 이번에는 남에서 안 된다고 하였다. 통일부에서 아리랑 축전 기간에는 안 된다는 것이었다. 절대로 무슨 일이 있어도 안 된다고 우기었다. 처음에는 초청 기관을 가지고 트집을 잡았었는데 이젠 방북 기간이 문제였다. 결론적으로 갈 수가 없다는 것이었다. 북에 약속한 것을 지키지 못하는 것도 곤란한 일이지만 남의 회원들에게 간다고 통보를 하고 일정을 잡아놓은 것을 파기하고 취소하는 것도 여간 실없는 일이 아니었다. 양쪽에 다 신용 타락이 되고 말았다.

"도대체 아리랑을 보는 것이 뭐가 어때서 그래요?"

그들이 통일부에 들어가 장관 면담을 해도 안 되고 해서 담당 사무관에게 물었다.

"아리랑이라고 하지만 그게 다 이념선전물입니다. 그걸 모르시겠습니까?"

사무관은 오히려 그들에게 반문하는 것이었다.

"그러면 가서 안 보면 되는 것 아닙니까? 아리랑은 안 본다고 각서를 쓰고 가면 될까요?"

"각서요?"

사무관은 각서를 쓴다고 하자 주춤하다가 과장과 국장을 만나고 와서는 역시 안 된다고 하였다.

"그쪽에서 회유를 당하면 각서를 쓴다고 해도 안 본다는 보장을 할 수가 없습니다."

그런 이야기였다. 얼마 전 종교인들이 갔을 때의 예를 드는 것이었다. 참 답답하기 짝이 없었다.

"우리가 뭐 무슨 철없는 애들입니까? 문인이고 작가들입니다. 그리고 대부분 교직에 있는 분들입니다. 그런 것을 가르치는 위치에 있는 사람들입니다. 도대체 말이지요……."

"조금만 참았다가 아리랑축전이 끝나고 가시면 되지 않겠습니까?"

사무관은 그의 말을 가로채었다.

참으로 답답하였다. 속이 터졌다. 그런데 도무지 그 아리랑축전이 끝나지가 않았다. 자꾸 연장이 되었다. 끝났다고 보도가 되었는데도 확실히 끝난 것인지 확인이 안 되고 있다고 하였다.

그러다 아리랑축전이 정말 다 끝나고 이제 들어가도 좋다는 연락이 왔다. 이제 들어가면 되는 것이다. 그래서 같이 가는 것이 정말 괜찮겠느냐고 문에게 확인하려는 것이었다. 다른 데보다도 북한이라 신경이 쓰였다.

"괜찮아요. 염려 마세요."

윤은 웃으면서 전과 똑같은 소리를 하였다.

"결재를 맡아야지요?"

"인제 맡으면 돼요."

그녀는 언제나 느긋하였다. 갈지 못 갈지도 모르는 것을 가지고 미리 걱정하고 고민할 필요가 없었던 것이다.

"자, 그러면 우리 자축을 합시다."

"그래요."

늘 가던 손두부집이었다. 뒤쪽 창밖으로 산 밑에 연한 비탈밭이 내려다보이고 큰 장독을 많이 늘어놓은 토속적인 분위기의 식당이다. 비지장 두부부침에 더덕술을 시켰다. 더덕이 얼마나 들었는지 더덕냄새가 화악 났다. 약주로 할까 막걸리로 할까 윤이 묻는다. 그냥 따르면 맑은 약주가 되고 흔들면 막걸리가 되었다. 병권을 가진 그가 조금만 흔들어 투박한 오지잔에 따르고 번쩍 들었다.

"조국과 민족을 위하여!"

"우리의…… 발전을 위하여!"

그는 한 박자 멈칫하며 건배사를 말하였다.

우리의 사랑을 위하여라는 말을 바꾼 것이다. 그런 표현은 늘 절제하여 왔던 것이다. 언제나 그가 먼저 냉정하려 노력하였던 것이다.

"개나발이네요. 히히히히……."

윤은 거기에 반발이라도 하듯이 첫잔부터 걸고넘어지려 하였다. 한물 간 것이지만 개인과 나라의 발전이라는 유행어가 그들 두 사람에게 딱 들어맞는 것 같기도 하였다.

또 한 잔씩 따랐다. 막걸리일망정 묵직하게 술이 남아 있고 잔에 가득 술이 따라져 있는 것을 볼 때 푸근하였다.

"자, 뭐가 됐든 또 부딪칩시다."

"그래요."

잔을 딱 소리가 나게 부딪었다. 그녀는 그의 요구를 하나도 거역하는 것이 없었다. 그래요, 맞아요, 히히히히…… 그것이 그녀의 대답이었다.

막걸리를 하나 더 시켰다. 그녀는 반의반 잔만 받고도 밀리어 그에게 잔을 밀어놓곤 하였지만 얼굴이 앵두처럼 되고 혀가 꼬부라진다.

"제가 쫓겨나면 책임지실래요?"

"그러면 안 되지."

"하느님이 우리 편에만 서 주실까요?"

윤이 자신의 잔을 비우고 그에게 술을 따라주며 다시 묻는다.

"하느님이 어디 있는가요?"

"하늘에 계시지요."

"하늘 어디에 있어요? 성층권에 있나요? 은하수에서 낚시질을 하고 있나요?"

"그렇게 자신 있어요?"

그는 윤을 물끄러미 바라보다가 술을 쭈욱 들이켜고 그녀에게 한잔 가득 부었다.

"없어요."

"히히히히……."

그들은 아무런 대책이 없었다. 무방비였다.

다음 날 그녀는 전화로 결재를 받았다고 연락을 주었다.

"어떻게 그렇게 쉽게 되었지요?"

"거짓말을 했어요."

"뭐라고 했는데요?"

"제가 주제발표를 한다고 했지요. 히히히히……."

"그래요?"

"그냥 그래 두는 거지요, 뭐."

"그러면 안 되지요."

"안 될 것도 없어요. 그냥 그래 두면 돼요."

"그러면 안 되지. 그러지 말고 정말 발표를 하시면 되겠네."

"네? 제가요? 제가 어떻게요?"

"자료를 다 드릴게요."

"그래도 그렇지요."

"그렇게 하세요."

그녀가 안 된다는 것이었지만 자꾸 그렇세 하라고 했나. 우선 발표자인 그 자신이 그렇게 마음먹었다. 이제 그가 거짓말을 해야 했다. 임원들을 이해시키는 일이었다. 뭐라고 할까, 발표자를 교체하라고 해서 그렇게 하였다고 할까, 이왕이면 북에서 요구했다고 할까, 그의 무슨 사정을 댈 수도 있을 것이다.

이틀이 안 되어 다시 만났다. 그녀가 만나자고 하였다.

성불사에서였다. 이기영이 「고향」을 쓰던 곳이라고 알려져 있는 조그만 절이다. 부처는 없고 뒤로 난 창밖에 바위로 된 부처가 그림자처럼 서 있었다.

"제가 너무 떼를 쓰는 것 같애요."

"같은 것이 아니라……."

"그렇지요?"

빙그레 웃는 그의 입술에 윤의 입술이 와 닿았다. 그가 끌어안자 금방 윤은 그의 목덜미를 휘감았다.

돌부처가 눈을 감는다.

내려오는 길에 또 막걸리를 한 잔 했다. 좁쌀로 빚은 것이라고 했다. 술상 위에 그가 준비했던 자료와 얽어놓은 발표문을 내놓았다. 그것을 넘겨주는 것이 이날의 용무였던 것이다.

"이러면은 정말 안 되는데……."

"자, 조국과 민족을 위하여!"

"개나발을 위하여!"

이날도 한 병 가지고는 안 되었다. 두 병을 하고 맥주까지 걸쳤다. 그리고 어느 때보다 격렬한 포옹을 하였다. 태풍이 일과한 뒤 다시 그를 찰거머리처럼 끌어안으며 윤이 말한다.

"저 참 못 됐지요?"

"그래요."

"히히히히……."

웃고 있는 그녀의 입술에 이번에는 그가 또 불을 뿜어 넣었다.

"저는 참 행복해요."

"그래요?"

"정말이에요."

아직 숨을 거칠게 내쉬면서 말하였다.

"제가 오늘 왜 만나자고 했냐 하면 말이지요오 저어 발표 안 할래요."

"아아니, 그게 무슨 소리야. 왜 무슨 일이 있어요?"

"아니요. 그런 것은 아니고요. 아무래도 선생님이 하시는 것이 좋겠어요."

"왜 자신이 없어요? 뭐 자기 스타일대로 하면 돼요."

"그런 것은 아니고요 다 알겠는데요, 그러면은 다른 사람들 동료들의 오해를 받아요. 그러면 안 되지요. 저의 집 일은 제가 알아서 처리할게요. 아셨지요?"

"뭐 얘기가 또 그렇게 되나?"

"죄송해요."

"죄송할 게 아니고……."

윤이 그의 입 속에 뜨거운 혀를 넣으며 말을 막았다. 그리고 다시 목을 감고 매달려 불을 붙이었다.

그러나 그녀는 밤늦도록 붙들고 놔주지 않은 그의 손을 뿌리치고 먼저 일어나서 갔다. 너무 늦으면 이거고 저거고 안 된다는 것이었다. 그것을 그가 또 이해해야 했다. 맺고 끊는 그녀의 절도가 참으로 마음에 들었다. 언제나 그랬지만. 그보다 훨씬 강하고 그를 압도하였다. 그것이 그녀의 슬기이며 그들의 관계를 끌고 가는 힘이었다.

윤은 그녀의 희망대로 남북 통일문학세미나 '남북 땅의 문학적 접근'의 주제발표를 하는 대신 사회자가 되어 평양 인민문화궁전에서 마이크를 잡았고 그런 것이 TV 카메라에 담겨 남북에서 동시에 방송되었다. 팸플릿이나 현수막 앞에서의 증명사진은 신경 안 써도 되었다.

"됐지요?"

"네, 아주 원이 없어요. 히히히히……."

"허허허허……."

그랬다. 완벽하였다.

그런데 저녁 옥류관에서 냉면에 곁들인 장뇌삼 술을 얼마나 마셨던지 그들 모임의 대열에서 일탈하여 대동강변 부벽루에 산보하는…… 것까지도 좋았는데 그날 두 사람이 부벽루 누각 위에서 참으로 역사적인(?) 데이트를 하는 바람에 세미나의 가장 중요한 핵심이 제거되고 말았다. 거세去勢된 회의가 되었다.

북의 회의 정리 방식대로 세미나가 끝나고 두 대표가 공동 보도문을 같이 낭독하는 것이었는데 그 문안을 놓고 밤새도록 줄다리기를 하다가 결국 그쪽의 주장대로 휘말리고 말았다.

다른 것은 다 좋았다. 김일성 김정일 부자의 대형 사진 밑에서 발표하는 것도 좋고 역사적인 6.15남북공동선언의 정신에 입각하여 통일을 이룩하려는 7천만 겨레의 열망도 좋았다. 우리는 같은 단군의 자손이고 단군은 실제 인물이며 우리 민족끼리 통일을 지향하고 총칼을 버려서 호미와 낫을 만들고 일본의 우리 역사 왜곡을 규탄하는 것, 다 좋았다. 그런데 이 땅에 미제국주의자들을 몰아내고…… 하는 대목은 도저히 수용할 수가 없었다. 그가 우파이고 좌파가 아니라는 것이 아니라 남에서 참가한 대표들의 동의를 도저히 받을 수가 없었다. 회의 직전까지도 타협이 안 되어 그가 북의 대표에게 큰 절을 네 번을 하였다. 그의 일탈을 문제 삼고 있었기 때문이다. 성인에게나 하는 절이다. 단군릉에 가서 절을 네 번 하였던 것이다. 그가 미국 애리조나의 세도나 사막 가운데에 세운 단군상 앞에서 배운 대로 그리고 환인 환웅 단군 삼성을 모신 황해도 구월산 삼성사三聖祠에서 들은 대로 그 세 화상 앞에서 성인에 대한 예를 갖추어 네 번 절을 한 얘기를 하였다. 그것이 주효하였다.

"단군한아버지(할아버지) 때문에 봐 드리는지 아시라요."

그렇게 하여 미제국주의자들을 외세라는 표현으로 바꾸었지만 그의 마무리 발언은 온통 죽을 쑤고 말았다. 원고대로만 읽어나갔으면 아무 문제가 없었을 일인데 청하지도 않은 부연을 한다는 것이 한 마디 삐끗하여 끝내 수습을 못하고 엉뚱한 소리만 하다가 결론도 원고에도 없는 말을 하였다.

"문학은 정치의 논리와 다릅니다. 문학은 우리의 고정관념 기존의 틀을 깨고 영혼의 소리를 하여야 합니다. 우리 가 저지른 역사의 수렁에서 벗어나고 민족의 갈등을 넘어서기 위해서는 서로의 눈을 바꾸고 귀를 바꾸고 마음을 바꾸어야 합니다. 형제의 마음으로 돌아가 끌어안고 같이 울어야 합니다. 그것이 통일입니다. 통일문학입니다. 겸허하게 문학의 논리로 새로 시작하여야 할 것입니다."

김일성 김정일 사진 밑에서였다. 카메라를 들이대고 찍던 사람들이 멈칫하며 돌아서고 대회당은 급랭하였다.

결국 부벽루 사건을 다시 문제 삼고 출국까지 브레이크를 걸었지만 평양공항에서 고려항공을 타고 북경으로 겨우 빠져나올 수 있었다. 다음 회의도 불투명하였다. 아무래도 어렵게 된 것 같다.

북경에서 인천공항으로 들어오는 대한항공을 탔다. 후유 안도의 숨을 쉬었다. 악몽을 꾼 것 같았다. 참으로 편안하였다. 옆 자리에 윤이 앉았다.

"미안해요. 저 때문에……."

"북에서는 조신하여야 하는 건데……."

참으로 엄청난 실수를 한 것이었다. 그녀 때문에 엄청난 대가를 치른 것이었다. 따지고 보면 그녀 때문만도 아니었다. 십

년공부 나무아미타불이었다.

"전화위복인지도 몰라요. 좋은 말씀 하셨잖아요? 아주 위대한 선언이었어요."

"그럴까요?"

정말 그런 것일까. 설사 그렇다 치더라도 두 사람의 문제는 임시봉합을 해놓았을 뿐이다. 살얼음을 딛는 듯한 곡예였다. 그 모든 것이 이루어지는 그런 나라는 없을까. 그것은 허황된 미망일까. 문학을 합네 작품을 씁네 민족이니 통일이니 하고 있지만 자신들의 문제는 논리를 세울 수가 없다. 그것은 삶의 무엇일까. 의미가 있는 일인가. 돌아가는 대로 설촌 선생 묘 앞에 가서 물어보리라.

윤은 언제나 그에게 힘을 주었다.

"제가 다 갚아 드릴게요."

"어떻게요?"

"히히히히……."

또 시작이었다.

신과의 대화

신에 대한 갈등이 점점 심하여 갔다. 이제 그 혼자서는 도저히 빠져나올 수가 없이 깊은 골짜기에 와 있었다. 한 해 두해가 아니고 10년 20년도 넘었다. 따지고 보면 30년 40년도 넘는 갈등의 뿌리를 키우고 있었다.

신이 있느냐 없느냐, 죽은 뒤에 어떤 세계가 있느냐 없느냐 하는 이야기이다. 그것은 둘 다 같은 이야기라고 할 수 있는데 간단히 말하면 신이 없다는 얘기도 아니다. 있다는 얘기도 아니다. 좀 따져보자는 것이고 생각해 보자는 것이었다.

중간 결론부터 먼저 얘기하자면 인간은 신의 존재처럼 단순하지가 않다는 것이다. 복잡하고 난해하다. 있느냐 없느냐, 천당이냐 지옥이냐, 적어도 그렇게 이분법적인 것이 아니라는 것이다.

그러니 어떻다는 것인지, 어쩌자는 것인지 작정은 없고 갈등을 겪고 있는 것이다. 언젠가부터 죽음이 보이기 시작하였다. 꿈에도 보이고 석양 무렵 낙조 때도 보이고 문득문득 그 불안의 그림자가 짙게 보이는 것이었다. 정년, 은퇴 그리고 이것저것 맡았던 일을 정리를 하면서 밤 조수가 밀려오듯이 우르르 몰려오는 것을 느끼었다. 그의 해가 서산으로 성큼성큼 기울어져가고 있는 것이었다.

죽음이란 삶의 끝이다. 개똥밭에 굴러도 이승이 낫다고 하지만 그 삶이 끝나기 시작한다는 것이다. 얼마 전에 읽은 소설 미치 앨봄의 「천국에서 만난 다섯 사람」을 보면 죽음이란 또 다른 시작이라고 되어 있다. 실감은 나지 않았지만 죽음에 대한 해석이 마음에 들었다.

죽음에 대한 준비랄까 대처라고 할까, 그 답을 대개 종교에서 찾고 있다. 기독교 천주교 불교 천도교…… 종교가 수 없이 많다. 그 종파도 말할 수 없이 많다. 열 손가락으로도 못 헤아리고 백 손가락으로도 다 헤아릴 수가 없다. 그만큼 종교를 가진 사람이 많고 또 종교에 바라는 요구가 많다는 얘기가 되는 것이었다.

종교에 귀의할 수 있는 사람은 단순한 사람이다. 따라서 참으로 행복한 사람이다. 갈등이 없기 때문이다. 그런데 그는 그렇지가 못한 의식구조를 갖고 있었다. 뭐가 중뿔나서도 아니고 대단히 똑똑해서 그런 것도 아니었다. 겉멋이 들어서 그렇다고 오해하는 사람도 있다. 가까운 사람들이 그랬다. 그렇지가 않다. 오히려 그 반대이다. 바보이고 참으로 어리석었다. 번번이 손해를 보고 줄 것은 있는 대로 다 주고 욕은 욕대로 먹었다. 시간은 시간대로 뺏기고 애는 애대로 썼다.

최근 15, 6년 신주처럼 붙들고 있던 것을 정리하면서도 그랬다. 그 단체라고 할까 모임의 일에서 손을 떼면서 빚은 빚대로 지고 욕은 욕대로 먹었다. 아무 명분도 없는 일을 한 것이다. 거기에 그의 절정기를 따 쏟아 부었는데 독주를 하였느니 전횡을 하였느니 금전적으로 투명하지 못하다느니 별의별 소리를 다 하는 것이었다. 토끼처럼 속을 꺼내어 보일 수도 없고 답답하기만 하였다.

"그래, 도대체 내가 뭘 잘못했다는 거지요?"

그가 참다못하여 자신을 성토하는 후임자를 보고 따지었다. 운영은 같이 하였고 부채는 그가 다 책임진다는데 뭐가 또 있느냐는 것이었다.

"뭐를 잘 못했다기보다 클리어하지 않다는 것이지요. 아무 자료도 없고 기록이 없으니 뭐가 어떻게 되었다는 건지 묻는 거지요."

후배는 얼굴을 맞대지 않고 돌리면서 대꾸하였다.

"그러면 진작 기록을 해 놨어야지, 왜 인제 와서 그래요."

"지금이라도 해야지요. 그냥 이렇게 지나갈 수는 없는 것 아닙니까?"

"해봐요, 어서 그럼."

"바로 그 얘깁니다."

일은 일대로 하고 욕은 욕대로 먹었다. 욕이라기보다 좋은 소리를 못 들었다. 좌우간 바보 천치의 짓거리였다.

그라는 사람은 모든 일에 어리석기 싹이 없었다. 그런데 이 문제, 신에 대한 문제만은 안 그랬다. 자기 자신의 죽음 아니 삶에 관해서는 한 치도 양보를 할 수가 없었다. 자기 자신에 대하여는 냉엄하고 철저할 필요가 있다고 생각하는 것이었다.

그는 종교의 힘에 대하여 가끔 얘기하였다. 부정한 마리아를 성토하며 돌로 치겠다는 사람들에게, 죄가 없는 사람은 이 여인을 돌로 쳐라, 예수가 말하였다. 그러자 아무도 나서지 못하였다. 또 이런 얘기도 하였다. 은촛대를 훔쳐갔다가 경찰에게 끌려온 장발장에게 신부는 훔쳐간 것이 아니고 준 것이라고 말하였다. 그러면서 두고 간 은그릇까지 내어다 주었다.

그런 얘기를 할라치면 그는 목이 메어 울음 섞인 말이 되었다. 그러면서도 신의 존재에 대하여 얘기할 때는 쌍지팡이를 들고 나왔다.

십자가에 못 박혀 죽으시고 장사한 지 사흘 만에 다시 살아나셨다. 부활을 했다. 부활, 그것이 기독교의 최대의 사건이다. 꽃이다. 죽음의 권세를 이기고 죽은 자 가운데 다시 살아나셔서 홀로 우뚝 서 계시다. 온통 그것을 찬양하고 있다. 그럴만한 일이다. 오로지 이 세상에서 그분밖에는 죽었다가 다시 살아난 사람이 없기 때문이다. 죽었다 깨어난 사람은 많이 있지만 금방 다시 죽었다. 수없이 많은 사람들이 지옥인지 저승의 문턱까지 갔다가 돌아온 예가 있다. 그런 실화를 기록한 책도 많이 있다. 그러나 얼마 안 있다 다시 죽고 말았다. 오래오래 명을 다할 때까지 살다가 죽은 사람도 많다. 그러나 영원히 살고 있는 사람은 하나도 없다. 만일 그런 사람이 있다고 한다면 그는 인간이 아니다. 인간이 아니고 뭐라고 할까 신일 것이다. 신이 있는 것인지는 모르지만.

신이 있는 것인지 없는 것인지, 그것을 따지는 자체가 의미가 있는 것인지 없는 것인지, 바보 같고 어리석은 짓인지, 천벌을 받을 짓인지, 아니면 굉장히 똑똑한 사람 반열에 들고 그리고 그런 얘기를 써서 베스트셀러가 되고 공전의 히트를 칠 일인지 모르긴 하지만, 그러나 삼위일체의 신이라는 그분도 결국 장사한 지 3일 만에 다시 살아났다가 그리고 얼마동안 갈릴리 호수 가에 그 모습을 드러냈다가 언젠가부터 종적을 감추었던 것이다. 그러니 그분이 살아 있다는 건가 죽었다는 건가.

"살아계시지요. 그걸 말이라고 해요?"

"그러면 그분은 지금 어디 계신가요?"

"하나님 우편에 앉아계시지요."

그의 고뇌에 찬 물음, 모처럼 터뜨린 발문에 대하여 너무도 쉬운 답변이었다. 늘 듣던 얘기이고 흔한 대답이었다.

"하나님이 어디 계신데요?"

ㅂ과 만나면 논쟁을 벌였다. 논쟁이랄 것까지는 없었고 자꾸 엇나가고 있었던 것이다. 그녀는 독실한 신자였다. 교회를 철저하게 나갔고 일요일은 물건을 사지도 않았다. 매일 새벽 기도를 나갔고 수시로 산기도회에 나갔으며 금요일 저녁은 철야 기도를 한다고 했다.

"그렇게 늘 비양거리기만 하다가 천벌을 받아요."

그녀의 결론은 그런 것이었다. 위협이었고 절망적인 이야기였다. 그러면서 또 희망을 주기도 했다.

"언젠가는 하나님이 당신 앞에 얼굴을 들어내 보이실 거예요."

"예수님이 아니고요?"

"그분이 그분이에요."

그리고 그의 기도의 응답을 들어줄 날이 있을 거라고 하며 열심히 기도하라고 하였다.

그런데 그는 기도를 해 본 적이 없었다. 기도를 할 줄도 몰랐다. 늘 기도를 하는 시간, 성스러운 음악이 흐르는 분위기에서 눈을 감고 뻐쭉하게 서서 몇 마디 중얼거리다가 만다. 그 수없이 많은 기도 시간 그가 중얼거린 것은 무엇이었을까, 그것은 그의 잘못 시행착오들을 뉘우치는 것이었을 것이다. 일기장에 잘 못한 일을 기록하듯이 반성문을 쓰듯이. 그것은 신과의 대화가 아니라 자신과의 대화였던 것이다. 그렇게 얘기하면 ㅂ은 버럭 화를 내며 따지었다.

"그런 사람이 어떻게 교인이냐고, 그러면 교인이라고 할 수가 없지요."

"누가 교인이라고 그랬어요?"

"그러면 교인이 아니에요? 그런 거예요?"

"교인이고 아니고 간에……."

"아니지요. 교인이 아니면 얘기가 다르지요."

"실망하셨어요?"

"아니요, 뭐……."

ㅂ의 눈빛은 연민의 정이 뚝뚝 듣고 있었다.

그와 같은 산골 출신이었다. 향토문학 세미나 때 만났다. 수필을 쓰고 있었다. 장르는 다르지만 모임이나 세미나에서도 만나고 볼일을 만들어 불러내기도 하였다. 단테의 「신곡」 티켓을 구해 와 같이 보기도 하였다. 수중 연극으로 만든 것으로 천국 지옥 연옥 3부작이었다. 만나면 술을 마시게 되었다. 그녀가 천국행을 권유하듯이 그는 술을 권하였다.

"그 주만 주가 아니에요. 이것도 주입니다. 자 주신酒神을 위하여!"

"천벌 받을 소리만 하고 있네요."

그러면서도 그녀는 그의 유혹에 딸려 왔다. 사탄의 꾀임에 빠지듯이. 그의 10분의 1도 안 마시지만 그보다 더 취하였다. 그러나 술을 마시고 갈 대로 다 가면서도 그에게 천당의 권유를 멈추지 않았고 그는 또 어떤 누구보다도 그녀의 선교를 실감으로 받아들였다. 그러면서도 그는 자꾸만 어긋네방아를 찧었다.

"누가 벌을 주는데요?"

"하나님이 주시지 누가 주어요."

"그래 하나님이 지금 어디 계시냐고요? 하늘에 계신가요?"

"그럼요."

"하늘 어디쯤인가요? 거기 집이 있나요?"

"참 답답한 양반! 거길 모른단 말이라요?"

"모르니까 묻지요."

"천당이잖아요, 천당."

"천국이군요."

"그렇지요. 천국 천당에 가고 싶지 않아요?"

"가고 싶기야 하지요. 그러나……."

"그러니까 예수를 믿어야지요."

"지금 지옥이 만원이라 지옥에는 갈 수가 없고 천국에밖에 갈 수가 없다던데요."

"그 말도 안 되는 소리 자꾸 할래요?"

그녀는 벌컥 화를 내었다.

그는 B에게 술을 권하며 씨익 열적게 웃었다. 그가 일부러 엇나가려고 하는 것이 아니었다. 솔직하게 말하고 있는 것이었다. 그녀의 눈치를 보며 다시 물었다.

"그러면 천당은 예수 믿는 사람들만 가는 곳인가요?"

"성경에 그렇게 씌어 있어요."

"나로 말미암지 않고서는 천당에 들어갈 수가 없나니라."

"잘 아시는구만."

"성경에 그렇게 씌어 있어요."

"성경 몇 번 읽었어요?"

"몇 번 읽었느냐고요?"

"나는 8독을 하였어요."

"성경을 베껴 쓰는 사람도 있지요. 감옥에서……."

"감옥에서뿐 아니지요. 성경을 네 번 다섯 번 붓글씨로 쓴 사람도 있는데요, 뭘."

"영어단어를 욀려고 콘사이스를 씹어 먹은 사람도 있지요. 거 왜 「청춘극장」이라는 소설(김내성 작)에 콘사이스라는 별명을 가진 친구 있잖아요?"

"자꾸 그렇게 너도밤나무 식으로만 나가지 말고요……."

"허허허허……."

"이건 웃을 얘기가 아니에요. 그러다가 정말 지옥의 구렁텅이로 떨어져 헤어나지 못한다고요. 꼭 당해봐야 알겠어요?"

ㅂ은 또다시 그렇게 위협을 하였다.

"종교들은 하나같이 그렇게 협박을 한단 말이야. 인간의 나약한 속성을 이용해서 말이야."

"협박이 아니고 사실이에요."

"그 사실은 증명할 수가 있어요? 증거가 있어요?"

"많지요. 얼마든지 있지요. 매일 눈으로 보면서도 그걸 깨닫지 못한단 말인가요? 참 한심하고 답답한 사람!"

"누가 답답한지 모르겠어요."

ㅂ의 얘기를 못 알아듣는 것이 아니었다. 그도 주변에서 픽픽 쓰러지는 사람들을 보고 느끼는 것이 많았다. 무슨 암이다 무슨 암이다 왜 그렇게 암이 많은지, 암으로 쓰러지기도 하고 교통사고다 무슨 사고다 또 사고가 아니고도 죽어 가는 사람이 부지기수였다. 본인이 아니고 자식이나 아내가 중병에 걸리고 비명횡사를 하는 경우도 많았다. 꼭 병이나 죽음이 아니고도 불행의 수렁에 허덕이는 사람을 많이 보았다. 위로를 하기도 하고 오히려 괴로울까봐 연락을 안 하기도 하고 하였다.

그런데 그런 것이 죄의 값이며 또 그것을 다스리는 분이 그분이냐는 것이다. 신의 섭리攝理라는 말이 있지만 그래 모든 길흉화복을 그분 하나님 예수님이 관장해서 스케줄대로 다스리는 것이냐 하는 것이다. 거기에 그는 고개를 갸우뚱해 보이는 것이다. 아니라는 것도 아니고 그렇다는 것도 아니고 모르겠다는 것이며 그것은 그 누구라 하더라도 마찬가지가 아니냐는 것이다.

"한강을 건너본 사람하고 안 건너본 사람하고 우기면 안 건너본 사람이 이긴다고 하더라고요."

"그거하고 같은 건가요?"

"같지요."

"한강하고 요단강하고 같애요?"

"뭐요?"

ㅂ은 이번에는 그의 말뜻을 못 알아차리고 화를 내었다. 그가 또 비양거리는 줄 알고 술잔을 탁 놓고 일어서서 가겠다고 하였다.

그가 손목을 잡고 앉혔다. 미안하다고 하였다. 그리고 막걸리를 새로 시켜서 술을 따르면서 톤을 바꿔서 말하였다.

"좌우간요오, 우리가 뭐 유신론자 무신론자 대표도 아니고요오, 당신이 목사도 아니고 내가 무슨 철학자도 아니고오, 우리가 지금 어떤 종교논쟁을 하는 것도 아니지만 말이지요오 ……."

"선무당이 사람 잡지요."

"예 예 맞아요. 그렇긴 한데 말이지요오, 좀 냉정히 한 발 뒤로 양보해서 생각해봐요. 이게 뭐 체면 따지고 권위 따지고 뭐 따지고 할 문제가 아니잖아요?"

"누가 체면을 따진다고 그래요?"

"아, 그런가요? 그런데 말이지요, 이 세상에 죽었다가 살아난 사람이 있나요? 예수라는 사람 말고 말이지요. 어째 그 사람만 살아나고 무수히 예수를 믿고 따르고 교회에다 많은 헌금을 하고 봉사를 하고 하는데도 한 사람도 살아난 사람이 없는 겁니다."

"돈은 왜 따지는데요?"

"어떤 사람은 헌금을 천당 가는 티켓이라고도 하지 않아요?"

"어디서 그런 얘기만 주어들어가지고, 참!"

"목숨을 건 사람도 있지요. 어떻든 예수를 믿은 그 많은 사람들 중에서 한 사람 또는 몇 사람 아니지 1년에 한 명만 선발해도 2천 명도 넘는 것 아닙니까? 한 나라에 한 명씩만 따져도 몇 백 명은 될 것이 아닙니까? 그런데 어째서 한 사람도 다시 살아난 사람이 없느냐 이 말입니다. 부활은 오직 예수에게만 해당되고 다른 사람에게는 관계가 없는 말인가요?"

B은 대꾸 대신 참으로 여전히 답답하다는 시선만 보낸다.

"이집트에 가서 거대한 피라미드와 무덤 동굴들과 수많은 미라들을 보았는데 누구 한 사람 살아난 사람이 없었어요. 그런 것들을 대영박물관으로 콩쿠르 광장으로 어디로 끌고 가기만 했지 한 사람도 살아난 사람은 없단 말입니다. 안 그래요?"

"안 그렇습니다요."

그녀는 큰 소리로 말하였다.

"얘길 해 봐요, 그럼."

"예수님이 오셔서 죽은 자 가운데서 살리신다고 하셨습니다요."

"그래 그분이 언제 오시는데요?"

"오신다고 돼 있어요."

"성경에 씌어 있지요."

"그렇지요."

"그런 징후들이 기록이 돼 있지요. 그런데 2천년이 지나도록 왜 안 오시는 겁니까? 뭘 더 기다리고 있는 건가요? 얼마나 큰 환란과 재앙을 기다리고 있나요?"

"그걸 다 알면서…… 참 답답도 하시네요. 안 믿겠다면 말아야지요 뭐. 누가 도시락 싸가지고 다니면서 전도하지 않을 테니까, 나중에 후회하지나 말아요. 정말 후회할 날이 올 거예요. 곧 닥친다고요."

"전도 방법이 틀렸네요."

"당신 같은 사람은 전도 못 하겠어요."

"한번은 충무로 역에서 에스컬레이터를 타고 내려오는데 꺼먼 모자를 쓰고 꺼먼 양복을 입은 사람이 옆에서 '예수를 믿으세요. 말세가 가까웠습니다.' 하고 외쳐대는 것이었어요. 에스컬레이터를 다시 타고 올라가며 외치려는 랍비와 같은 차림의 그 사나이를 보고 그렇게 할 일이 없느냐고 하였다가, 당신은 천벌을 받을 것이라는 저주를 받았어요. 안 듣기만 못하던데요."

"참 보통 악취미가 아니군요."

"그런 것이 문제가 아니고 말이지요, 도대체 내가 의지할만한 근거를 찾지 못하고 헤매고 있는 거지요. 나도 답답해서 하는 말입니다."

사실이 그랬다. 비양거리고 이죽거리려고 하는 것이 아니었다. 솔직한 그의 마음이고 표현이었던 것이다.

그 나름대로 답을 찾기 위해 많은 곳을 헤매었다. 예수가 부활했다는 무덤엘 갔었고 예수의 탄생지 교회를 가보았고 갈보리산 갈릴리 호숫가를 거닐며 생각을 해보기도 하고. 예수의 무덤은 높이 위치하고 있어 층층대를 돌아 올라가게 되었고 많은 사람들이 줄을 지어서 구경하려는 통에 제대로 볼 수가 없었다. 특히 한국 사람들이 많았는데 이스라엘 사람들이 한국말을 배워, '빨리 빨리' 하고 재촉하는 바람에 밀려 올라갔다가 밀려 내려왔다.

중국 곡부의 공자 무덤에도 갔었고 옥황상제를 만나러 태산에도 갔었다. 천가天街를 지나 수없는 계단을 올라간 태산 꼭대기에 옥황상제가 기다리고 있었다. 그는 그 앞에 넙죽 큰절을 하였다. 옆에서 황제에게는 3배를 한다고 하여 그는 1배를 더 하여 4배를 하였다. 그리고 옥황상제라는 분의 용안을 한참 올려다보다가 한 마디 물음을 던졌다.

"당신은 우리에게 무슨 역할을 하고 계십니까? 하늘을 다스리고 계시는 겁니까?"

그러자 옥황상제는 그저 천연덕스럽게 웃고만 있었다.

"하하하하……."

공자의 묘 앞에는 중국 전역의 신혼부부들이 여행을 와서 사진을 찍는 광경이 이채로웠다. 예수의 묘도 그랬지만 북적거리는 관광지였다. 그 틈새에서 공자의 초상을 떠올리며 죽음이란 무엇입니까, 물어보았다. 그럴 때 하나의 구절을 떠올랐다.

"삶도 모르면서 어찌 죽음을 알겠는가(未知生 焉知死)."

「논어」 선진先進에 나오는 말이다. 제자가 죽음에 대해 묻자 대답한 것이다.

문묘 앞을 나오자 벼루 붓 장수들이 몰려와 매달렸다. 하나 값에 둘을 줄 테니 사라고 하였다. 안 사겠다고 고개를 흔들자 이번에는 족자를 하나 덤으로 더 주겠다고 하였다. 펼쳐진 족자에는 이렇게 씌어 있었다.

朝聞道 夕死可矣(아침에 도를 듣고 깨달으면 저녁에 죽어도 좋다.)

그것은 또 이인里仁에 있는 말이다. 벼루 장수가 내 질문에 대답해주고 있었다. 그는 무거운 벼루 두개를 샀다. 용이 조각되어 있는 벼루였다. 그것을 배낭 속에 넣고 낑낑거리며 여행을 다녔다.

그는 서당에 조금 다닌 적이 있었다. 위선자(爲善者) 천보지이복(天報之以福) 위불선자(爲不善者) 천보지이화(天報之以禍) 그렇게 시작하는 「명심보감」을 배우고 다시 「맹자」를 배우다 말았다. 그 때 초여름 하루 강변에서 책거리를 하였는데 그동안 배운 것을 붓글씨로 평가하겠다고 하여 모두들 긴장을 하고 글씨를 써서 내었다. 술이 얼근한 훈장이 등수를 매겼다. 그가 가상 살 썼다고 생각하였는데 제일 나이 어린 아이가 장원을 하였다. 서당을 차린 주인 집 아들이었다.

차분히 글씨를 배운다는 것이 잘 되지 않았다. 글씨를 배우듯이 서예를 배우듯이 도道를 닦아야 되었다. 그런데 그 도와 저쪽 도가 달랐다. 서학과 동학의 다름인가. 언젠가부터 그의 머리는 뒤죽박죽이 되고 맥을 잡지 못하였다.

그는 원래 칠성님에게 바쳐진 몸이었다. 왜 그랬던지 몰랐다. 다른 형들이나 동생들과는 달리 그를 신에게 바치게 되었던 것이다. 마을 위 토실 입구 미끄럼틀같이 올라간 바위 높은 지점에 그를 업고 올라가서 치성을 드렸다. 보은댁이었다.

내력은 잘 모르지만 그는 보은댁에 의해서 칠성님에게 바쳐졌고 그는 신의 아들이 된 것이었다.

그러다 전쟁 통에 그런 모든 뿌리들은 다 분해되었고 뿔뿔이 헤어졌다. 남해 바다 앞 진해로 갔었고 또 서해 바다 앞 인천으로 왔었고 서울로 왔었고 동에서 서로 서에서 북으로 남으로 아무 근본도 없이 떠돌아다녔다. 종아리를 맞으며 배우던 낡은 「맹자」 책이 책꽂이 한 구석에 끼어 있지만 그 유일한 어릴 때의 소장품이 그를 되돌릴 수는 없었다. 거리마다 골목마다 있는 교회의 종소리가 새벽을 깨우고 있을 때 목사의 중매로 장로의 집으로 장가를 가게 되고 교회도 나가게 되고 아이들도 유아세례를 받게 되고 그렇게 어정쩡한 교인이 되었던 것이다.

그는 약속을 하였다. 좋으면 나가겠다고. 그렇게 우선 교회에 나가는 것을 드티어 놓았던 것이다. 문학을 하기 때문에 작품을 쓰기 때문에 한 종교에만 기울어지면 안 된다는 것이 구실이었다. 아니 분명한 명분이었다. 사실이 그랬고. 그러나 결국 교회에는 나가게 되었지만 그냥 다녔을 뿐 한 발도 앞으로 나아가지를 못하였다. 무엇보다도 그는 기도를 할 수가 없었다. 기도를 하면 되는데 그것을 못할 것이 뭐가 있느냐고들 하였지만 그렇지가 않았다. 우선 기도의 틀이라고 할 수 있는 주기도문이나 사도신경부터 진도가 나가지 않았다. 아무래도 거기 씌어 있는 대로 믿어지지가 않았고 믿어지지 않는 것을 믿습니다 아멘 하고 거짓으로 또는 정직하지 않은 말을 할 수는 없었던 것이다. 무슨 핑계를 대고 구실을 붙이는 것이 아니었다. 솔직히 진정으로 말해서 그랬다. 어느 앞이라고 보태고 빼고 할 것인가. 남들이 뭐라고 하든지 간에 그 자신 최선을 다하고 있지만 기도부터 되지 않고 믿는다는 말을 할 수가 없었고 그래서 믿어지지 않는 것이었다. 그러니 하나님 아니라 천당 아니라 그보다 더한 어떠한 무엇도 그를 움직일 수가 없었던 것이고, 그는 더욱 답답하고 불안하고 괴롭고 고독하였던 것이다.

좌우간 그는 형식적으로 고개만 숙이고 손만 기도하는 자세를 취할 뿐 내용은 아무것도 없었다. 식사를 할 때도 습관적으로 고개를 숙이고 누구에겐지도 모르게 감사합니다 할 때도 있고 일제 때 밥그릇 앞에서 이다다끼마스 하고 합장을 하듯이 농부나 곡신穀神에게 감사를 표할 때도 있지만 대개는 그냥 고개만 숙이는 것이었을 뿐 하나님 감사합니다 하는 기도는 하지 않았다. 더구나 일용할 양식을 주시기 때문에 감사한다든지 또는 죄를 사하여 주시옵고… 시험에 들지 말게 하옵시고… 영광이 아버지께 영원히 있사옵나이다 하는 식의 기도는 하지 않았다. 되지 않았기 때문에 하지 않은 것이었다. 그렇게 길들여져 옆에 아무도 없을 때도 형식적으로 고개를 숙이고 있을 뿐 기도는 하지 않았다.

그의 신과의 통로는 거기서부터 막혀 있는 것이었다. 첫 대목부터가 딱 걸리었던 것이다. 천지를 만드신 하나님까지는 좋은데 그가 어떻게 아버지가 되며 예수가 어떻게 하나님의 아들이 되는가. 도무지 그 촌수를 맞출 수가 없었다. 성령으로 잉태하사 동정녀 마리아에게 나신 것도 납득이 안 되지만 그대로 믿고 십자가에 못 박혀 죽으신 것과 장사한 지 사흘 만에 죽은 자 가운데서 다시 살아나신 것도 그대로 믿는다 하더라도 하늘에 오르시고 하나님 우편에 앉아 계시다가 산 자와 죽은 자를 심판하러 오시리라 한 것은 도무지 믿어지지가 않왔다. 하나님 오른편에 앉아 있다는 것도 믿을 수 있는 근거가 전혀 없으며 심판을 하러 온다고 하였으면 왜 오지 않고 있는 것인가. 그러나 언젠가는 오시리라는 것을 기대하고 믿으라는 말인가. 그의 뇌장이나 심장으로는 도저히 믿어지지가 않는 것이었다. 기록대로라면 하나님은 그 외아들을 이 땅으로 보냈다가 데리고 가서 옆에 앉혀놓고 있다는 얘기밖에 되지 않았다. 그럴 때 하나님이라는 존재는 무엇이며 그 외아들 예수는 거기 앉아서 무엇을 하고 있단 말인가. 얘기를 「다빈치 코드」 같이 끌고 가지 않는다 하더라도 말이 안 되며 그러니 믿어지지 않는 것이 당연하였다. 그러니 거기에 잇대어 그분이 죄를 사하여 주시는 것과 몸이 다시 사는 것과 영원히 사는 것을 믿는다는 얘기를 어떻게 할 수 있는가 말이다.

믿어지지 않는 것을 믿는다고 할 수가 없었던 것이다. 그런데 또 그것을 통성으로 소리를 내서 기도를 하라는 것이었다. 하필이면 그 안 믿어지는 부분을 통성으로 믿사옵나이다라고 하라는 것이었다. 속으로가 아니고 밖으로 다른 사람이 다 듣도록 큰 소리로 기도를 하라는 것이었다. 그 기도를 통성으로 웅얼웅얼 따라서 하는 둥 마는 둥 할 때마다 그는 무척 곤란하였으며 그럴 때마다 설득력이 취약한 부분을―물론 그의 경우이지만―제일 앞에 내세워 놓고 예배 때마다 강제적으로 통성으로 반복하게 하는 것은 누구부터 시작하였는지 누가 제안하였는지 참으로 졸렬한 발상이라고 생각되었다.

그리고 이것은 조금 다른 얘기이지만, 십자가에 못박혀 죽으셨다고 하였는데 맞지 않는 말이다. 예수를 4대 성인이라고도 하는데 성인이든 범인이든 우리 말의 높임말 존칭어 어법에 맞지 않는다. 한 군데만 그런 것이 아니고 다른 모든 데에 유독 예수의 죽음에 대해서만 일부러 맞지 않게 쓰는 데는 이유가 있는지 모른다. 하지만 거기에 그는 동의할 수가 없었고 그런 것도 반감을 보태고 있었다.

그는 자신을 위해서보다 가족을 위해서 가정의 평화를 위해서 교회에 나갔다. 아내를 위하고 아이들을 위해 어울리고자 한 것이다. 결과적으로 그렇게 된 것이었다. 어떤 때는 에덴동산과 같은 인류평화공원 같은 종교 공동체 울타리 안에 들어가 안주하려는 노력을 하였지만 그렇게 되질 않았다. 분명한 것은 거기서 빠져나오려 한 것이 아니고 들어가려고 노력하였는데 안 된 것이다. 참으로 불행한 일이었다. 그것을 스스로 자초했다고도 볼 수 있으나 행복을 위해서 자신을 속일 수는 없었던 것이다. 그것이 자신의 성격적인 결함에서 온 것은 아닌지 모르겠다. 융통성이 없고 너무나 꽉 막혀서 그런 것은 아닌지 모르겠다. 좌우간 모르겠다. 그러나 자신을 속이지 않고 솔직하게 처신을 하는 것이 하나님이 바라는 바이요 예수님이 바라는 바이요 신들 앞에 떳떳하고 당당하고 옳은 처사라고 생각되는 것만은 변함이 없었다.

칠성신七星神에게 바쳐졌다가 퉁그러져 나온 그는 서낭당을 지날 때 그냥 지나지 않고 돌을 올려놓는 정도였고 그 이상도 아니고 이하도 아니었다. 그에게 신이라는 존재가 있었던 것도 아니고 없었던 것도 아니었다. 종교라고 하면 샤머니즘에 가까웠고 교회를 나가면서도 종교 난을 쓸 때마다 선뜻 기독교라고 쓰지 못하고 고개를 갸우뚱하며 얼마간 망설였다. 그에게 확고한 종교 관념이 없었으며 신이란 존재가 그를 지배하지 못하였다. 그래서 그런지 모르지만 그는 거짓말이라고 할까 위선적인 언행을 하게 되었는데 차츰 그것을 정당화시키기에 안간힘을 썼다. 그의 고질병이었다. 늘 이중장부를 만들었고 일의 앞뒤가 맞지 않았다. 집에서도 그랬고 직장에서도 그랬고 어떤 모임에서도 그랬다. 그런 뿌리가 언제부터였을까.

아주 어릴 때였다. 대개 대변을 아침에 한 번 보아야 하지만 그렇지를 못하고 시도 때도 없이 주책을 부리었다. 특히 밤중에는 통시(변소)에 가는 것이 죽기보다 무서웠는데 그 처방으로 닭에게 절을 하라고 하였다. 그날도 밤중에 대변이 마려워 마당 건너 통시엘 갔다가 닭우리에 가서 절을 하자 닭들이 깨어 날아다니며 꼬꼬댁거리는 바람에 모두들 자다가 일어나 밖으로 나왔다. 엉겁결에 그는 사실대로 얘기하질 않고 누가 닭을 훔쳐갈려고 한다고 하여 온통 소란을 피웠던 것이다. 그것이 최초의 기억 같았다.

한 번은 형과 같이 배급을 타기 위해서인가 면사무소 창고엘 같이 갔다가 물건 쌓아놓은 뒤로 가서 일부러 나오지 않았고 그래 어떻게 나왔던지 모르지만 설탕을 혼자 얼마를 먹었던지 밤새도록 속이 볶이어 죽다 살았다. 또 한 번은 초등학교를 졸업하고 진해로 피난을 가서였는데 어느 날 그는 가출을 하였다. 왜 그랬던지 몰랐다. 아버지가 경영하던 정미소 판 돈을 벽장 안에 넣어놓고 있었는데 모두들 집을 빈 사이를 이용해 그 돈을 몽땅 가지고 집을 나와 부산 가는 버스를 탄 것이다. 그 돈의 액수는 확실히 기억이 안 되지만 어린 그가 혼자 지니기에는 너무 큰 돈이었다. 정미기 정맥기 제분기 제재기가 한 데 딸린 정미소를 판 돈이었다. 9.28 수복 후 고향으로 돌아가지 않고 피난지에 눌러 살기 위해 정미소를 판 것이고, 그것은 그의 가솔의 생계가 달린 자금이었던 것이다. 그런 돈 보따리를 안고 생전 가보지도 않은 대도시로 가서 정처 없

118

이 서성거리는 것이 말할 수 없이 불안하고 괴로웠다. 집에서 그를 찾고 없어진 돈을 찾고 그리고 허탈해 있는 부모들 동생들 생각을 하면 더욱 괴로웠다. 형 둘은 군에 가 있었다. 그는 어두워 오는 부산 거리에서 여관 같은 데를 찾아가기보다 조그만 음식점으로 들어갔다. 간판이 '털털이'든가 짜장면을 파는 집이었다. 남자 혼자 음식도 만들고 팔기도 하고 있었는데 그는 생전 처음 먹어보는 짜장면을 시켰지만 모래를 씹는 듯 먹을 수가 없었다. 밤이 늦어서 일을 마친 주인아저씨와 이야기를 하였다. 사실 내가 돈을 얼마 갖고 있는데 그것을 맡아줄 수 있겠느냐 그리고 여기서 무엇이 되었든 일을 할 수 있겠느냐고 물었다. 그렇게 해달라고 간청하고 있었던 것이다. 아저씨는 마음이 좋아서인지 또는 그가 가진 돈 때문인지는 몰라도 그렇게 하라고 하였다. 돈은 헤아려서 보관을 하였다. 그리고 작은 식당의 탁자를 몰아놓고 그 위에서 아저씨와 잠을 잤다. 그런데 그는 잠이 오지 않았다. 이리 뒤채고 저리 뒤채고 하다가 날이 채 밝기도 전에 그는 집으로 돌아가기로 결심을 하고 주인아저씨가 일어나는 대로 그렇게 말하였다. 아저씨는 잘 생각했다고 하며 돈을 헤아려서 확인하고 돌려주었다. 참으로 분명하고 고마운 사람이었다.

돌아갈 때는 배를 탔다. 그렇게 마음이 편안할 수가 없었다. 진해 속천 부두에 내려서 걸어 나오는데 거기서 어머니를 만났다. 어머니는 기차 정거장과 버스 정류장 그리고 배터를 순회하며 탕자가 돌아오기를 기다리고 있었던 것이다. 그는 어머니를 안고 울었다. 그러며 뭐라고 둘러대었던 것이다. 누구 꾀임에 빠져서 끌려갔다가 오는 길이라고 하였던가 뭐라고 했던가. 사실대로 얘기하지 않은 것이었다.

계속 그렇게 거짓말을 하였다. 나중에는 그것을 소설이라고 하였다. 사실이 아니라 진실을 얘기하는 것이라고 하였다. 예를 들어 의사가 중환자에게 가령 암 말기 환자에게, 당신은 1개월 후에 죽는다고 사실대로 얘기하지 않지 않느냐, 환자에게는 괜찮다 별일 아니다라고 거짓으로 말하고 가족이나 친구에게 사실을 이야기하는 것, 그것은 사실을 왜곡하는 것이 아니라 진실을 말하는 것이며 소설을 쓰는 것이라고 하였다. 그러나 그것은 그의 말이고 다른 사람의 생각은 달랐다. 그의 아내만 해도 그의 소설을 인정하지 않고 불순하게 받아들였다.

소설이 됐든 거짓말이 됐든 그런 것이 성소에서 고해성사를 하고 신과 교통을 하며 기도를 한다고 했을 때는 전혀 다를 것이다. 진과 가가 엄격하게 구분되는 것이고 순수와 불순이 철저하게 가려지게 되는 것이다. 아내가 얘기하는 것도 그런 것이다. 금전관계나 다른 관계도 그렇지만 거짓을 제일 시인하기 어려운 것이 남녀관계일 것이다. 그런 것은 한 번도 인정한 적이 없다. 아주 가까운 친구들 앞에서도 그랬다.

"나는 평균적인 남자야. 색골도 아니고 샌님도 아니고, 바람둥이도 못 되고 모범 가장도 못 되고……."

그는 이렇게 얘기한다.

"그러니까 연애를 하긴 하는데 꼬리를 안 밟힐 정도로 적당히 한다 그 말인가?"

"애해 참, 중학생들인가?"

"그렇게 얼버무리지 말고 솔직히 얘기해봐."

"솔직히 말해서……."

"진작 그럴 일이지."

"내가 뭐 살림을 차렸어? 애를 낳아가지고 들어왔어?"

그러나 그것은 친구들에게 하는 얘기이고 아내에게는 얘기 법이 달랐다. 한 치 한 점도 시인을 해서는 안 된다. 그래서는 그의 존립이 불가능하다. 그러나 꼬투리를 잡힐 때가 있었다. 한 번은 술이 잔뜩 취하여 들어와 가지고 그 자리에 쓰러져 잘 때였다. 이불을 깔아주던 아내가 그를 돌아 뉘다가 바짓가랑이와 허리춤에서 쏟아져 나오는 휴지를 모아놓고 그를 사정없이 흔들어 깨웠다. 사생결단을 하려는 투였다. 참으로 난감하였다. 그러나 또 구실이 없는 것은 아니었다. 어떤 경우라도 이유가 있을 수 있다. 처녀가 아이를 낳아도 할 말이 있다.

"술이 취해서 차 안에서 자다가 오는 길이야."

"자다가 오는 것은 좋은데, 이건 도대체 뭐냐고요?"

"자위행위를 했나봐."

"했나봐요? 그래 멀쩡하게 왜 자위행위를 하는데요?"

"그것은 내 책임이 아니야."

"그러면 도대체 그게 누구 책임인가요? 내 책임인가요?"

"당신 책임이지."

"아니 뭐가 어쌔요? 내 책임이라고요?"

"생각해봐. 따지지만 말고 그 잘 돌아가는 머리를 좀 굴려봐."

"뭐야?"

적반하장도 유분수지 정말 너무도 어처구니가 없는 아내는 그를 아예 인간 취급을 하지 않았다.

그러나 그보다 더 한 일도 시간이 가면 다 잊어버리고 말았다. 잊어버리지 않아도 별 수가 없었다.

가끔 돈을 가지고 아귀가 안 맞는다고 따질 때 얘기하였다.

"내가 누구 살림 차려준 적도 없고……."

"누가 알아요."

"누가 알긴, 그럼 그것을 못 믿는단 말인가?"

"못 믿지. 내가 당신 말을 어떻게 믿어요."

"못 믿으면 가만히 있을 당신이 아니지. 그러면 나를 그냥 뒀겠어?"

그것도 사실이었다.

만일 그가 진정으로 하나님을 믿고 두렵고 겁나는 구석이 있었다고 한다면 그런 거짓말은 하지 않았을 것이다. 못하였을 것이다. 간음하지 말라, 도적질 하지 말라, 거짓 증거하지 말라…… 그런 계명들을 어기고 또 어기고 하지는 못하였을 것이다.

그는 그것을 인정하면서도 얘기하였다.

"하나님은 죄를 아무리 져도 용서만 빌면 다 받아 주시지 않아요? 그런 걸로 알고 있는데……."

밤이 늦은 시간 술에 잔뜩 취한 ㅂ에게 다시 술을 권하며 물었다.

"그렇다고 자꾸 죄를 지나요?"

"물론 그래서는 안 되지."

"그러면 안 되지요."

그러나 말은 그렇게 하면서도 행동은 그렇게 하지를 못하였다. 그를 떠밀면 떠밀수록 점점 더 밀착이 되었다.

"당신은 왜 나에게 병주고 약주고 하는 거예요."

하반신이 다 젖은 그녀는 이미 아무 힘도 없이 그를 떠밀고 있었다.

"약 주고 병 주고가 아닌가?"

"그게 그거지 뭐야."

"그런가? 어떻게 됐든 잘 못했다고 용서를 빌어요. 그러면 되잖아? 열 번이고 천 번이고 용서를 빌면 되는 것 아냐?"

"나는 그런다 치고, 그대는 어쩔 건데?"

"정말 이러다 우리 벌 받지!"

"어차피 지옥은 만원이야."

그녀는 아닌 게 아니라 기도를 통해 하나님께 용서를 빌었지만 그에게는 그런 것도 없었다. 다만 ㅂ의 말대로 정말 이러다 벌을 단단히 받지 하는 죄의식을 느끼곤 하였지만 생각뿐이었다. 자의라기보다 타의에 의한 작죄라고 할 수도 있으며 서로가 공모자인 것이었다.

누가 문제가 있어 그런 것은 아닐 거라고 생각하기도 하였다. 그는 늘 일반적이고 평균적이라고 생각하였다. 그 일반이다 평균이다 하는 기준이나 수치에 대하여 동의를 않는 경우도 있을 것이다. 평균이기 때문에 그 이하가 있고 그 이상이 있는 것이고 이것에 대한 어떤 통계가 있는 것도 없다. 킨제이보고서와 같은. 말이 되는지 모르겠다.

그런데 정말 거짓말처럼 그에게 벌이 가해졌다. 천벌이있다. 일생일대의 큰 재앙이었다. 벼락이 떨어진 것이다. 하루 새벽 갑자기 그의 오른팔이 떨어져 나간 것이다.

절망이었다. 금쪽같은 정작을 잃은 것이었다. 모양이 문제가 아니고 체면이 문제가 아니고 한 줄도 무엇을 쓸 수가 없는 것이었다. 절망이었다. 그를 절망의 구렁텅이로 몰아넣은 것이었다. 목이 부러진 것이 나았다. 윌쉬 생각이 났다. 지옥이었다. 너무나 괴롭고 허탈하여 견딜 수가 없었다. 차라리 심장을 빼어 가는 것이 나을 것 같았다. 그러면 숨이나 멎지 이건 죽지도 못하고 살지도 못하고 그야말로 생지옥이었다.

몇 날 며칠 식음을 전폐하고 두문불출하며 머리를 싸매고 생각하였다.

'죗값이다. 내 죗값이다. 그 벌을 받는 것이다. 그래 그거다. 천벌을 받은 것이다. 인과응보 말이다.'

그는 늘 그렇게 불교적 사고를 갖고 있었다. 혼미의 수렁으로 빠져들 때마다 그 자신 그것을 느끼었다.

'이러면 안 되는데… 이러면 죄 받는데… 벌 받는데…'

그것을 먼저 알고 느끼었다. 그러면서도 죄 아니라 벌 아니라 그보다 몇 백배 더 무서운 무엇이 있다 하더라도 막무가내로 수렁 속으로 대가리를 들이밀고 쑤셔박았던 것이다. 그러니 그에게 덮씌워진 중벌은 너무나 당연한 결과였던지 모른다. 예고된 재앙이었다. 그는 혼자 술에 취해 울기만 하다가 그렇게 체념을 하였다. 아니 그렇게 자위를 하였다. 다른 도리가 없기도 했다. 죽으라면 죽는 것이지 별 수가 있는가.

ㅂ은 그의 불행에 대하여 무언의 위로를 하였다. 그저 술만 따르고 마시기만 했다. 서로 속을 다 보인 처지니 그의 괴로움을 다 알아차리고 있었던 것이다. 술을 같이 마시고 교회도 빠지면서 찜질방 불가마 속에서 같이 밤을 새우기도 하고. 연옥을 체험하는 것이었다.

"무슨 말을 좀 해봐요."

"시간이 가면 잊혀질 거야. 술이나 마셔."

"그럴까요?"

"그럼."

어투가 서로 바뀌었다.

ㅂ은 반말을 하였다. 그러며 거 보라느니, 내가 뭐라고 그랬냐느니, 죄가 어떻고 벌이 어떻고, 그런 말은 한 마디 반 마디

124

도 하지 않았다. 그것이 참으로 고마웠다. 그러나 전도는 계속하였다.

"교회 빠지지 말고 나가아. 기도도 하고. 기도를 안 하는 교인이 교인이냐?"

"누가 교인이라고 그랬어요?"

"그딴 소리 자꾸 하지 말고 교회에 잘 나가라고. 하나님께 의지하고 예수님께 매달리라고. 그분밖에 해결할 사람이 없어. 열심히 기도해봐. 그러면⋯⋯."

"그러면 죽은 것이 다시 살아날까요?"

"그럼. 응답이 있을 거야."

ㅂ은 그를 그렇게 나무라고 있었던 것이다.

정말 그럴까?

그는 아직 그것을 믿지는 않았다. 금방 믿어지지 않았다. 멍청해지기만 하였다. 그런데 또 몇 날 며칠을 바보처럼 울기만 하고 술만 퍼마시다가 체념을 멈추었다.

정말 그런 무슨 법칙이 있다는 것인가. 정확하게 공평하게 관리하는 시스템이 있단 말인가. 그것이 신의 섭리란 말인가. 정말 신이 있어서 그가 주체가 되어 이 땅의 모든 인간들의 길흉화복을 관장하고 조종하고 있단 말인가. 그가 어느 하늘의 신인가. 하나님인가. 하느님인가. 옥황상제인가. 그가 천상에서 지상의 중생들을 제도하고 있단 말인가. 낱낱이 세밀하게 정밀하게⋯⋯ 좌우간 무소부재의 신이 있어서 깜깜한 한밤중의 일일지라도 한 내끼도 빠뜨리지 않고 다 체크한단 말인가. 도대체 그 사무실이 어디인가. 혼자인가. 치부책이라도 있단 말인가⋯⋯ 하는 등등의 의문들이 우후죽순처럼 솟아오르는 것이었다. 갑자기 달라진 것은 아니고 원점으로 돌아온 것이었다. 그의 본 모습이었다.

그러면 왜 그에게만 철퇴를 가할 일이지 오히려 그 피해자라고 할 수 있는 아내에게나 아이들에게 벌을 가하고 그의 형제들 피붙이들에게 실망을 안겨주고 고통을 지워주는가 말이다. 그리고 그의 부모에게 조상에게 불효가 되게 하느냐 말이다. 뒤에 생각한 일이지만 십계명에, 나 여호와 너의 하나님은 질투하는 하나님인즉 나를 미워하는 자의 죄를 갚되 아비로부터 아들에게로 삼사 대까지 이르게 하거니와 나를 사랑하고 내 계명을 지키는 자에게는 천 대까지 은혜를 베푸느라, 이렇게 되어 있는데 그런 것인가. 나의 죄를 아버지와 어머니, 아내, 아들 손자에게 갚게 한단 말인가. 그들이 정말 무슨 죄가 있다고 말이다. 참으로 어처구니가 없었다. 과거 어느 땐가 친가 외가 처가 3족을 멸하고 9족을 멸하기도 하는 형벌이 있었는데 그런 것인가. 그런 제도이며 섭리인가. 빌어먹을! 지스 크라이스!

지저스 크라이스트, 예수 그리스도 그 이름이 어떻게 욕이 되고 저주가 되는지 몰랐다. 정말 욕이 튀어나오고 저주의 거품이 버글거렸다.

'흥분하지 말라. 화내지 말라. 맞서지 말라.'

그는 스스로에게 3계명을 내리었다.

'그러면 지는 것이다. 냉정하게 차분하게 그 위선의 신에게 따지자. 따질 것도 없이 그 속으로 들어가자.'

그런 것이 아닌지도 모른다. 그렇게 질투하는 하나님은 하나님도 아니고 신의 자격도 없는 것이고 그런 존재는 있지도 않으며 다 우리가 만든 것이다. 그렇게 생각되었다. 지옥도 우리가 만들고 천당도 우리가 만든 것이다. 단테가 만든 것이 있고 밀턴이 만든 것이 있고 또 누가 만든 것이 있나. 그랬다. 그런 것 같았다. 그것은 물론 그의 얘기다. 그가 만든 것이다. 확실한 것은 아니다. 확실한 것은 아직 모른다. 그러나 그것을 확실하게 얘기할 사람은 아무도 없다. 목사도 아니고 신부도 아니고 중도 아니다. 그들이 어떻게 그것을 증명할 수 있단 말인가. 그것이 합리적인 것이 아니고 비합리적인 것이라 하더라도 말이다. 그는 성경 불경 대목만 가지고는 믿어지지 않았다.

「신과 나눈 이야기」를 다시 읽어보았다. 닐 도날드 월쉬가 쓴 소설 같은 얘기이다. 신과 만나 나눈 대화들이었다.

왜 내 인생은 순탄하게 굴러가지 않는 겁니까? 어째서 나는 다른 사람들과 행복하고 즐거운 관계를 가질 수가 없는 겁니까? 대체 내가 무슨 짓을 했길래 늘 이렇게 고통스런 삶을 살아야 한단 말입니까?

신에게 항의하듯이 물었다.

자네는 최선을 다 했다고 생각하는가?

물론이지요.

지난 번 그날도인가?

신은 이야기를 다 들어주면서 따질 것은 따지었다.

그날은 사정이 있었습니다.

그랬던가.

삶이 무척 두렵습니다. 무척 혼란스럽고요. 매사가 좀 더 확실했으면 좋겠습니다.

그렇게 얘기하기도 했다.

결과에 집착하지만 않는다면 삶에서 두려운 것이란 없다.

신이 대답했다.

아무것도 원하지 않는다면…….

그렇다. 선택하라. 하지만 원하지는 마라.

그런 식의 얘기들이었다. 그렇게 3년간 신과 나눈 대화를 받아 쓴 것을 3권의 책으로 내어 베스트셀러가 되었다. 앞에서도 얘기를 하였는데, 그 작가를 만나기 위해 미국 애리조나 주 세도나로 갔었다. 가서 만나지는 못하였다. 음력 보름날 저녁 '창조주와의 대화'라는 세미나를 주재하고 있었는데 보름이 될 때까지 기다릴 수가 없었다. 세미나를 공동 주재하고 있는 일지 선사를 만나 얘기를 했었다.

"창조주가 누구입니까?"

"이 우주를 다스리는 분이지요."

"그분이 어디 계시지요? 하늘에 계신가요?

"하하하하…….'

"왜 웃으시지요?"

그도 웃으면서 다시 물었다.

"한 마디로 답을 듣고자 하시는가요?"

"하루 밤이면 될까요?"

"무척 급하시군요. 바쁘지 않으면 이리로 좀 오세요. 여기 레드 락에는 기가 많이 나오는 곳입니다. 기도 좀 충전을 하시고, 우리가 영원을 얘기하는데 보름도 못 기다리겠습니까."

그는 대꾸를 못 하였다. 시간을 내서 다시 오겠다고만 하였지만 그러지를 못하였다. 거기엘 갔더라면 그리고 창조주와의 대화 세미나에 참여하였더라면 하는 아쉬움이 있었다. 그랬더라면 창조주를 만났을지도 모른다는 생각이 들었다.

그에게 당한 시련과 고통은 도저히 감당할 수가 없었다. 너무나 괴롭고 너무나 허망하고 정말 삶을 지탱할 수도 없을 것 같았다. 생명줄이 끊긴 것 같았다. 죽는 사람 심정도 알 것 같았다. 죽으면 뭐가 있고 없고 그런 것도 생각할 상황이 못 되었다. 제로(0)상태이다. 누구밖에 없다 어디에 매달려야 한다 기도를 해야 한다 하는 얘기를 들으면 그리고 그렇게 시도해 보려고 하면 길이 열리는가 싶다가도 더욱 막히고 허탈해졌다. 날로 심하여갔다. 갈등이 심하고 골이 깊은 것이 아니라 절망이었다.

얼마를 그렇게 절망의 늪 속에서 허우적거리다가 널브러져 잤다. 밤낮 없이 며칠을 잤다. 마치 긴 터널을 들어가고 있는 것 같았다. 어둠 속에서 한 노인이 얼굴을 내보였다. 지폐나 우표에 그려진 인물처럼 친숙한 얼굴이었다. 산신령처럼 희고 긴 수염을 늘어뜨리고 있었다.

"참 오랜만이군 그래."

노인이 말한다. 그가 그 얼굴의 기억을 더듬고 있는데 아무래도 알아지지가 않는 인물이었다.

"저를 아세요?"

그가 물어보았다.

"그럼 잘 아다마다. 내가 자네를 맡았었지."

"그러면 당신이 누구시지요?"

"내가 누구인고 하니……."

"아, 당신은……."

"생각이 나는가?"

"아, 네에."

칠성신이었다.

"으음, 어험."

"그러시군요. 몰라뵈어서 죄송합니다. 정말 뜻밖이군요. 그럼

절 좀 구해주실 수 있을까요?"

"하하하하……."

신은 대답 대신 선사처럼 웃고 있었다.

"안 될까요? 어려우신가요?"

같이 따라 웃어지지도 않았다. 역시 그가 너무 성급하게 구는 것일까.

"누구나 자기 자신이 자기를 구하지."

어디서 듣던 얘기였다. 하늘은 스스로 돕는 자를 돕는다고 하였다.

"그거야 뭐 속담이 아닌가요?"

"그렇지."

신은 그런 존재인가. 그는 칠성신을 물끄러미 바라보았다. 그가 부인하는 신에 비해 참으로 따뜻하고 친숙하였다. 두렵지가 않고 무섭지가 않았다. 정말 신인가. 신을 만난 것인가. 그럼 그는 신과 대화를 하고 있는 것인가. 꿈을 꾸는 것 같기도 하고 실감이 안 났다. 허벅지를 꼬집어보았다. 꿈은 아니었다.

그런데 도무지 믿어지지가 않았다. 그의 천성은 어쩔 수가 없었다. 그것도 못 믿는 것이었다.

"허허허허……."

이번에는 그가 웃었다. 정말 우스웠다. 한참 너털거리며 웃고 나자 터널 속을 빠져나온 듯 어둠이 가시었다. 숲의 향기가 났다.

"어디로 가는가?"

이번에는 신이 그에게 물었다.

"지금요?"

“그리고 어디서 왔는가?”

“네?”

“어디서 온 줄도 모르고 어디로 가는 줄도 모르는 건가?”

“네.”

“그러면 안 되지.”

“그러면 어떻게 해야 되는 거지요?”

“나이가 몇인가?”

“나이요?”

“그동안 뭘 했나?”

“뭘 했느냐고요?”

계속 그는 더듬거리기만 하였다.

“근원을 생각하고 돌아갈 곳을 생각해야지.”

“그럼 그것을 제가 정하는 건가요?”

“참 답답한 사람이로고!”

“예? 예에. 그건 그렇고 말입니다. 왜 제게 이런 시련이 닥친 거지요? 제가 뭘 잘 못했는가요?”

“자네 자신에게 물어보게.”

“그러면 죄를 지으면 벌을 받는 건가요? 저는 제 죄의 벌을 받고 있는 겁니까?”

“스스로 답을 찾아보게.”

“그래요? 그럼 당신은 도대체 뭘 하는 존재입니까?”

그는 슬며시 화가 났다. 놀림을 받고 있는 것 같은 느낌이 들어서였다. 그런데 그런 것은 아니었다.

“밤나무로 신주를 깎아 젯상에 세워놓으면 그게 밤나무 토막인가 신인가? 신주를 개 물려 보내는 사람도 있지만 신주단지에 조심스럽게 모셔놓기도 하지. 내가 필요 없다고 생각하면 자네는 나를 부정하면 되는 거야. 나와 얘기를 할 필요도 없지."

"그러면……."

"그러면 자네 자신이 다 해결을 해야지."

"제가요?"

"그렇게 할 수 있겠나?"

"제가요?"

"뭘 그렇게 더듬거려?"

"창조주는 어디 계신가요?"

"무소부재이시지. 너무 성급하게 생각하지 말고 가슴을 활짝 펴고 자신 있게 스스로를 추슬러 보게."

"신이란 있다고 하면 있는 것이고 없다고 하면 없는 것입니까?"

"자네는 있다고 하면 있고 없다고 하면 없는 건가?"

"저야 그렇지 않지요."

"그런가?"

"안 그런가요?"

"하하하하……."

신은 수염을 쓰다듬으며 웃었다.

얼마를 그렇게 웃다가 마치 해가 구름 속으로 들어가듯이 없어진다. 그리고 비가 오려는 듯이 어두워지고 더워진다.

칠성신과의 대화는 마치 무지개가 떴다 지던 것과 같았다.

그것이 신인지 또는 헛것을 본 것인지 어떤 영성靈性의 출현인지 알 수가 없지만 좌우간 그로 해서 달라진 것은 없었다. 그 혼자 스스로 연출하고 연기를 한 것이 아닌가 싶기도 했다.

다시 고독이 밀려왔다.

언제 세도나에 한 번 더 가리라. 다 빠져나간 기도 좀 집어 넣고. ㅂ과 같이 가도 좋으리라. 거기 사막의 밤 보름달 아래 창조주와의 대화 세미나에서 창조주 신을 만날지도 모른다. 창조주는 그의 고독과 불안을 해소해 줄지도 모른다. 그런 것이 문제가 아니라 잃어버린 길을 찾아야 할 것 같았다. 잃어버린 것이 아니라 모르고 있었던 것이다.

결국 원점으로 돌아온 것이다. 중간 결론을 수정하였다. 신은 우리가 만드는 것이다. 서낭당을 만들 듯이, 신주를 깎아 신주단지에 모시듯이 사람이 만든다. 조금 발전한 것인가 퇴보한 것인가 모르겠다.

옛날 그의 마을 앞에 다른 마을에서 방아를 몰래 뽑아다 거꾸로 세워놓았다. 어느 집의 보리를 찧던 디딜방아는 보쌈을 당하듯이 징발이 되어 마을 수호신으로 둔갑을 한 것이다. 마을 사람들이 만든 신이다. 방아 가랑이 끝에는 또 과부의 속옷―그것도 몰래 훔쳐온 것이던가―가랑이를 끼어놓는다. 이름 모르는 과부의 부끄러운 속옷은 깃빨처럼 하늘에 펄럭이고 있는 것이있다.

그의 기억을 스치고 가는 또 하나의 신이 있었다. 그것뿐이 아니었다. 집 안에도 온통 신이었다. 부엌에도 있고 뒷간에도 있고 장독대에도 있었다. 잡신인지 우상인지 온 천지가 신이었다. 신인지 귀신인지.

그건 그렇고, 좌우간 그런 결론에도 불구하고 그는 여전히 허탈하고 불안하였다. 전일보다 더하였다. 그런 것이 아니고 정말 무엇이 있을지도 모른다는 생각이 들었다. 그런데 게처럼 단단한 껍질에 싸여 있는 그의 의식은 다른 주장은 아무것도 받아들이지 않는다. 아집만 커지고 그와 비례하여 불안이 커지고 더욱 고독해지고 그 음습한 늪 속에서 죽음의 그림자를 밟고 있는 것이었다.

죽음은 하나의 비구름 같은 것일 수도 있고 삶은 무지개 같은 것일 수도 있다. 그 무엇이 됐든 그 뒤에 무엇이 있느냐 없느냐, 그런 의문이 커지고 그것은 다시 신의 문제로 연결된다. 신이 있느냐 없느냐.

신이 있고 없고 사후에 천당이 있고 지옥이 있고 하는 것은 확인할 도리가 없고 증명할 도리가 없다. 그와 같이 합리적이며 가시적인 답을 구하는 사람에게는 늙어죽도록 헤매어도 찾지 못할지 모른다. 살아서는 죽어서 어떻게 되는지 어디로 가는지 도저히 알 수가 없고 죽어서는 그것을 대처하기에는 이미 늦는 것이다. 그때 가서 죽으라면 죽는 것이고 살라면 사는 것이고 어디로 가라면 그리로 가야 하는 것이다. 신이 말이다. 신이 있어 그의 섭리대로 운용하는 것이다. 신이 하나님이요 하나님의 아들이 예수이며 성부와 성자와 성신은 삼위일체이며 그래서 예수를 믿고 하나님을 믿는다. 거기에 매달리고 의지하고 오로지 거기서 길을 찾는다.

그래서 신을 믿는 것이다.

ㅂ의 얘기다.

"그렇게 백 번 천 번 얘기해도 못 알아들어요?"

"아, 예에. 못 알아듣는 것은 아니고…….”

"그럼 안 알아듣는 건가요?"

"안 믿어지는 거지요."

"참 답답한 양반!"

모두들 그를 답답하다고 했다. 사람들도 그러고 신도 그랬다. 그 자신은 더 말할 수 없이 답답했다. 그가 뭐 중뿔나게 잘 나서도 아니고 똑똑해서도 아니고 때려죽여도 안 믿어지는 것을 어쩌는 도리가 없었다.

"그래도 믿어봐요. 열심히 기도하고 매달려 봐요. 응답이 있을 거예요."

ㅂ은 간곡하게 다시 권한다. 하느님 아니 하나님보다도 그녀가 더 고맙다.

산골 그의 고향으로 내려와서 얼마동안 지났다. 집 앞에 교회가 있었다. 종루가 있지만 종을 치지는 않았고 교회당 첨탑의 붉은 네온사인 불빛이 밤새도록 비치었다.

그는 교회도 가보고 옛날 칠성어머니 보은댁이 그를 업고 가서 치성을 드리던 바위 위로 가 보았다. 거기가 성소라는 흔적은 전혀 없고 보랏빛 도라지꽃이 둘러 피어 그를 반기었다. 보라색은 그가 가장 좋아하는 빛깔이었다. 거기 높은 바위 위에 앉아서 두 어머니를 생각했다. 그의 어머니 묘가 거기서 멀지 않았다. 산 너머 골짜기에 아버지와 함께 모셔져 있었다. 보은댁은 전쟁통에 마을을 떠난 후 소식을 몰랐다. 마을 가운데 그 할머니 아니 어머니가 살던 골목에 들어가 보았지만 종적을 알 수가 없었다.

"어머이!"

목이 메었다. 눈물이 줄줄 흘러내렸다.

"어머어이!"

산 너머 물 건너에서 메아리가 시차를 두고 울려왔다.

그의 근원 가까이 온 듯한 느낌이었다. 그는 앉은 자리에서 일어서서 두 팔을 벌리고 하늘을 우러러보았다. 그러자 칠성신이 그에게로 다가왔다. 성큼 성큼 허공을 걸어 내려왔다. 그 뒤로 또 한 분이 수염을 더 길게 늘이고 천천히 걸어 내려왔다. 창조주였다.

"창조주님을 모시고 왔네."

칠성신이 말했다.

"아! 그러십니까?"

그는 너무나 감격하여 심장이 멎을 것 같았다. 맨 앞으로 나와 서는 창조주에게 큰 절을 두 번 세 번 하였다.

"여기서 뵙다니! 천만 뜻밖입니다."

"그런가?"

창조주는 인자한 표정을 지으며 고개를 끄덕끄덕하였다.

"세도나에 가서 뵈려고 하였는데 정말 감격스럽습니다."

"나는 무소부재로 동서남북 어디에나 있지. 산당에도 있고 통싯간에도 있고……."

"아, 옛날 밤에 통시에 가기를 무서워하던 그때도 거기에 계셨던가요?"

"그랬겠지. 지금 그것이 궁금한 건가?"

"아니지요."

"그러면……."

"제가 죽으면 어디로 가게 됩니까?"

"그건 삶을 다 끝낸 다음에 정해야지. 지금 죽는 것은 아니잖은가?"

"아닙니다. 아닙니다."

"언젠가 죽는 것은 알고 있겠지?"

"그거야 물론 잘 알지요."

"그러면 됐네."

"그런데 제게 왜 이렇게 큰 시련을 주시는 거지요? 제가 진 죄를 벌하시는 겁니까?"

"그런 얘기는 지난번에 하지 않았는가?"

전에 만났던 칠성신이 제지하였다.

"그랬었지요. 알겠습니다. 그러면 다른 신 하나님은 관할이 다른가요? 서로 다른 신입니까?"

"그렇지 않네."

창조주는 간단하게 말하였다. 질문이 잘 못 되었는지, 표현이 이상한지 잘 모르지만 그는 그것을 더 물을 수가 없었다.

"그러면 저는 어느 신에게 의지해야 되는가요?"

"자네는 그것을 원하는가?"

"그건 아닙니다."

"그러면 자네 마음대로 하길 원하는가?"

"그것도 아닙니다."

"그러면 뭘 원하는가?"

"그걸 잘 모르겠습니다."

"빨리 정하게."

"기다려 주시겠습니까?"

"너무 늦지는 말아야시."

"잘 알겠습니다. 그렇게 하겠습니다."

그는 고개를 수없이 조아리며 말하였다.

그러자 창조주는 다시 고개를 끄덕끄덕하였다.

그는 참으로 고맙고 다행스럽게 생각되었다. 마치 생명을 연장 받은 듯이 마음이 편안하였다. 통증도 좀 가시었다.

묻고 싶은 것이 참으로 많았는데 갑자기 떠오르지가 않았다. 신들 앞에 주눅이 잔뜩 들어서인가. 보은댁의 안부를 묻고 싶었는데 어느새 신들은 멀어져갔다.

그는 바위에서 내려와 마을로 가지 않고 다시 산으로 올라갔다. 길도 아닌 곳으로 산등성이를 넘어 아버지 어머니의 묘 앞에 이르렀다. 거기에 꿇어 엎드리었다.

"큰 죄를 졌습니다. 불효막급입니다."

제물 대신 눈물을 흘리며 사죄를 하였다.

"너그러이 용서하여 주시기 바랍니다. 백배 천배 노력을 더하여 더 큰 불효가 되지 않도록 하겠습니다."

해가 질 때까지 묘역을 서성거리며 사죄를 하였다. 그 위에 있는 할아버지 할머니 묘에 가서도 꿇어 엎드려 사죄를 하였다.

어두운 산길을 터덜터덜 걸어 내려오며 신과의 대화들을 생각해보았다. 꿈을 꾼 것도 아니고 낮도깨비에 홀린 것도 아니었다. 그 혼자 찧고 까분 것도 아니었다. 분명 무슨 계시가 있었던 것 같고 마음속 깊이 잠재했던 교감들을 주고받은 것 같았다.

그런데 그로 해서 진전된 것은 역시 아무것도 없었다. 다만 그의 생각이나 아집으로만이 아니고 영성을 추가한 결론을 내려본 것이었다. 영성이 아니고 상상이래도 좋다. 그렇게 상황을 확인하고 인식한 것이다. 신은 필요하다는 것이다. 그것이 필요한 사람들에게는 말이다. 다시 수정한 중간결론이다.

사후에 어떤 세계가 있는지 없는지 신이란 존재가 있는지 없는지 알 수 없고 죽고 나면 그것으로 끝날지 천당으로 가고 극락으로 갈지 지옥으로 아귀수라장으로 떨어질지 전혀 알 수가 없기 때문에 신에게 의지함으로써 마음의 평안을 얻는다. 이들에게 신은 절대적인 존재이며 절대적인 가치가 된다. 신을 부정하고 사후 세계를 인정하지 않는 것은 그것을 합리적으로 증명할 수 있는 아무것도 없기 때문이다. 그래서 그것을 믿지 않고 믿지 못한다. 아직은, 아직은 이라는 말이 어떨지 모르지만, 세상에는 이런 사람들이 몇 배나 더 많고 선민의식을 가지고 있는 교인들은 이들을 세상사람이라고 말한다. 동정어린 시선으로 그들을 바라보며 회개하라 천국이 가까웠다고 위협한다.

인간은 신이 될 수는 없다. 인간은 아무래도 불완전하고 완벽하지가 못하고 어딘가 허점이 있다. 그것은 오히려 인간적인 매력이다. 그렇지 않으면 인간이 아니고 신이다. 말이 되는지 모르겠다. 그의 경우 원칙이 없고 줏대도 없고 참을성도 없고 그래서 신이 될래 인간이 될래 하면 그는 서슴없이 후자를 택할 것이다. 성스럽기보다 촌스럽게 살고 싶은 것이다.

결론을 다 내릴 수는 없다. 아직 다 살지 않았으므로. 그래서 다 알지도 못하고 자신도 없다. 좌우간 결론을 내리면 내릴수록 허전하고 불안하고 고독하였다. 잠이 오지 않았다. 이리 뒤채고 저리 뒤채고 하다가 마당으로 나왔다. 교회의 네온 불빛이 올려다 보이었다.

마당을 거닐며 중간 결론들을 되새겨보았다. 마음에 들지 않았다. 계속 수정하고 추가해야 될 것 같았다. 밤과 새벽을 지키는 붉은 네온 불빛이 불안하고 고통스럽던 심신을 조금 누그러뜨리는 것 같았다.

다시 눈을 붙였지만 잠이 오지 않았다.

나무와 돌

왜 이러는 것일까. 무엇을 위해서 누구를 위해서 도대체 어디를 가는 것일까. 스스로도 알 수가 없었다. 자신이 모르는데 다른 사람이 알 리가 있는가. 지금 나이가 몇인가. 계속 허둥대고 있다. 흔들리며 비틀거리며 그러나 앞을 향해 가고 있었다.

곡예의 연속이었다. 장춘에서 내려 상해 표를 끊고 전화를 걸고 하느라고 비행기를 놓칠 뻔한 것까지는 좋았는데 기내의 모든 사람들을 붙들어 놓고 기다리게 하였다. 멀쩡한 그 장본인을 이상한 눈으로 바라보는 것이었다.

왜 이렇게 허둥거리는지. 그리고 도대체 여기를 왜 기를 쓰고 왔으며 또 이동을 해야 하는지, 백산 태산 계림 곡부 들을 다 들러 흑하까지 가 놓고 뭐가 있어 이곳에 다시 오지 않으면 안 되었던가. 뭐 목적이야 다 있다. 그러나 그것이 설득력을 가질 수가 있는가 말이다.

그에게 지금 천하 명승지나 절경이 중요한 것이 아니었다. 중요하지 않다는 것이 아니고 그런 것이야 아무 때고 시간 여유가 있고 형편이 될 때에 보면 되는 것이고 가면 되는 것이다. 지금 그런 게 급한 것이고 당면한 일이냐는 것이다. 그런데 그것은 생각이고 행동은 그렇지가 않았다. 생각과 행동이 겉돌았다. 황산黃山에서 하룻밤을 자기 위해 몇 천 리 몇 만 리를 달려온 것이다. 명산을 구경하기 위해서인지 또는 무슨 민족사를 찾고 무슨 목적을 달성하기 위해서인지 도무지 알 수가 없었다. 여러 약속을 다 캔슬하고 무엇보다 목을 매고 있는 곳의 회의—2학기 개강 세미나—도 빠지고 낯선 천지를 헤매고 있는 것이다. 북에 가서 취재를 하겠다고 하는 것인데 그래가지고 또 뭘 하자는 것인가. 허명무실한 것인지 그야말로 절대적으로 필요한 것인지, 그 확실한 이유와 명분을 찾아야 하는 것이었다.

어떻든 그런 행각을 주저하고 있는 것이 아니고 밀어붙이고 있는 것이었다. 그녀에게 부탁해 놓고 있었던 것이다. 제자라면 제자이고 후배라면 후배이다. 여러 가지로 능력이 있었다. 실력도 있었다. 성의 한 변을 따서 나무라고 하자. 목녀木女라고 하자. 늘 한 번 초대를 하겠다고 하였었는데 칭화대에 나가기 시작한 그녀가 약속을 지킨 것이고 선뜻 그것을 받아들인 것이었다. 기밀한 부탁을 해놓은 터에 전화로보다는 만나서 이야기를 하는 것이 좋을 것 같았다. 그러나 너무 먼 거리가 아닌가, 적절한 행보인가, 판단이 안 섰다. 좌우간 천하제일 명산에 올라 그 쾌감과 감동 속에 많은 것을 깨닫고 그런 가운데에 생의 전기를 이룰 수 있기를 기대하였다. 구름 위를 날고 있었다. 우리는 너무 현실에만 머무르고 있는 것은 아닌가. 환상이 없다. 그렇게 자위하면서 비행기에서 내렸다.

무엇이 어떻게 되었든 황산은 너무나 감탄스러웠다. 벌어진 입이 다물어지지 않았다. 감동의 덩어리였다. 아, 참 너무나 아름다운 산세에 취한 나머지 산 어귀에서부터 마구 소리를 질러대었다. 모두들 정신없이 사진을 찍어 대고 있었다. 서로 끌어안고 환호를 하기도 하였다. 등산은 아침에 하기로들 되어 있었으므로 해가 다 기울 때까지 산문에 기대어 넋을 잃고 바라보았다.

　목녀와 같은 호텔에 들었다. 우려하던 것이 현실로 돌아왔다. 환상을 깨어야 했다.

　"이러면 안 되지 않아요?"

　"안 되지요?"

　"불안해지기 시작하네요. 하하하하……."

　"호호호호…… 왜 선생님이 불안하시지요?"

　"글쎄 말이에요. 그런데 외박증은 끊어 왔어요?"

　"네. 그럼요. 일찍도 물어 보시네요. 외박증 없이 안 들어 갔다가는 다시 들어갈 수가 없지요."

　"쾌히?"

　"네?"

　두 사람의 눈이 마주쳤다.

　"호호호호…… 상상을 해 보시지요."

　"하하하하…… 그런 것 같지 않아서요."

　"왜 그렇게 생각하세요?"

　"어감이 그랬어요."

　공항에서 잠깐 만났을 때의 얘기였다.

　"그럴 리가 없었을 텐데요."

　"예. 그렇지는 않았어요. 그런데 그렇게 생각이 되었어요."

　"불순하네요."

　"맞아요."

　"호호호호…… 저는 그이도 그렇고 선생님을 믿어요."

"그래요?"

"호호호호……."

그녀는 계속 웃으며 방 두 개를 달라고 한다. 옆에 나란히 붙은 방으로 정하였다.

그렇게 1막은 끝나고 저녁 식사를 하러 나갔다. 호텔에서 멀지 않은 곳이었다. 그녀가 중국어로 한참 동안 이것저것 요리를 주문하였다. 값이 얼마인지 많은 요리가 식탁 가득 나왔다. 소고기 돼지고기 닭고기 생선 들이 다 올라왔다. 작은 민물고기를 튀긴 것도 있고 여러 가지 향내를 풍기는 채소가 들어간 요리 접시가 상을 꽉 채운 위에 자꾸 갖다 놓았다. 땅콩, 호두 등 견과류가 들어간 것도 있었다. 술은 그가 선택을 하라고 하였다. 먹어본 적이 있는 맥주와 노송 아래 신선이 누워 있는 그림이 붙은 고량주를 시켰다. 술이 약한 그녀에게는 맥주를 따랐다. 그도 첫 잔은 시원한 맥주로 하였다. 잔을 부딪었다.

"조국과"

"민족을 위하여!"

목녀는 그의 생각을 잘 알고 있었다.

"그래요. 고마워요."

그러나 그녀는 술을 마시지 않고 들고 있다.

"그뿐이에요?"

"아니, 그것 이상 또 뭐가 있나?"

"그래요. 맞아요."

그녀가 웃으면서 술을 한 모금 마시는 것이었다.

그는 다시 작은 잔에 따른 고량주 잔을 들고 그녀의 잔에 부딪었다.

"우리의 만남을 위하여!"

"예 그게 빠졌어요. 호호호호……."

술이 대단히 독하였다. 두 번 걸러서 만든 술이라고 하였다. 두 세 잔 마시자 얼근해졌다. 그녀가 자꾸 첨작을 하였다.

"그동안 술을 한 번도 사 드리지 못하였는데 오늘 제가 한 번 쏠게요."

"하하하하…… 고맙긴 한데……"

"그런데 또 뭐가 있어요?"

"그런가?"

"그럼요. 아무 염려 마시고 실컷 맘껏 드세요."

다시 첨작을 한다.

그녀의 말처럼 이 시간 아무것도 거리낄 것이 없었다. 누가 간섭을 하는 것도 아니고 무슨 바쁜 일이 있는 것도 아니고, 그런 것은 저 바다 건너에 있었다. 모든 것을 잊고 술을 마시고 내일 등산을 위하여 잠만 자면 되는 것이다. 아침 일찍 새벽부터 서둘러 출발해야 한다는 부담이 있기는 하지만 하룻밤 안 자도 안 될 것은 없었다. 뭘 쓸 때는 밤을 꼴딱 새웠다. 아무리 작은 것이라도 끝을 내려면 밤을 지새고 몸살을 하였다. 밤을 새우는 데는 이골이 나 있었다. 그러나 뭐 그럴 것까지야 있겠는가. 그것도 하고 싶은 대로 하면 되는 것이다. 마음껏 실컷 들라고 하였지만 정말 얼마나 코가 비틀어지게 술을 마실 것인지, 적당히 마시고 절도를 지킬 것인지 어쩔 것인지, 그들이 정하기에 달린 것이다. 그의 마음에 달린 것이다. 아니 그녀의 마음에 달린 것이다.

그러나 그런 것도 미리 정할 필요가 없다. 되는 대로 되어가는 대로 따르면 될 것이었다. 그런 것을 미리 정하고 계획하는 것은 어쩌면 순수하지 못한 것이다. 다시 말하여 불순한 것이다. 어떻든 참으로 흐뭇한 자리였다. 술이야 먹어 봐야 얼마나 먹겠는가. 돈이 들면 얼마나 들겠는가. 다른 것은 몰라도 참 술은 원이 없었다. 안 먹어본 술이 없었다.

한 번은 뉴욕에서 파티에 갔을 때였다. 국제PEN세계대회에 참석했다가 끝날 무렵 여러 나라의 초대장 중에 마음에 드는 한 군데를 택한 것인데, 다른 곳보다 유엔센터라고 하는 장소가 마음에 들어 그리로 갔다. 늘 그림으로만 보던 성냥곽 같은 빌딩, 거기서 뉴욕의 야경을 보고 싶기도 했다. 거기 얼굴이 익은 여러 나라의 작가들이 많이 참석을 하였다. 노벨문학상 수상자도 있었다. 파티는 술부터 시작하였다. 그런데 그 술의 종류가 참으로 다양하였다. 보도 듣도 못한 것이 너무나 많았다. 그래 그는 무슨 생각에서인지 옆에 있는 방 교수에게 물어 보았다. 가장 좋은 술이 어떤 것이냐고. 소설을 많이 번역하였고 가끔 술집에서 만나는 불문학자였다. 그러자 그 친구는 자기 것과 같이 그의 술을 시켜 주는 것이었다. 제일 좋아하는 술이라고 하였다. 그 이름이 길고 생소하여 그는 수첩에 적어 달라고 하였다. 콜라를 넣어 칵테일을 한 것인데, 그에게는 별로 신통하지가 않았다. 대략 값을 묻자 촌스럽게 뭐 그런 걸 따지느냐고 하여 멋쩍었다. 좌우간 양주도 그렇고 중국 술도 웬만한 것은 다 먹어 보았다. 그러나 그의 주량이 그렇게 대단한 것은 아니었다.

"왜 자꾸 첨작을 해요?"

"술이 안 받으세요?"

"무슨 소리를 하는 거여."

그는 자기의 잔을 주욱 들이키고 그녀에게 잔을 권하였다.

"첨작은 제사 지낼 때나 하는 거여."

"아, 에."

그녀는 웃으며 술을 조금 받아 마시고 그에게 반배를 한다. 서울에서도 몇 번 술을 같이하며 주법을 얘기한 적이 있었다.

"여기 주법은 그래요."

"그래?"

"예."

그녀는 다시 첨작을 하며 대답하였다.

"하하하하…… 그래?"

그런 것은 아무래도 좋았다.

"술맛이 어떠세요? 다른 것으로 해 보실까요?"

"아니야. 좋아요."

"안주는요?"

"다 좋아요."

"한국식으로 할까요?"

"아니요. 그냥 하던 대로 해요."

"예, 알았어요. 선생님."

"아! 하하하하…… 정말 실컷 마셔 볼까?"

"그러시라니까요. 호호호호……."

"하하하하…… 감당하기 어려울 텐데……."

"정말 염려 마세요. 돈이 떨어지면 선생님이 내시면 되지요 뭐. 그러나 그러면 안 되지요."

"헤헤헤헤…… 돈도 돈이지만……."

"뭐가 됐든 염려 마세요. 히히히히……."

그녀는 그의 괴상한 웃음까지 받아넘기며 또 첨작을 한다.

참으로 넉넉하고 흐뭇한 저녁이었다. 그야말로 걸리적거리는 것도 없고 거리낄 것도 없는 소탈하고 편안한 자리였다.

술을 한 병 더 시키었다. 그만하면 술은 충분하였다. 벌써부터 속이 찌르르하였다. 그가 술을 좋아하긴 하였지만 그렇게 대주가는 아니었다. 들어가긴 얼마든지 들어갔다. 아침에 일어나는 것이 문제였다. 술을 먹고 추태를 부린 적도 많이 있는데 언젠가부터 자제력이 생기었다. 제동을 걸면 걸리었다. 절도를 지켜야 된다고 생각하면 지킬 수가 있었다. 최근의 경우 그랬다. 늙는 것인지.

그런데 좌우간 근래에 이렇게 푸근하고 마음에 드는 자리는 없었다. 둘 다 멀리 뚝 떨어져 나와 무엇 하나 신경 쓸 것이 없었다. 그녀의 경우 그와 같이 하는 이 밤이 불안할지 몰랐다. 푸둥 공항까지 배웅을 나와 주었던 그녀의 허스가 떠올랐다. 참으로 우연한 일치였지만 그녀의 캡이 달린 모자의 모양과 색깔이 그의 것과 같은 것이었다. 다른 사람은 어땠는지 모르지만 그에게는 좀 이상하게 느껴졌던 것이다. 자격지심인가. 상하이 바다 위를 나르며 그가 그 애기를 꺼내자 목녀는 마구 깔깔거리고 웃으며 그의 기우를 다 날려버리는 것이었다. 너무도 웃음소리가 커서 옆 사람까지 다 돌아다 볼 정도였다.

"그렇게 좁은 사람 아니에요. 좌우간 맴돌던 쳇바퀴를 벗어나니 참으로 홀가분하고 좋네요. 세상이 내 것 같애요."

그녀는 계속 웃고 있었다. 그도 따라 웃었다.

그가 또 한 잔을 그녀에게 건네었다. 이번에는 가득 따랐다. 그녀가 웃으면서 그를 바라본다. 안주가 추가로 자꾸 나왔다. 국물이 있는 탕채가 나오고 꽃빵과 만두가 나왔다.

그녀는 한 입 크기의 작은 만두를 그의 초장에 얹어 주며 말한다.

"디엔씬(點心)이에요. 우리 점심이라는 말이 여기서 간 것인지 모르겠어요."

"딤섬이라고 하지 않아요?"

그가 만두를 안주로 들며 말하였다.

"그건 광동식 발음이고요."

"괜히 아는 척을 하였네."

"호호호호…… 선생님이 뭐 만물박사인가요? 전공이 따로 있잖아요."

그녀도 전공이 같은 국문학이다. 그런데 잔뜩 중국 잡학을 늘어놓는다.

디엔씬은 200여 종류가 있지만 바오(包) 지아오(餃) 마이(賣) 3종류가 대표적이며 펀(粉)은 얇은 쌀가루 전병에 갖은 소를 넣어 돌돌 말아 부친 것이다. 속에 상어지느러미 새우 쇠고기 돼지고기 시금치 부추 등을 넣는데 고대 농경사회에서 농사일을 마치고 둘러앉아 차와 담소로 하루의 피로를 풀 때 곁들여 먹게 된 것이 유래이다.

"저녁은 안 먹어도 되겠네요."

"왜요. 조금 드셔야지요. 볶은밥이 나올 거예요. 선주후면이잖아요."

"후면이면 면이 나와야지."

"그러네요. 면도 가져 오라고 그러지요 뭐."

혀가 꼬부라진다.

"그게 아니고 참, 이걸 어떻게 다 먹나? 하하하하……."

"호호호호…… 천천히 드세요."

목녀는 다시 술을 따르며 말한다.

"여기서 주는 대로 드시면 돼요."

술이 거나하게 올랐다.

그는 아주 흡족한 표정을 지으며 고개를 끄덕거렸다. 그러다 한 마디 던지었다.

"그래 어떻게 얘기가 잘 되고 있어요?"

그것이 무척 궁금하였던 것이다. 처음 만날 때부터 물어 보고 싶었다. 사실은 그것으로 하여 마음이 편하지가 않았던 것이다.

"아니, 뭐가 그리 급하세요?"

그녀는 대답 대신 술을 따른다. 뭘 그리 깝치느냐고 면박을 주는 것 같다.

이 좋은 음식에 안주에 참으로 너무도 근사한 술자리를 시작한 지 한 시간도 채 안 되었다.

"그런가?"

"그럼요."

그녀는 웃으며 또 첨작을 한다.

"알았어요."

어투도 바꾸있다.

"시간이 좀 걸릴 거예요. 잘 될지는 모르겠어요."

그렇게 한 마디 의중을 비치기도 하였다.

그녀는 늘 말의 액면 이상을 보여주었다. 그는 그것을 믿고 있었다.

"알았어요. 잘 되도록 해 봐요."

그리고 그 부탁이나 되는 듯이 그녀에게 술을 부었다.

그렇게 쉬운 문제는 아니었다. 초청장을 받아 달라는 것이었다. 그것 때문에 이까지 온 것이라고 할 수 있었다. 그의 힘으로는 아무리 노력을 해도 안 되었다. 연변을 갔던 것도 그 때문이었다. 거기 조선민족사학회 한 회장을 만나서도 그 부탁을 하였다. 역사학자로서 또 중국의 공산당 당직자로서 자주 북을 왕래하였고 요로의 인사들과 독대를 한다고 하였다. 그래서 대종교 대표들이 단군릉－개건식 때－참배를 하게 하는 다리를 놓았던 것이다. 그들은 돌아와 감옥을 갔지만 민족사의 돌을 하나 놓았던 것이다. 한 회장을 만나서 부탁을 하고 그녀에게도 부탁한 것을 전화로 채근하는데 그리로 오라고 하는 것이었다. 일이 잘 안 되어 구경이라도 시켜 주겠다는 것인지 그 반대인지는 알 수가 없었다.

참으로 세상은 넓고도 좁았다. 목녀가 그렇게 줄이 닿아 있을 줄이야 정말 상상도 할 수 없었다. 서울에서 같이 하숙을 하던 조선족 여성의 남편이 북에 있었던 것이다. 중국 대사관 직원이었다. 심야에 무슨 간첩 접선이라도 하듯이 교신을 하였다. 이메일이 가능하였던 것이다. 물론 그 친구에게만이었고 전화는 자기들 부부끼리도 되지 않았다. 좌우간 이 지구상에서 가장 멀고 갈 수 없는 곳이 딱 한 군데 있었다. 갈 수도 없고 올 수도 없고 편지 한 장 전화 한 통도 안 되었다. 참 세상에 둘도 없는 나라였다. 지금이 어떤 시대인가. 인터넷으로 모든 나라의 울타리가 다 없어져 버렸는데 거기만은 통하지가 않았다. 철조망을 높이 치고 그것이 다 녹슬도록 문을 안으로 걸어 잠그고 열어 주지 않았다. 그런데 그 친구를 통해 메일과 파일을 보낼 수가 있었던 것이다. 말은 않았지만 상당한 지위에 있는 것 같았다. 그 친구가 어떻게 할 수는 없었고 중간 역할을 할 수는 있었겠지만 생각대로 움직여 주질 않았다. 서울에서 목녀가 그 여성을 만나 단단히 부탁을 하였던 것이다. 같은 전공 끼리 의기가 합쳐졌던 것이다.

그의 지도로 학위를 받은 목녀는 북의 자료를 여과 없이 사용하여 심사에 어려움이 있었다. 그것을 그가 다 커버하였다. 사상적으로 논리적으로 엄호해 주었다. 여러 가지 오해를 받았지만 소신을 가지고 밀었다. '이기영의 남북 작품 비교연구'였다. 1934년에 쓴 「고향」과 북에 가서 다시 쓴 「땅」을 비교하여 북의 문학의 단계를 논한 것이었다. 사회주의적 사실주의 창작방법에 입각한 프롤레타리아문학에서 집체 창작 혁명적 문학으로의 전환 과정을 분석한 것으로 무엇보다 자료적 가치가 있었다. 그 친구를 통하여 어떤 학자도 접할 수 없었던 새로운 자료를 빼내올 수 있었던 것이다.

그랬는데 그는 그쪽 자료를 빼내는 것이 아니고 집어넣었다. 단군의 이야기 「뿌리 끝에서 다시 만나리」를 보내었던 것이다. 단군이라는 민족의 뿌리로 하여 서로 만나고 결국엔 하나가 되는 소망을 쓴 것이다. 남북 단군 연구학자들이 만나 서로 오가며 회의를 하고 발표를 하고 그 뿌리를 구심점으로 통일을 논의하는 테이블을 만든다는 얘기이다. 한동안 화제가 되었고 여러 군데서 상도 받았다. 책도 많이 팔리었다. 그러나 그런 이상을 현실로 옮기는 분위기를 만들지는 못하였다.

현실은, 남에서는 북의 단군릉 발굴과 단군 유골의 고증에 대하여 대체로 신뢰하지 않고 있으며 일제가 조작한 신화설에 매달려 있고, 단군을 실사로 기술하고 있는 북은 그런 주체성 없는 연구에 대하여 냉소하고 있었다.

하나의 현상 보고이며 진단인 것이었다. 이제 처방이 필요하였다. 가서 직접 보고 듣고 답을 찾아 제시하려는 것이었다. 단군릉 숭령전 삼성사 등을 답사하고 그 쪽 역사학자들의 얘기를 듣고 자료도 얻고 사진도 찍고 하여 설득력을 추가하려는 것이었다. 가제는 「단군의 무덤」이었다. 무덤은 죽음의 실체이며 삶의 실존을 말하는 것이었다.

어떻든 그 취재를 위해서 통일부의 북한 주민 접촉 승인을 받고 방북을 하고자 하는 것이다. 북에 가기 위해서 초청장이 있어야 했다. 고위층이라야 되었다. 그녀에게 그것을 부탁한 것이었다. 그가 쓴 「뿌리……」와 취재 답사 계획 파일 등을 그 친구에게 메일로 보내었다. 그런데 그것을 잘 받았는지, 아니 어떻게 전달이 되었는지―요로에 말이다―그랬다면 반응이 어떤지, 소식을 주지 않고 있었던 것이다.

답답하였지만 그는 그것을 다시 물어볼 수는 없고 연변에서 있었던 얘기를 하였다.

"친서를 한 장 쓰라고 해서 써 주고 왔는데……."

"누구에게요?"

목녀가 다시 첨작을 하며 묻는 것이었다.

"한 회장 얘기를 했었지요."

"예. 그러셨지요. 그런데……."

"아 그런데 도무지 이상한 생각이 들고……."

그는 술을 주욱 들이키며 말하였다.

"그래서…… 핫 참!"

"누군데 그래요?"

"누군 누구예요."

도대체 무슨 얘기를 하는지 알 수가 없었다. 그러나 그녀는 곧 누구인가를 알아차렸다. 그리고 한바탕 같이 웃었다.

"그래서요?"

그녀가 다시 물었다.

"그래서 선뜻 그러겠다고 하고 펜을 들었지만 문구가 떠오

152

르지 않고 도무지 써지지가 않는 거예요. 호칭을 어떻게 해야 하나 경칭을 어떻게 써야 하나 고민을 하고 있자 한 회장은 내키지 않으면 쓰지 말라고 하는 거예요. 그래서……."

그는 그게 아니라고 하고 다시 썼다 지웠다 하며 몇 줄 썼다. 단군릉 개건은 참으로 장한 일이다. 단군릉으로 하여 우리 민족의 숙원인 통일이 앞당겨지기를 갈망한다. 나는 단군을 구심점으로 하여 남북이 서로 만나고 통일을 이루는 얘기를 썼다. 앞으로 그런 노력을 확대하고자 단군릉을 참배하고 다음 단계 얘기를 쓰고 싶다. 그런 요지였다. 한 회장은 최경의를 표하라고 하였다. 남북을 북남으로 쓰라고도 하였다. 그리고 일러주는 대로 호칭도 쓰고 두 번 세 번 고쳐 쓰고 정서를 하였지만 마음에 들지 않았다. 우선 그의 마음에 들지 않았던 것이다. 한 회장은, 그럼 다음에 잘 써 가지고 한 번 더 오라고 하였다. 우편으로는 안 된다고 하였다. 그는 마음을 정하지 못하고 이리로 오는 시간에 쫓기어 그냥 주고 왔다.

"아무래도 마음에 걸려요. 그냥 가지고 올 걸 그랬지요?"

"글쎄요오."

그건 그녀도 답을 내릴 수가 없었다. 다만 그녀가 알아보고 있는 부분을 이야기할 수는 있는 것이었지만 그것은 여전히 오리무중이다. 그러니 그쪽의 기대를 저버릴 수도 없었다.

"좌우간 말이지요. 선생님, 오늘 밤 실컷 드시고 적회를 풀어요. 진작 제가 한 번 모셨어야 했는데, 산다는 게 무언지 그게 잘 안 되었어요."

목녀는 그러며 다시 술을 따른다. 그리고 또 술을 시켰다.

"적회라?"

쌓인 회포라는 말이다. 뭐가 그렇게 쌓였는지는 몰라도 참으로 할 말이 많다고 했다. 그도 그랬다.

"생각이야 있지만 제가 언제 또 이런 데로 모시겠어요?"

"그게 무슨 소리여? 젊은 사람이."

"따지고 보면 뭐, 그렇게 많은 차이도 아니지요 뭐."

사실은 그랬다. 그녀는 만학이라고 할까, 소설로 데뷔를 하고 아이들도 다 키워 놓고 대학원을 다녔던 것이다. 그래서 학부에서 바로 올라온 젊은 학생들보다 몇 배 공부를 하였고 학위도 수료와 동시에 바로 통과가 되었던 것이다. 얘기만 하면 척척 알아서 대령을 하였으므로 가능하였던 것이다.

"그러니까 이제 막 가자는 거지요? 하하하하……."

"호호호호…… 선생님도 참! 그럴 리가 있겠습니까?"

"뭐 그것도 괜찮을 것 같은데…… 하하하하……."

"호호호호…… 그러면 안 되지요. 호호호호……."

또 술을 따른다. 그의 잔도 그녀에게 건네었다.

"참 선생님 고마워요. 다른 교수님들 반대를 다 막아 주시고 선생님 시간을 떼어서 강의도 하게 해 주시고 또 여기 대학에도 선생님이 추천서를 써 주시고…… 선생님은 저의 큰 은인이고……."

"그리고?"

"너무나 많은 것을 일깨워 주셨어요."

그녀는 이번에는 그런 뜻이 담긴 것인가, 잔을 주욱 들여 마시고 반배를 한다.

"그랬던가? 글쎄, 뭐 그런 것이 있다면 그건 내가 준 것이 아니고 찾아간 거예요. 그런데 술 잘 하네!"

"아이구 아니에요. 저 많이 취했어요. 얼굴이 빨갛지요?"

"보기 좋은데 뭘."

"아아이 선생님도 참! 호호호호……."

웃어 대자 그녀의 새빨간 얼굴이 홍당무가 된다. 혀도 다 꼬부라져 있었다. 그러나 하나도 흐트러지지는 않았다.

"어떻든 천천히 많이 드세요. 제가 대작을 잘 할게요. 아셨지요?"

"알긴 알았는데 이제 그만 해요. 너무 취하면 안 되지."

그는 두 잔을 그의 앞으로 당겨 놓고 조금씩 마시었다. 그러며 일부러 잔을 비우지 않았다. 정말 그 마저 취하면 안 될 것 같았다. 아니 그도 꽤 취하였다. 자꾸만 첨작을 하여 많이 마신 것이었다. 독주였다.

"선생님도 참! 선생님 아니랄까봐. 지금 초저녁인데 왜 자꾸 그러세요. 헉슬리의 「연애대위법」에 보면 말이지요. 밤에 술 먹는 시간을 학년별로 말하고 있지요. 지금은 아직 유치원생이에요."

그녀의 기억은 정확하지 않았지만 무슨 말을 하고 있는지 알 수가 있었다. 계속 마시자는 것이었다.

"우리가 지금 연애를 하고 있는 건가?"

"얘기가 그렇게 되나요? 호호호호……."

그녀는 그러면서 술을 좀 바꿔 볼까 묻고 어디 2차를 가자고도 했다.

그는 이제 그만 하자고 하였지만 그건 안 된다고 하였다. 산책이나 하자고 했지만 그것도 안 된다고 하였다. 그래서 조금만 더 하기로 하였다. 배가 잔뜩 불러 고량주로 계속 했다.

그가 조금씩 마시자 이번에는 목녀가 먼저 마시고 잔을 준다.

"이제부터는 한국식으로 해요."

"그러면 안 될 텐데……."

"안 될 게 뭐가 있어요? 뭐가 겁날 게 있어요?"

"겁날 거야 없지."

"그러면 됐지 뭘 그러세요. 아무 염려 말고 맘껏 드시고 그리고 어디 가서 춤이나 추지요, 뭐. 괜찮지요, 선생님?"

"너무 취하면 춤을 출 수 없지."

"아 참 선생님도! 발동이 걸려야 춤을 추든가 뭘 하든가 하지요. 호호호호……."

"하하하하…… 난 아까부터 걸렸는데."

발동이 걸렸는지 모르지만 술은 많이 취하였다. 어떻든 말끝마다 선생님 선생님 하는 목녀 앞에서 그가 자제력을 잃으면 안 된다고 생각하였다. 지금으로서는 그럴 자신이 있을 것 같았다. 그러나 그를 가만 두지 않았다.

"뭘 하세요? 선생님! 안경을 벗으셔야지요."

"허허…… 참 내!"

그는 하는 수 없이 잔을 하나 비워서 그녀에게 술을 가득 따랐다. 조그만 사기잔이다.

"통일이 가능하다고 보시나요? 선생님의 통일론은 어떤 거예요?"

이번에는 방향을 180도로 바꾸어 말하는 것이었다.

"아니 갑자기 무슨 뚱딴지 같은 소리를 하는 거지."

"그게 아니지요. 선생님은 그것 때문에 지금 불철주야 노심초사하고 계시는 것 아니에요?"

그녀는 호기 있게 따지는 것이었다. 그에게 결투를 하자는 것 같다. 새롭게 대작을 하는 것이었다.

그는 물끄러미 그녀를 바라보았다. 참으로 마음에 든다. 오늘 이 술자리의 무엇보다도 솔깃하고 마음에 드는 언사였다.

"그건 그렇지!"

"마음을 툭 터놓고 말씀을 해보세요. 왜 거기에 목을 매고 계신 건지. 제가 대꾸를 해 드릴게요. 저도 아주 맹탕은 아닙니다."

그녀는 팔을 걷어붙이며 말하는 것이었다. 술이 확 깨었다.

"맹탕이라니! 쪽보다 더 푸르지."

얼마 전 보내 준 「단향형檀香刑」을 읽고 감탄을 하며 그렇게 전한 적이 있었다. 그녀가 번역한 모옌의 소설이었다. 원색적인 사랑과 민족의 비극을 그리고 있었다. 그는 그러며 그의 민족 통일론을 늘어놓았다.

"우리 민족의 키 워드는 단군이야. 북에서는 인사를 '단군!'이라고 하는데, 우리가 줄 건 주고, 받을 건 받아야지. 흠만 보지 말고. 이쪽에서는 꼭두각시놀음이라고 하고 그쪽에서는 개판이라고 하고 있으니 자꾸 멀어만 가는 거여. 뭐가 됐든 자꾸 만나고 얘기하고 술도 마시고 잠도 같이 자…… 그런 것이 통일인 거여."

"뿌리 끝에서 우리 다시 만나리!"

"그래 말이여."

"그런데 뭐 제사 지내시는 거예요?"

"뭐여?"

그는 앞의 잔을 비우고 또 그녀에게 가득 따랐다.

"「술의 나라」 보셨어요?"

그것도 모옌의 소설이었다.

"봤지. 그런데 이제 번역만 하는 거여?"

"쓰고 있어요. 선생님!"

"젊을 때 많이 써야지. 그런데 말이야. 남북의 정상이 만나

합의한 소위 낮은 단계의 연방제라는 거, 너무 황당하잖아? 어디까지가 낮고 어디까지가 높다는 거여. 말이 되냐고?"

그는 일어서서 두 손바닥을 엎어서 펴 들고 올렸다 내렸다 하며 마치 목녀에게 따지듯이 물었다.

"그래서요?"

그녀는 술을 주욱 들이키며 되물었다.

"그래서 말이여. 이건 어떨까? 북에서 한 발 물러서고 남에서 한 발 진보한 아나키즘의 논리로 통일을 하자는 거여. 울타리도 없는 자유사회인 거여. 지금 당장 통일이 돼도 이데올로기 극복을 못하면 도로 반납을 해야 돼. 사상의 레벨을 같이 하자는 거여. 어때?"

"소설은 되겠네요. 용도 폐기된 사상의 먼지를 털어 지금 다시 사용을 한다, 거꾸로 가는 시계네요."

혀가 다 꼬부라져 있었지만 말은 조리가 있었다. 참으로 정확한 지적이었다. 그녀는 프롤레타리아 아나키즘의 문학을 주로 발표하였었다. 또 그에게 잔을 내밀고 따른다.

"참 오늘 너무 마음에 드네."

"너무-짜가 들어가면 안 되지요. 안 그래요? 다 좋은데 말이지요. 그건 안 돼요. 그러다 다 잡혀 가요."

"잡혀 가면 어떤가? 나는 감옥에 가도 좋아. 목숨이 그렇게 아까운가?"

이제야 정말 발동이 걸린 것이다.

"그건 소설이에요. 현실은 그렇지가 않아요."

"소설은 현실을 뛰어넘는 거여."

"선생님은 넘지 못해요."

"뭐여?"

"안경이나 벗으세요."

"지금 안경이 문젠가?"

그는 식탁을 탁 쳤다.

통일론은 더 진전을 보지 못하였다. 현실을 뛰어넘지 못해서였다. 계속 그의 안경을 벗기느라고 목녀는 몸을 가눌 수가 없었다. 혀가 완전히 꼬부라져서 흐느적거리던 그녀는 코를 식탁에 박고 엎드린 채 맥을 못 추었다.

그도 너무 취하여 더 하면 안 될 것 같았다. 조심스레 몸을 가누고 일어섰다.

비틀비틀하였다. 그러나 그녀를 둘러업고 갈 수밖에 없었다. 그녀는 부축하고 걸을 수도 없었다. 계산도 그가 해야 했다. 꽤 되었지만 그게 문제가 아니었다. 실컷 맘껏 들라고 이것저것 다 시켜 놓고 인사불성이 되어버렸다.

호텔에 가서도 그녀는 여전했다. 눈도 뜨지 못하였다. 핸드백 속에서 전자키를 꺼내어 두 방 중 하나를 열고 들어가 침대에 눕히었다.

옆방으로 온 그도 옷을 입은 채 곯아떨어졌다. 그러느라고 아침에 일찍 일어나지 못하였다.

아침에는 그녀가 먼저 일어나 노크를 하였다. 말끔히 머리까지 감아 빗고였다.

"어서 차비를 하세요. 늦었어요."

"그냥 자면 안 될까요?"

그가 일어나지 않고 말하자 그녀는 안 된다고 하였다. 아주 단호하였다. 빨리 일어나라고 하였다. 그래도 말을 안 듣자 그의 볼에 살짝 키스를 해 주며 달래는 것이었다. 이까지 와서 황산을 안 보고 가면 말이 되느냐고 하였다.

"어젯밤 춤 잘 추었어요."

그가 일어나며 어떡하나 볼려고 한 마디 하였다.

"오늘 저녁이 또 있잖아요."

엎드려 절 받기였다.

"호호호호…… 죄송해요."

그리고 한 마디 더 하였다.

"제가 잘 맞혔지요?"

무슨 이야기인가. 현실을 뛰어넘지 못한다는 것인지도 몰랐다. 그는 그것을 되물을 수가 없었다.

조금이라도 많은 비경을 보여주려는 듯이 그녀가 깝치는 대로 황산 입구에서 전용버스를 타고 케이블카 타는 곳까지 서둘러 갔다. 장사진을 치고 있었다. 그러나 거기에서 표를 사가지고 기다리고 있는 친구가 있었다. 아르바이트 학생이었다. 같이 올라가기로 예약이 되었던 것이다. 케이블카를 타자 금방 절경 속으로 치달았다.

히야! 감탄이 절로 나왔다. 무아지경을 숨 막히게 달려 올라가 옥병루玉屏樓에 내렸다. 완전히 별천지였다. 황산을 보고 나면 그 어떤 곳도 눈에 차지 않는다고 했던가. 그 비경이 한 눈에 들어왔다. 옥으로 병풍을 둘러 친 누각 전망대 풍광구에서 일단 눈으로 등산을 다 하였다. 옆에 천도봉天都峰이 있고 앞에는 연화봉蓮花峰 그 뒤로 광명정光明頂이 기다리고 있다. 72개 봉우리 중의 삼대 주봉이었다. 그는 산에 오르면 꼭대기 끝까지 가야 했다. 그것을 아는지 목녀가 연화봉은 오를 수가 없다고 했지만 그는 포기하지 않았다.

이름처럼 연꽃 모양의 봉우리였다. 중국 제일의 명산, 황산 제1봉(1864)이 다가왔다. 보기만 해도 신이 들렸다.

"고마워요. 이런 곳 구경을 하게 해 줘서."

그는 숨을 고르며 목녀에게 인사를 차렸다.

"어제는 죄송했어요."

"정말 멋있는 밤이었어요."

"호호호호……."

좁은 계단을 돌아 영객송迎客松의 마중을 받고 안개와 운무 그리고 오락가락하는 비와 운해雲海에 묻힌 연화봉을 향하였다. 기암奇巖 기송奇松 나무와 돌의 천국이었다. 돌이 없으면 소나무가 아니고 소나무가 없으면 기이하지가 않았다. 연화봉 허리를 끼고 돌아서 허공을 이어놓은 허공다리 보선교步仙橋로 가다가 만나는 천해天海에서의 운해는 봉우리들을 섬으로 만들며 신비의 파노라마를 펼쳐 놓는다. 신선이 노니는 하늘의 바다였다.

연화봉은 출입을 시키지 않아 아쉬운 대로 광명정으로 향하였다. 목녀는 연화정蓮花亭에 주저앉았다. 몇 번 와보기도 했지만 컨디션이 좋지 않았다. 그는 학생과 함께 빠른 행보로 단숨에 제2봉 정상까지 강행군을 하여 천군만마를 다 끓어앉히었다. 그리고 심장 밑바닥까지 뒤집어 괴성을 질러대다가 내려왔다. 뭔가를 근원적으로 깨달은 것 같기도 하고 원점으로 되돌려 놓은 것 같기도 했다. 아니 백보-백보운제를 거쳤다-천보 내달은 것 같기도 했다. 그래 다시 시작하는 것이다.

전산前山 서해 쪽으로 올라왔었는데 후산後山 동해 쪽으로 가서 새벽 일출을 보고 내려오는 것이 등산 코스였지만 저녁 늦게 돌아가는 비행기 예약이 되어 있었다. 만일의 경우를 생각해서 내일로도 예약을 하였지만. 그래 연화정에서 목녀와 만나 온 길을 되짚어 해가 떨어지기 전까지 하산을 하였다. 그런데 그녀는 배탈이 나서 술을 마실 수가 없었다. 디엔씬 타령도 할 수가 없었다. 어제 저녁 오버페이스를 하였다고 할까, 최선을 다 하였던 것이다. 그녀를 위하여 술 대신 자스민 차를 마시었다. 거듭거듭 죄송하다고 하였다. 그녀의 얼굴에도 그렇게 씌어 있었다.

"술도 좋지만 차도 좋네요."

"그래도 선생님은 하세요. 제가 조금 대작을 해드릴게요."

"말만 들어도 취하는데요."

그러자 그녀는 한 가지 더 제안을 하는 것이었다. 온천이었다. 황산의 사절四節이 기암 기송 운해 온천이라고 하였다. 그 시간은 되었다.

"하나는 빼 놓지요 뭐. 그래야 아쉬움이 있지 않겠어요?"

"아쉬움이요? 참으로 고상하시네요. 호호호호……."

"하하하하…… 왜 그래요?"

"호호호호……."

그녀는 웃기만 했다.

비행기 안에서 그녀는 잊어버리기라도 했던 듯이 들려주는 것이었다. 얼마 전 그 조선족 여성 내외와 그녀의 내외가 같이 여기 황산에 왔었다고. 역시 그녀가 초대한 것이었다. 온천에도 같이 갔었다고 하였다.

그는 너무나 고마워 눈물이 날 것 같은 것을 참고 말하였다.

"내 통일론이 어땠어요?"

"죽을 쒔지요 뭐. 호호호호……."

그녀는 계속 웃는 것이었다.

귀향

향리로 돌아왔다.

그는 가끔 신소리를 하고 미리 앞질러 애기를 하여 뒷감당을 못할 때가 많았다. 그런 대가를 많이 치르기도 했다. 그러나 한 가지, 건강 문제에 대하여는 대단히 신중하게 애기하였다. 아직 끄떡없다느니, 감기 한 번 안 걸린다느니 그런 소리는 하지 않았다. 건강이 어떠냐고 하면, 그저 병은 없다고 하였다.

그리고 자신의 미래에 대하여도 과소평가를 하였다. 최소한도로 애기한다는 말이었다. 그가 그토록 돌아가고 싶은 고향에를 결국 못 가게 될지도 모른다고 말하였다. 허름한 괴나리봇짐을 걸머지고 먼발치로 고향마을을 바라보기만 하다가 돌아서는 상상을 하였다. 왜 그렇게 스스로를 평가절하하고 있는지 몰랐다. 돈 때문일 수도 있고 건강 때문일 수도 있고 또여러 가지 이유와 사정이 있을 수 있을 것이었다. 오래 전의 일로 집안 형처럼 이웃 아낙을 건드렸다가 동네를 쫓겨난 적이 있는데 어떤 이유로든 도저히 그 땅에 발을 붙일 수 없는 상태를 말하는 것이었다. 그 형은 두 번째 부인이 교통사고로 횡사하였을 때 유골을 시골 정거장에서 고향의 조카에게 들려

주고는 되돌아갔던 것이고 자신은 유명을 달리하고야 돌아올 수 있었다. 어디에 「환향」이라는 제목으로 쓴 적이 있었다. 그대 다시는 돌아가지 못하리, 그런 제목의 소설이 있었다. 무엇이 되었든 최소한도로 잡아서 예상을 했던 것이다.

그것은 그만큼 그가 겸손하여서라기보다 그 나름대로의 미래를 기대하는 방식이었다. 그만큼 많은 기대가 그 속에 들어 있었는지 모른다. 금의환향을 간절히 기대하며 겉으로는 그 반대의 그림을 그리고 있는 것이었다. 우산을 가지고 나가면 비가 오지 않았다. 물론 그의 경우이지만 늘 일기예보를 맞추지를 못하였다. 아니 늘 맞지 않았다. 그래서 가방 속에 우산을 넣고 다니었다.

아직 다 산 것은 아니지만, 아직도 더 살 날이 많이 있다고 생각하고 있었지만 그에게 닥쳐올 미래라는 것은 벌써 너무나 허망하게 되어버렸다. 절망이었다. 그의 기대나 자위를 완전히 꺾어 놓은 것이었다. 벼락을 된통 맞은 것이었다. 불벼락이었다. 신에게 조롱당한 느낌이었다.

그의 예감, 늘 과소평가를 하던 자신의 그림은 들어맞고 있는 것이었다. 어떻든 그가 그토록 가고 싶어 하던 곳, 고향 마을에 그런 상태로 돌아왔다. 생기발랄한 의욕이 끓어 넘칠 때가 아니고 기력이 다 쇠진하여서였다. 기진맥진하여 모과 한 덩어리를 들 기운도 차릴 수가 없었다. 마음이 그랬다.

그가 이곳에 오고자 갈구한 것은 뭔가를 이루기 위한 한 것이었다. 그동안 추구해 오던 작업을 적극적으로 전개하고 완성하고자 하는 욕망에서였다. 그가 살던 곳 그리고 태어난 곳으로 회기하고 싶은 생각이 꼭 그것 때문만이라고는 할 수는 없지만 평생 그가 사는 보람, 그가 사는 의미를 그 작업에 두었고 그것이 아니면 금방 쓰러질 것 같이 생각이 되었던 것이다. 작품이 그렇게 대단한 것이 아니었다. 거기서 금이 나오는 것도 아니고 다른 대단한 무엇이 나오는 것도 아니었다. 일대 베스트셀러가 되고 세상의 화제가 되고 무슨 거창한 사건이 터지기를 바라는 것도 아니었다. 그런 것도 결국 물거품과 같은 것이었다. 그동안 죽으나 사나 작품과 씨름을 하며 살았고 그럼으로써 삶의 최고봉을 추구하며 산 것이다. 그렇게 자인하며 그것을 보람으로 살았다. 「정상에서 만난 사람들」 「여기가 아니다」 「서러운 땅 서러운 혼」…… 그 많은 시간 속에 작품은 그의 분신이 되었으며 언젠가부터 그것이 아니면 죽는 줄로 알고 있었다. 그의 작품은 그의 삶이었다.

더러 상을 받기도 하고 신문에도 여러 번 나고 사진도 대문짝만하게 난 적도 있었다. 그럴 때마다 술을 사야 했다. 고료도 많이 받았다. 목돈을 받기도 하였다. 지금 내려오게 된 터전도 원고료 받은 것으로 마련한 것이었다.

원래 그의 집터였지만 남의 소유였던 것이다. 그가 살고 있던 집의 터는 언제부터인가 도조를 주고 사용하였던 것이다. 그것이 얼마가 되었던지는 알 수 없으나 매년 지세를 내고 사용한 도지였다. 타작이 끝난 뒤 이 집 저 집 벼와 보리를 말로 되어서 가마니에 거둬 담아 가던 수곡收穀 장면들이 떠올랐다. 그것을 서글프게 바라보던 기억과 함께.

그가 살던 집 뒤안에 있던 큰 감나무에 열린 감도 주인이 다 따갔던 것이다. 따다가 떨어져 깨진 것들을 조금 주고 갔다. 큰 감나무였다. 어릴 때 꺾어서 새총을 만들었으면 좋을 정도로 두 갈래로 뻗은 나무에 까치집이 몇 개가 있었고 가지가 축축 늘어질 정도로 무동시 감이 주렁주렁 매달렸다. 그러나 그것은 다 그림의 떡이었다. 가끔 퍽 소리를 내며 떨어지는 홍시나 주워 먹을 수 있는데 워낙 나무가 커서 땅바닥에 떨어지면서 박살이 나고 말았다. 다만 지천으로 떨어지는 감꽃을 떫은 대로 실컷 주워 먹을 수는 있었다. 좌우간 그런저런 사정을 아무것도 모르던 어린 시절 짚에다 감꽃을 꿰어 만든 목걸이를 만들어, 아직 이성에 눈뜨기 전이던가, 여자 친구에게 걸어주기도 하였고 감꽃이 시들면 하나씩 하나씩 빼어 먹었던 것이다. 감꽃은 떨어지는 대로 바로 주워 먹으면 아리프로 삐득삐득 말려서 먹어야 했다. 먹을 것이 없던 시절이었다.

육법전서에 그런 것이 씌어 있는지 모르지만 사는 사람이 심은 것은 따 먹어도 된다고 하였다. 그러나 씨를 심어서 열매가 열리기까지는 오랜 시간을 기다려야 했고 많은 열매가 달리기까지는 여러 해 더 기다려야 했다. 남의 땅에 과일나무를 심고 접을 붙이고 하는 데는 많은 인내심이 있어야 했다.

6.25전쟁 때 소이탄을 맞고 집이 불탄 그 터에 집을 지었다. 내려가 살자면 집이 있어야 했고 빈 집터만 있었으니 집을 짓는 것은 당연한 일이었지만, 좌우간 그 집이 문제였다. 집이라는 것이 사람이 입고 먹는 것처럼 사는 기본 조건이며 – 의식주 아닌가 – 그것이 욕심일 것도 없었다. 그런데 거기에 너무 신경을 썼던 것이다. 올해는 짓는다, 내년에는 꼭 짓는다, 갈 때마다 얘기를 하여 10년을 넘게 공수표를 떼다가 말빚을 많이 져서 정년을 하자마자 바로 시작하였던 것이다. 짓는 것도 그냥 남들처럼 지으면 되는 것을 가지고 2층이다 층층대다 구들이다 욕심을 부리고 이것 저것 걸터들이느라고 시일도 많이 걸리고 돈도 많이 들었던 것이다. 원래는 2층을 올리려고 한 것이 아니었다. 마을 가운데가 되어서 내 건너 들 건너 있는

황악산 정상이 창문으로 바라보이지가 않았던 것이다. 그는 서울서 집을 보러 다닐 때도, 마루에서 관악산 정상이 바라보이느냐고 물어보았고, 그렇다고 하여 가보면 정상이 마당에서 보이거나 방에서는 고개를 빼어야 보이는 데가 많았다.

잔뜩 빚을 졌고 결국 제대로 마무리를 짓지 못하고 그냥 뻐들뜨려 놓아야 했다. 그것이 전부 그의 고집 때문이라는 것이었다. 흙이면 어떻고 시멘트면 어떠냐는 것이었다. 그 집에 천년만년 사느냐는 것이었다. 그러나 그의 생각은 그렇지 않았다. 집을 언제 또 지을 것도 아니고 마음에 안 드는 재료를 쓰고 싶지 않았다. 그래서 너와로 지붕을 이었던 것이고 흙장을 찍어서 벽을 쌓고 흙과 나무 돌 외에 다른 것은 쓰지 못하게 하였다. 스티로폼을 안 쓰면 단열이 안 된다고 하였지만 그래도 좋으니까 절대로 화학물질을 사용하지 말라고 하였다. 보일러 시공을 하며 그러면 땅에서 올라오는 냉기를 차단하지 못한다고 했지만 그래도 그렇게 하라고 했다. 후회할 텐데요, 세 번씩이나 정말 괜찮겠느냐고 묻는 것을 괜찮다고 하였다. 누구에게 얘기해도 그건 안 된다는 것을 그는 고집을 부렸다. 황소고집이었다. 그렇게들 말하였다. 뒤의 얘기지만 보일러를 아무리 돌려도 열이 다 땅 속으로 새나가고 방이 뜨듯하지가 않았다. 다 아는 것을 그만 모르고 있었던 것이다. 어디다 하소할 데도 없었다. 다시 뜯어서 공사를 하자니 그렇고 그냥 견디자니 힘들고 도무지 체면이 문제가 아니고 형편이 말이 아니었다.

너무 복고적인 생각을 하였던 것 같다. 옛날 그가 살던 집의 구조를 그대로 복원해 보려고 하였다. 방 마루 뒷곁 부엌 등의 위치 모양 크기 등을 그대로 살리려고 하였고 벽도 흙으로

만 쌓고 방바닥도 흙으로만 발랐다. 천정도 흙으로 알매를 찌고 벽채는 시세만 하고 도배도 하지 않았다. 장판을 하지 않고 돗자리를 깔았다. 장판을 하고 콩댐을 하면 양철쪽같이 단단하게 된다고 하였다. 니스 칠을 하기도 하는데 그러면 흙을 차단하게 된다. 흙내를 맡겠다는 것이고 그것을 위해서 고집을 부렸던 것이다. 흙 속에 살겠다는 것이었다.

거실 안쪽 주방은 원래 소 마구간을 하던 곳이었는데 거기에는 구유를 걸어놓았다. 옛날에는 사랑방 뒤편 집 안 깊숙한 곳에 소를 기거하게 하였던 것이다. 그만큼 소는 소중하였고 그 집의 큰 어른이었던 것이다. 그러나 지금은 마을 전체에서 한 집도 먹이지 않는 소를 먹일 수는 없고 그 대신 구유를 갖다놓고 보았다. 쇠죽을 끓여다 부어주던 나무 구유였다. 그렇게 배치하다보니 주방이 어둡고 거실이 컴컴하여 낮에도 불을 켜야 했다. 보통 고집이 아니었다. 건축의 ABC도 모른다는 얘기였다.

가난한 시절을 되돌아보며 살려는 것이었다. 구유에 잠을 재우던 아기가 있었다. 그런 생각도 하면서 말이다. 그의 복고적인 욕망은 유년의 시간 공간을 넘어 자꾸 거꾸로 거슬러 올라갔다. 욕망이 아니고 욕심이 과하였던가, 부모은중경에 나무가 가만히 있고자 하나 바람이 흔든다고 하였지만 바람은 가만히 있는데 나무가 쓰러진 것이었다. 어이가 없었다. 말이 안 되었다. 좌우간 그때 그 보릿고개를 넘기기가 힘들던 때보다 더 힘들고 몇 배나 몇 십 배나 괴로운 상태가 되었다. 그 때는 보리 찬밥을 먹고 나물죽을 먹으면서도 그래도 낙이 있었고 꿈이 있었다. 그러나 지금은 지금은…… 말 수 없이 불행하였다. 절량이 아니라 절망이었다. 절종이었다.

그의 귀향은 그런 것이었다. 정말 죽지 못해서 연명을 하고 있는 것이었다. 속이 그의 속이 아니었다. 모래만 잔뜩 든 것 같았다. 희망이 날아가 버린 것이었다. 어느 날 새벽 그의 파랑새는 포로롱 날아가 버리고 말았다. 산다는 것은 희망을 가꾸는 것이었다. 희망이 없다면 하루도 한 시도 살 수가 없는 것이다. 그런데 정말 어쩌다가 이렇게 되었단 말인가. 천벌을 받은 것이었다. 왜 도대체 뭣 때문에 그런 고문과 형벌이 그 자신에게 내린 것인가.

교인들이 애기하는 대로 교만 때문인지 모른다. 교만해서는 안 된다고 했다. 그런데 그는 정말 교만하였던가. 천벌을 받을 만큼 건방지고 무례하였던가. 정말 그랬었는가. 그는 안 그런다고 하였지만 은연중 남을 무시하고 자기만 제일이라고 생각하고 쥐꼬리만한 지위와 명예라고 할까 그리고 그가 가진 보잘 것 없는 것을 나약한 사람들에게 뽐내고 거들먹거리지 않았던가. 정말 그랬던 것 같다. 늘 그랬던 것 같다. 그가 있으면 얼마나 있고 높으면 얼마나 높단 말인가.

집안 조가가 젊은 나이에 이혼을 하고 부슨 중병이 걸려 앓고 있었는데 죽었다고 연락이 왔었다. 참으로 안타깝고 어이 없는 일이었다. 아니 어째 그렇게 되었느냐, 좀 잘 하지, 걱정을 하기도 하고 원망을 하기도 하였지만 진정 그의 가슴으로 마음 속 깊이 그 아픔을 나누지는 못하였다. 말뿐이고 생각뿐이지 그가 뭘 한 것이 있었던가. 기껏해야 봉투에 돈 얼마를 넣어 부조를 한 것밖에 더 있었던가. 돈이라는 것이 땀의 대가라고 할 때 돈을 쓴다는 것은 마음을 쓰는 것이라고도 할수도 있는데 그가 지불한 것이 또 얼마나 미미하고 형식적이었던가. 미성微誠이라고 쓰기는 했지만. 그에게 연락을 하는 것은 단순히 그에게 알리는 것뿐이 아니고 그의 형제들에게 알리라는 것이고 그와 관련되는 사람들에게 다 알려서 고통을 함께 나누도록 해달라는 것이었는데 그런 그의 임무를 얼마나 게을리 하였던가. 그러나 그런 것들이 문제가 아니고 그래도 집안의 어른이고 마음이 통할 수 있었던 그가 가서 밤을 같이 새우며, 그래 당한 것을 어떻게 하겠느냐, 그것이 운명인데 어떻게 하겠느냐, 그런 대로 산 사람은 살아야지 어떻게 하겠느냐, 소주를 장에다 들어부어가며 위로를 해주고 함께 엉엉 울어주었어야 하지 않았던가. 그런데 그는 조카의 일 때도 그랬고 얄팍한 뜻만 표하고 마음과 몸은 보내지 않았던 때가 많았다.

그뿐이 아니었다. 그는 참으로 여러 여성과의 관계를 가졌다. 그것이 부적절하였는지 또는 불륜이라고 할 수 있는지 여부를 떠나서 자신의 행동에 대해서 평균적이라고 말하여 왔다. 색골도 아니고 샌님도 아니고 그 중간 쯤 된다고. 그것을 그는 호기 있게 말하여 왔다. 그것은 그의 입장에서 자위하는 것이고 하기 좋은 말로 웃자고 한 얘기였다. 그러나 그것이 얼마나 엄청난 죄를 짓는 일이었던가. 그 일로 얼마나 많은 고통을 안고 살게 하였던가. 그에게 그런 권한이 있었던가. 그저 교만하고 못되고 하는 것으로 그치는 것이 아니고 가정을 파괴하고 이리저리 얽힌 좋은 관계를 갈기갈기 다 찢어발기지 않았던가. 그런 것이 그에게 역풍으로 온 것인지도 모른다. 그런 것이었다. 자기 자신까지 다 괴멸시킨 것이었다. 그런데도 그의 그런 행각은 그치지가 않았다. ㄴ과 ㅂ의 관계는 계속 질척대며 죽을 쑤고 있었다.

바늘 도둑이 소 도둑이 된다고 하였다. 어릴 때부터 그렇게 들어 왔고 그 자신 그렇게 말하여 왔다. 그러나 사실은 그것을 실감하지 못하였다. 불장난을 하면 오줌을 싼다든지 꺼진 불도 다시 보자든지 하는 정도의 의례적인 주의사항에 불과했다. 그렇게 가르치고 쓰면서 실천하지는 못하였다. 아니 늘 그런 것들을 대수롭지 않게 여기고 그런 경구들을 밟고 지나갔다. 거기에 대한 아무 생각도 없이 오히려 틀에서 벗어나는 것이 파격이라고 생각하고 고루하지 않다고 여기었던 것이다

초등학교 때 지금은 그 기억이 정확하지 않지만 무엇을 훔치다가 붙잡혀서 학교로 끌려가 늦게까지 벌을 받은 적이 있었다. 같이 갔던 또 한 아이가 있었는데 그 이름과 얼굴은 기억나지 않는다. 누가 끌고 누가 주동을 하고 누가 따라 하였는지도 물론 기억이 희미하다. 아니 전혀 기억할 수가 없다. 학교에서 집으로 오는 도중 길가 집의 마루 밑에 있는 물건, 톱니바퀴가 달린 기계뭉치였다. 그것을 꺼내다가 들킨 것이었다. 그것이 무엇인지도 잘 모르지만, 꼭 필요하고 탐이 나고 그런 것도 아니고 그것으로 엿을 바꿔 먹겠다는 것은 더구나 아니었다. 다른 어떤 욕심이 있었던 깃도 아닌 것 같았다. 지금 와서 그때 심정을 변호하겠다는 것은 아니고 그저 막연한 호기심이었던지 몰랐다. 그냥 처 박혀 있는 물건에 대한 관심이었다고 할까. 그렇다 하더라도 어떤 흑심이 있었던 게 아닌가 하는 생각도 해 본다.

그 때서부터 그에게 어떤 검은 그림자가 싹트고 있었던 것이 아닌가. 그 무렵 또 한 번의 뚜렷한 거짓 행각을 추가하였던 것이다. 그 기계뭉치 사건 이후인 것 같다. 면사무소에 딸린 창고로 큰형과 같이 배급을 타러 갔었다. 형은 해방 후 일본서 공부를 하다 집에 와서 얼마간 머물고 있었고 그 뒤 같

은 초등하교 교사로도 있었다. 그 전의 일이었다. 무슨 배급인
지도 기억이 확실치 않았지만 우리 집 몫으로 돼 있는 것을
타러 간 것이었고 강아지 따라가듯이 그가 같이 간 것이었다.
창고 속에는 많은 물품들이 빼곡이 쌓여 있었다. 그 중에서도
입을 다실 수 있는 군침이 도는 식품들이 많이 있었다. 그는
형을 따라 창고로 쑥 들어갔고 형이 무엇을 배급 받는 동안
많은 물품들을 쌓아 놓은 뒤로 돌아갔다. 거기엔 많은 식품들
이 더러는 헐어진 채로 있었다. 우선 눈에 띄는 것이 누런 설
탕이었다. 그는 설탕을 한 입 털어 넣고 나왔고 아직도 용무
가 안 끝난 형을 보며 다시 들어가 멸치를 또 한 주먹 입에
집어넣었다. 그리고 주머니에도 한 주먹 두 주먹 집어넣었다.
설탕도 주머니에 가득 넣었다. 그리고 형이 있는 문 쪽으로
나왔다. 형과 면 직원은 막 나가려고 하는 참이었다. 형도 직
원도 이상한 눈으로 보지 않았고 그가 앞서기를 기다리고 있
었다. 그는 얼른 밖으로 나왔고 양쪽 바지 주머니에 설탕과
멸치가 불룩하게 들어 있어 걸음걸이가 부자연스러운 대로 앞
장을 섰다. 그리고 형이 따라오기 전에 빠른 걸음으로 가다가
집으로 들어가는 대신 냇가로 내려갔다. 주머니에 있는 것을
다 먹고 들어가려는 것이었다. 참으로 괴상하게 머리가 돌아
갔던 것이었다. 집으로 가면 그것을 혼자 먹을 수가 없었다.
혼자고 둘이고 먹고 못 먹고가 문제가 아니고 들키면 큰일이
었다. 형한테도 그렇고 어머니나 아버지한테도 마찬가지였다.
혼이 나는 것이다. 냇가에 내려서자마자 설탕을 꺼내서 먹기
시작하였다. 한 잎 또 한 잎 말할 수 없이 감미로운 설탕 덩어
리를 침을 발라 삼켰다. 또 한 잎 털어 넣고 또 한 잎 털어 넣
고 좌우간 빨리 먹어치워야 했다. 돌을 하나 주워서 팔매질을

하였다. 물수제비를 뜨기도 하였다. 누가 보면 이상할 것 같아서였다. 이윽고 설탕을 다 먹고는 멸치를 먹기 시작하였다. 멸치는 설탕처럼 달지는 않았지만 짭쪼름하면서 구수한 맛이 있었다. 서너 마리씩 입에 집어넣고 우물우물 씹었다. 주머니에 가득 집어넣은 멸치를 다 먹기까지 꽤 시간이 걸렸다. 아마 몇 년 먹을 수 있는 것을 한꺼번에 다 먹어치운 것이었다.

좌우간 그로부터 오랫동안 그는 설탕이고 멸치고 보기도 싫어졌다. 벼락치기로 먹어서 그런지 물리었던 것이다. 그러나 그런 것은 어찌 되었거나 그는 그 정직하지 못한 행동에 대하여 스스로도 설명할 수가 없었다. 그런데 그 점에 대하여 대단히 부끄럽게 생각을 해야 하는데 대수롭지 않게 생각을 하고 작게 크게 그런 일이 추가되었던 것이다. 그때서부터 그는 반듯하지 않게 똑바르지 않고 비뚤어지게 되었는지 모른다. 자꾸 속이게 되고 자꾸 거짓말을 하게 되었다. 아내를 속이고 가까운 사람을 속이고 아이까지 속이고 결국 남을 속이고 돈도 속이고 변명을 하고 하였던 것이다. 그런 것이 자꾸 늘었고 만성이 되고 타성이 되었다.

무슨 사기를 치고 횡령을 하고 한 것은 아니라고 하였지만 ―그것은 사실이었다― 다른 여자와 관계를 하게 되고 감언이설을 하게 되고 늦고 집에 못 들어가는 이유에 대하여도 자꾸 거짓으로 말하게 되었다. 통금이 있을 때는 그저, 나 술 먹다가 늦어서 못 들어가겠어, 하면 쉽게 넘어갔다. 새벽에 들어가면 되었고 그것으로 크게 의심을 받지도 않았다. 최근엔 구실이 없었다. 늦게라도 택시라도 타고 들어가야 했고 자고 갈 때는 탄로 안 날 구실을 단단히 마련해야 했다. 자주 써먹는 메뉴가 있었다. 누가 죽었다고 하는 것이었다. 참 거짓말 치고는 너무나 지독한 것이었다. 어쩌다가 이 지경이 되었는지 모른다. 거짓이 아니면 아무래도 좋았다. 며칠을 자고 와도 문제될 것이 뭐가 있는가. 거짓은 자꾸 추가가 되고 커졌다.

종교가 없어서 그랬는지 모른다. 아니 그런 것을 너무 가볍게 생각하고 있었던 것이다. 그는 오래전부터 교회를 다니었다. 그의 종교 난에는 기독교라고 써 넣었다. 그러나 실제로는 불교적인 사고를 가지고 있었던지 몰랐다. 중요한 일을 앞에 두고는 죄짓는 일을 하지 않았다. 죄에 대하여는 설명을 하지 않아도 될 것이다. 그 중요한 일을 그르치게 하지 않으려는 것이다. 그 자신에 대한 것도 있지만 아이들에 대한 것도 있고 여러 가지가 있었다. 거꾸로 말해서 어떤 죄 짓는 일을 하고 나면 중요한 일이 그르쳐지곤 했다. 그렇게 생각되었던 것이다. 어떤 중대한 일을 앞에 두고는 죄짓는 일, 다른 여자와 관계를 가진다든지 하는 것을 삼갔던 것이다. 그런 불교적이라고 할까 인과응보의 사고를 가지고 있었는데 그 중요한 일과 중요한 일 사이에 죄 짓는 일을 계속 추가하였고 그것이 만성이 되어버렸던 것이다. 이제 그런 감각마저 마비되어 버리었다. 따지고 보면 중요한 일이 따로 있는 것이 아니었고 모든 것이 그의 생애를 이루는 데 있어서 중요하지 않은 것이란 없었다. 어떻든 그러고 있는 동안 기둥이 무너진 것이었다. 아니 대들보가 내려앉은 것이다. 자업자득이었다.

종교란 수련을 하는 도장이었다. 도를 닦는 길이었다. 서로 그 교리가 다르며 지경이 다르다. 찾으면 없고 구하면 잃고 의심을 끊임없이 하며 득도를 하는 종교가 있고, 의심은 절대로 금물이고 무조건 믿어야 되는 종교가 있다. 서로 배타적이며 절대적이다. 기독교는 다른 종교에는 구원이 없다고 말한다. 구원이란 무엇인가. 내세로의 연결을 말한다. 천국 천당을 간다는 것이다. 도는 어디로 가고 구원에 매달리게 한다. 그것을 탓하거나 어떻다는 것이 아니고 과연 그러냐는 것이다. 그 교가 아니면 천당에 갈 수가 없다고 한다. 그 교만이 구원이 있다고 하였다. 나로 말미암지 않고는…… 예수의 말이다. 천국에 갈 수가 없다고 하였다. 나를 믿지 않으면 구원을 받을 수가 없다고 말한다. 믿는다는 것은 다른 여러 가지가 있지만 성경에 쓰여 있는 대로 믿는 것이다. 예를 들면 창세기에 기록된 대로, 하나님이 천지를 창조하신 것을 믿으며, 예수가 그 아들인 것을 믿는 것이다. 그러기 위해서는 성령으로 잉태되어 동정녀에게서 나시고…… 그런 관계를 믿어야 하며, 십자가에 못 박혀 죽으시고 장사된 지 사흘 만에 다시 살아나셨으며, 하늘에 올라 하나님 우편에 앉아 계시다가 산 자와 죽은 자를 심판하러 오신다는 사실을 믿는 것이다.

국어국문학을 전공한 그로서는 왜 돌아가셨다고 하지 않고 죽으셨다고 하는지 물어보았지만 누구에게도 답은 들을 수가 없었다.

좌우간 그리고 성령을 믿고 몸이 다시 사는 것과 영원히 사는 것을 믿는다는 것이다. 입교를 하고 세례를 받는 것은 그 것을 확인하는 절차이고 예배도 그 사실을 통성으로 고백하는 것으로부터 시작한다. 내가 믿는다고 하는 사실을 여러 회중 앞에 소리를 내어 확인해 주는 것이다. 그러지 않고 속으로 우물거려서는 믿지 못하겠다는 것이다.

희망사항을 믿음으로 치환한 것이다. 그리고서 믿음 소망 사랑의 실천덕목을 내세우고 그중에 사랑을 제일 중시하는 것으로 순서를 바꿔 놓고 있다. 좋지! 사람에게 그 이상 또 무엇이 또 있는가. 사랑, 그 가능한 것으로 영생이라는 불가능한 세계를 발돋움하게 하는 것이다. 그것을 믿지 않으면서 예수나 하나님을 믿는 것은 불가능하다. 그러면 내세는 없는 것이고 부활과 영생도 없는 것이다. 그러나 신앙이란 믿어지고 안 믿어지고를 따지면 안 된다. 무조건 믿어야 된다. 특히 기독교가 그렇다. 무조건 믿고 따르고, 아무것도 묻지도 따지지도 말고 믿고 맡기면 믿음이 생기는 것이다. 그렇게들 말한다. 그것은 논리적으로나 이성을 가지고 따져서는 이해가 안 된다. 영성으로 접근되는 세계라고 하였다. 지성으로 풀 수 없는 문제를 영성으로 풀고 있다. 영성이란 하나님과의 관계이다. 믿음의 관계이다. 무조건 믿는 것이다. 그것이 믿음이다.

지성과 영성 어떻고 하는 책이 화제가 되고 있었다. 죽음 앞에 선 나약한 인간의 솔직한 고백이었다. 절망의 막다른 길목에서 꿇어 엎드려 매달리며 믿음의 기도를 하고 있었다. 책이 많이 팔리고 안 팔리고 하는 것을 말하려는 것이 아니고 과연 그 영성의 문을 넘어서서 죽음의 벽에 직면한 인간의 문제를 얘기하고 있는가, 죽음에 대한 답을 내놓고 있는가 하는 것이다. 그런 것들을 종교가 해결해 주고 있으며 신이 해결해 주고 있는가 하는 얘기이다.

그는 고개를 젓고 있었다. 그가 나가는 교회의 가정교회에서 그 책을 사서 선물하는 것이었다. 목사도 그 책을 사서 그에게 읽어보라고 주었다. 그와 같이 따지고 깐족거리는 사람에게 주기 위해서 사두었던 것 같다. 부활을 하였으면 지금 어디서 무얼 하고 계시느냐, 우리를 심판하러 오신다고 하였는데 2천 년이 지나도 안 오시는 분이 언제 오시느냐, 묻고 따지고 하였던 것이다. 이 사람의 경우를 보라는 것이었다. 그는 그

책을 읽어보다가 접어두었다. 그가 찾는 답이 그 안에 있지 않았다. 그는 한 권은 돌려주었다. 두 권이었으므로 누구 다른 사람을 주라는 것이었다.

그는 여러 종교와 신에 대한 편력을 하였다. 작품을 쓰기 위해서 모든 경지를 경험하고자 했다. 의도적으로 여러 경로로 접근을 하였다. 알고 있는 것이지만 자신의 눈으로 확인하기도 하였다. 굿판에도 많이 다녔다. 따지고 보면 작품을 위해서도 아니고 지식을 쌓기 위해는 더구나 아니었다. 그러나 어디서든 그를 설득할 수 있는 논리나 사례를 접할 수가 없었다. 영성 같은 것은 없었다.

그럼에도 불구하고 그는 하나를 선택하였다. 기독교였다. 죽음 후의 세계 내세를 생각해서였다. 처음에는 그런 것도 아니었다. 과정이 있었지만 어떻게 됐든 믿기로 한 것이다. 영성이고 지성이고 그런 것이 아니었다. 믿어지는 것이 아니고 믿기로 한 것이었다. 그가 그렇게 작정한 것이었다. 정작을 만나기 위해서였다. 그러자면 다른 방법이 없었다. 오로지 그 통로밖에 다른 길이 없었다. 아직 그 구체적인 그림은 그려지지 않았다. 그런 시나리오가 작성되지는 않았다. 전혀 실감이 나지 않고 앞뒤가 맞지 않은 대로 복잡하게 생각하지 않았다. 그것이 훨씬 쉬웠고 편했다. 의심하고 또 의심하고 천만 번 의심하여 찾는 데 비하여 믿기만 하면 된다는 것이 얼마나 쉬운가. 동안거 하안거 아무런 고행도 하지 않고 얼마나 편한가. 그것이 사실이라고 한다면 다른 길에서 헤맬 필요가 없었다. 그에게 종교는 구도가 아니라 구원이었다. 너무 단순한지 몰랐다. 신이 됐든 사람이 됐든 있다고 보면 있는 것이고 없다고 보면 없는 것이다. 그냥 하는 얘기가 아니었다.

전쟁에 나가 죽은 남편이 살아서 돌아올 거라고 믿고 있는 여인에게 남편은 살아 있는 존재였다. 전쟁이 끝나고도 그 희망은 버리지 않았다. 살아 있다고 믿으면 살아 있는 것이고 죽었다고 생각하면 죽은 것이다. 살아 있다고 믿으면 행복한 것이고 죽고 없다고 생각하면 불행한 것이다. 행과 불행은 그런 것이다. 신의 존재도 그런 것이라고 말하고 있었다.

약혼여행 때 해수욕장에서 들은 예화가 늘 잊히지 않았다. 초빙강사는 뒤에 안 일이지만 철학자였는데 그것이 철학적일 것도 없었다. 그런 수필적인 논리의 운반이 그를 움직인 것이다.

그는 진작부터 교회에 나갔지만 전혀 믿어지지 않았고 신의 존재를 받아들이지 못하고 있었다. 받아들이지 않고 있었다. 일부러 그러는 것은 아니었다. 믿는다는 것은 뭘 믿는 것이냐. 예수가 다시 산 것을 믿는 것이다. 그리고 다시 오는 것을 믿는 것이다. 언젠가 이 세상을 심판하러 온다는 사실, 자신이 부활하며 영생하게 되는 구원을 믿는 것이다. 그것은 동시에 하나님을 믿는 것이고 하나님은 우주 천지에 하나밖에 없는 존재이며 다른 어떤 하나님 신도 존재하지 않는다는 것을 소리 내어 말하는 것이다. 그래서 하느님이 아니고 하나님인 것이다. 여기서 한 발짝도 움직일 수가 없는 것이 기독교이다. 그리스도교이다. 가령 이슬람교의 마호메트나 불교의 석가도 인정해서는 안 된다. 절대로 안 된다. 예수를 믿느냐 하는 것은 다른 누구를 믿느냐 안 믿느냐 하는 냉혹한 물음이었다.

그는 그런 것이 아무래도 마음에 안 들었지만 믿기로 한 것이었다. 중언부언하는 대로 믿는다는 것은 무조건 믿는 것이었다. 아무 조건 없이, 말 그대로 아무것도 따지지도 말고 묻지도 말고 받아들이는 것이었다. 하나도 의심하지도 않고 진심으로 믿는 것이다. 모든 것을 의탁하고 삶의 진정한 짐을 맡기는 것이었다. 도무지 실감이 나지 않았지만 그렇게 밀고 나갔다. 그냥 밀어붙이었다. 그렇게 공표하기도 했다. 그에게 믿기를 권하던 사람들에게 전화도 하고 만날 때 그렇게 얘기하였다.

"정말 잘 하셨어요."

"이제 마음이 편안하지요. 모든 걱정이 없으시지요."

"진작 그러실 것이지. 그러실 줄 알았어요."

그가 믿기로 했다고 하자 그에게 믿음을 권했던 교인들이 저마다 한 마디씩 하였다. 참으로 잘 했다는 것이었다.

"마음이 편해 보여요?"

"그럼요. 그렇다마다요. 얼굴에 다 써 있는 걸요."

"하하하하……."

그는 소리 내어 웃었다.

"거 봐요."

웃음이 절로 나오지 않느냐는 것이었나.

"그래요?"

사실 그의 진심은 그렇지가 않았다. 말만 그렇게 하였다. 계속 밀어붙이는 것은 그의 의지일 뿐이고 안간힘을 쓰는 또 하나의 그였다. 믿음이란 의지와 정비례하지 않았다.

그가 교회에 나간 지는 오래 되었다. 아내와 결혼을 하면서부터이다. 장로의 딸이고 선배인 그 교회 목사가 중매를 한 것이다. 교회에 나간다고 얘기를 하였던 것이다. 그는 나가 보고 좋으면 나가겠다고 하였다. 그리고 계속 세례 받는 것을 미루면서도 아이들은 다 안고 나가 유아세례를 받았던 것이다.

아내의 의견이기는 하였지만 아이들은 더 열심이었다. 교회에 오래 나가는 것하고 믿음 신심은 별개였다. 가끔 간증하는 것을 듣는다. 신앙의 기적과 감사의 생활 체험을 고백하는 것이다. 병이 들어도 감사하고 재산을 다 날려도 감사하고 절망의 구렁텅이에 떨어져도 감사하고 모든 것에 감사하였다. 팔다리가 없는 닉 부이치치도 절망하지 않고 감사의 삶을 살고 있었다. 잔뜩 빚을-그것이 얼마라 하더라도-지고 누가 곁에 있고 없는 것은 거기에 비하면 아무것도 아니라는 것을 느끼기도 하였다. 아무러면 그 자신이 없는 것에 비할 수가 있느냐고 생각해 보기도 하였다. 그가 대단해서가 아니라 자신이 없으면 생각 자체도 할 수 없는 것이었다. 주체가 없으면 객체도 없고 이 우주도 없는 것이다. 그러나 그도 곧 없어질 존재이다. 길어봤자 몇 년 몇 십 년이었다.

그런 식으로 자위하며 공감을 하기도 하였다. 눈물을 흘리기도 하였다. 그러나 그것은 하나의 생각이고 의지이고 신심이 굳어지지가 않았다. 마구 박수를 치고 아멘 아멘 할렐루야 할렐루야를 외쳐대지만 그 자신은 그러지를 못하였다. 손뼉을 한번 딱 치고는 더 치지 않았다. 더 쳐지지가 않았다. 한 번도 다른 사람 이목 때문이고 그의 마음은 움직이지 않았다. 그리로 다가서지지가 않았다.

시골집에 벌레가 많이 있었다. 여러 풀벌레 하루살이 모기 바퀴벌레 지네 등 수도 없이 많았다. 물가에 서성거리는 벌레도 있었다. 개수대나 목욕탕의 물이 빠지는 하수구 주위에 물만 틀면 조르르 올라오는 물벌레이다. 이름을 몰랐다가 마을 사람에게 물어 알아내었는데 섬스레기라고 하였다. 다리가 여러 개 달리고 스멀스멀 기어 다니었다. 차를 끓이거나 무엇을 하기 위해서 수도꼭지를 틀면 물이 빠지는 구멍으로 연결된 하수구에서 기어 올라오는 벌레였다. 기분이 별로 안 좋은 대로 물을 받고 수도꼭지를 닫아버리면 물벌레는 도로 들어가버린다. 화장실 욕조에서도 물만 틀면 밑에서 기어 나온다. 배수구의 퀴퀴한 냄새를 핥아먹고 사는 모양이다. 물을 틀면 영락없이 기어올라와 자기 존재를 알린다. 싱크대 개수대와는 달리 목욕탕은 물을 폭포처럼 쏟아 붓는 것이어서 물속에서 허우적거릴 수밖에 없다. 물벌레라고 하였지만 물속에서 숨 쉬며 사는 것 같지 않았고 그렇다 하더라도 뜨거운 물속에서는 어떤 벌레라도 생명을 부지할 수가 없었다. 좌우간 샤워를 하기 위해 물을 틀기 시작하면 욕조로 기어 나온다. 배수구 안에 있다가 물이 흘러들어가기 시작하면 쪼르르 기어 나오는 것이었다. 그러면 그는 얼른 원터치 수도꼭지를 닫고 욕조 밖으로 기어나가기를 기다린다. 그러나 이미 물에 잠겨 있어 벌레의 몸을 들어 내어주지 않으면 금방 죽을 수밖에 없다. 그는 수세미나 휴지 같은 것으로 싸서 욕조 밖으로 던져버리고 물을 계속 튼다. 샤워를 끝내고 욕조에서 나와 수건으로 몸을 닦고 있으면 벌레는 살려줘서 고맙다는 듯이 화장실 주변을 돌아다니며 자신의 존재를 알리는 것이었다. 때려잡기도 하고 죽이는 약을 뿌리기도 하고 벽에 붙이는 약이 있어서 붙여두기도 하고—그러면 달아나고 접근을 하지 않았다—또 종이로 싸서 눌러 잡기도 하고 끈끈이 같은 것을 매달아 놓아서 달라붙어 죽게도 하고 좌우간 눈에 뜨이면 죽이는 것이고 벌레는 죽이기 위해서 있는 존재였다. 반가우면서도 죽이는 것이 무엇인지 아느냐는 수수께끼가 있다. 이☒이다.

　그러나 그는 언제부터인가 벌레를 그냥 쫓고 피하며 죽이지는 않았다. 만나는 족족 기를 쓰고 죽이지는 않는다는 것이다. 섬스레기가 물에 잠기는 것을 건져주고 살려주듯이 다른 벌레들도 대개 그랬다. 잡아 죽이는 대신 같이 사는 것이다. 벌레와의 동거였다. 불가나 화랑도의 계율에 있는 살생유택 같은 것을 생각해서였는지 모른다. 미물이라 하더라도 생명을 죽인다는 것이 마음에 걸렸다. 이제부터라도 매사 거리낌이 없이, 뭐 한 점의 부끄러움도 없이라고 하듯이, 살고 싶었다. 마음뿐이 아니다. 땅을 보고 천천히 걸으며 차를 탈 때도 손잡이를 꽉 잡았다. 층층대를 오르고 내릴 때도 헛발을 디디지 않기 위해 조심조심 발을 떼어 놓았다.

믿기로 한 것도 그런 것이었다. 나로 말미암지 않고는…… 나를 따르지 않으면…… 안 된다고 하였다. 나는 길이요 생명이요 진리라고 하였다. 그런 위협적이고 오만함에 대하여 못마땅하게 생각하고 거부의 몸짓을 하고 있었지만 그게 아니라는 것이었다. '나'는 진리를 말하는 것이라고 하였다. 그렇게 대입을 해 보았다. 얼마 전 한국에 온 미국 유니온신학교라던가 교수가 우리나라 사찰을 찾아다니며 얘기하는 것을 듣고부터였다. '나'에 대하여 오해를 하고 있었다. 조금 이해를 하였다는 것이다. 물론 주위의 믿는 사람들의 설명 때문이기도 하였다. 나는 부활이요 생명이니 나를 믿는 자는 죽어도 살겠고 살아서 나를 믿는 자는 영원히 죽지 아니 하리라. 같은 맥락의 이해가 되기 시작했다. 한 발 더 다가섰다. 다가서려 하였다. 그래야 되기 때문이었다. 그는 수없이 물어보았고 다니는 교회 목사에게도 확인을 하였다. 대답은 다 예상하고 있는 것이었다. 그러나 다시 한 번 구체적인 답을 듣고 싶었던 것이다. 그가 바라는 것이 또 하나 있었기 때문이다.

"꼭 다시 살 수 있을까요?"

"믿기만 하면요."

목사는 아주 쉽게 대답하는 것이었다. 믿는다는 것이 무엇인지 그는 잘 알고 있었다.

"물론이지요. 지금……."

그럴려고 하고 있다고 하려는데 그 말은 듣지도 않고 말하는 것이었다.

"그럼요. 그럼요."

"먼저 간 사람도 만날 수 있는가요?"

"그렇다니까요. 그렇게 씌어 있어요."

성경에 기록되어 있는 것을 말하는 것이었다. 어디 몇 장 몇 절, 어디 몇 장 몇 절 주워섬기는 것이었다. 그것이 믿어지지 않느냐는 것이었다.

"아니요. 그것이 사실이라면 너무나 다행스러운 일이지요."

그러자 목사는 다시 말하는 것이었다.

"다른 것 아무것도 생각하지 말고 무조건 믿으세요."

"무조건 말이지요."

"그럼요. 그래야 마음이 편합니다."

"네에."

"이 선생이 바라는 것이 무엇이지요?"

"바라는 것이야 많이 있습니다만."

"염려 마세요. 다 이루어집니다."

목사는 믿기만 하면 모든 소원이 다 이루어진다고 하였다. 그것이 뭐가 어려우냐고 했다.

"네에에."

그는 그렇게 하였다. 그렇게 하기 위해 최대한의 노력을 하였다. 그렇게 하자 정말 마음이 편하였다. 아무 걱정 근심이 없어지는 것 같았다. 아무 문제가 없는 것 같았다. 아무 문제가 없는 것이 문제라면 문제였다.

그동안 중단됐던 작업이 다시 시작되었다. 작품이 조금씩 써지기 시작하였다. 문 닫았던 공장이 다시 열리고 멈춰 섰던 기계들이 다시 돌아가는 것 같았다. 그런데 도무지 힘이 없고 패기가 없었다. 뭘 쓴다는 것은 아니라고 말하는 것이다. 비판을 하는 것이고 상황을 거부하는 것이었다. 그런데 이건 매사에 긍정적이고 희망적이고 해피엔딩이었다. 순한 양 같기만 했다. 사자와 양이 같이 어울려 놀고 있었다. 낙원이었다. 실낙원이 아니고 복낙원이었다. 이건 아니었다.

한번은 다니는 교회에서 얘기를 좀 해 달라고 하였다. 목사의 부탁이었다. 그에게 무엇을 시키고 싶어서 그러는 것이었다. 가속을 붙게 하려는 것이었다. 제목을 '크리스천과 문학'이라고 하였다. 평범하게 무난하게 정한 것이다. 제목이나 주제는 구실이었고 그를 끌어내려 하는 것이었다.

거기서 그는 종교는 긍정적인 접근이고 문학은 부정적인 접근이라고 하였다. 사실이 그랬다. 구약성경의 시편은 찬양 일변도이기 때문에 시정신이 없고 그러니 시라고 할 수는 없다. 시적인 것과 시는 다르다. 그러나 얘기 방법이 다른 것이지 목적이 다른 것은 아니라고 하였다.

목사는 얘길 듣고 아직 멀었다고 강평을 하듯이 말하였다. 농담처럼 얘기하여 다 같이 웃었지만 사실을 말한 것이다. 그래서는 안 된다는 것이다. 하나님 그리고 그 아들 예수에 대하여 절대로 비판을 해서는 안 되며 부정적으로 얘기해서는 안 된다고 하는 것이었다. 뿐만 아니라 항상 기쁘게 해드려야 한다고 하였다.

찬양 찬미 위주의 시편은 시가 아니고 문학이 아니라는 것이었다. 그런 논리였다. 그러나 시가 아니고 문학이 아니기 때문에 가치가 없는 것은 아니다. 그가 이해를 시키려 들자 왜 그렇게 어렵게 생각을 하느냐는 것이었다. 쉽게 생각을 하라는 것이다.

그런데 도무지 쉽게 생각되지가 않았다. 그것이 어렵다기보다 안 되었다. 생각을 그렇게 해 보지만 그렇게 쓸 수가 없었다. 그렇게 해서는 안 되었다. 책상에 앉아지지가 않았다. 아직 가동이 덜 된 것인가. 사자와 양이 같이 어울려 노는 풀밭은 아무래도 그려지지가 않았다.

늘 얘기하던 스토리가 있었다. 그분이 오시는 날의 몹씬을 전개하는 것이다. 하늘에서 땅으로 구름을 타고 내려와-그렇게 씌어 있다-죽은 자 가운데서 살려내는 것이다. 살아 있는 자를 죽이고 밟고 지나가기도 한다. 산 자와 죽은 자를 심판하는 장면이다.

그런 세부적인 디테일을 고증하기 위하여 목사에게 물었다. 그러자 목사는 정색을 하며 그런 얘기 쓰면 절대로 안 된다고 하였다. .

"왜 그렇지요?"

"이미 다 씌어 있어요."

1자 1획 더 쓸 것이 없다고 하였다. 괜히 잘못 쓰면 신성을 해친다는 것이었다. 그분을 망령되이 해서는 안 된다고 하였다.

"개칠을 한다 이건가요?"

"좌우간 잘못 쓰면 안 되지요."

"잘 써야지요."

"잘 쓰기가 어렵지요."

"물론 잘 쓰기가 어렵지요."

정말 잘 써지면, 잘 쓰게 되면, 여러 가지 경우가 있지만, 아주 그럴듯한 스토리를 구성하는 것이었다. 감동적인 이야기로 펼쳐나가는 것이다. 문맥이나 문장으로 독자들을 사로잡는다. 그래서 일약 인기작가 인기저자 반열에 오르게 되면 그동안 미미한 존재의 위치를 바꾸어 놓을지도 모른다. 그 반대로 악명 높은 반신론자가 되어 모든 사람이 등을 돌리고 눈살을 찌푸리게 될지도 모른다. 그가 바라는 것은 어느 편이 아니라 어느 편이든 유명하게 되기를 바라는지도 모른다. 그와 자주 술을 마시는 친구가 하는 말처럼 세속적인 성공을 바라는지도 모른다. 결코 그런 것은 아니라고 단언하지만 그동안 양다리를 걸치고 엉거주춤하고 있었던 것 같다. 그러던 인생관을 바꾸는 기회가 될지 모른다. 지금까지 계속 그렇게 기웃거리며 살아온 것인가. 확실한 것은 아무것도 없었다. 그에게 인생은 미지수였다. 죽음, 내세부터가 그렇다. 어쩌면 그것이 희망인지 모른다. 그 미지의 세계 속에 길이 있는지 모른다. 없는지도 모른다. 아니 뭐가 뭔지 모르겠는 것이 솔직한 생각이다.

살아갈수록 쉬워지는 것이 아니고 어려워졌다. 점점 모르는 것이 많아졌다. 새로 터득한 방법이 있다면 벌레 한 마리라 하더라도 함부로 하지 않는 것이고 그것을 뭐라고 의미를 붙여도 좋았다. 하나의 예이지만 눈곱만치도 남에게 해로운 것은 하지 않는 것이다. 남에게 누가 되고 해가 되고 마음 상하는 일은 절대로 하지 않는 것이다. 앞으로 얼마나 더 사는지 모르지만 사는 동안 조신하게 교만하지 않고 겸허하게 사는 것이다. 무력과 죄업에 대한 자각에서 우러나와 신의 의사에 순종하려는 마음, 뭐 꼭 그런 것은 아니라 하더라도 대략 그 정도는 할 수 있다. 무엇보다도 뭐가 어떻고 뭐가 어떻고 골치 아프게 따지지 말고 쉽게 생각하는 것이다. 논리적으로 따지지 말고 주변에서 진정으로 권하는 대로 따라 가는 것이다. 그것이 잘 안 되고 있지만 그의 목적을 이루는 방법이다. 말로만 해서는 안 될 것이다.

그러나 그런 무엇보다도 믿음을 가져야 되었다. 그것이 우선 순위였다. 그것도 됐다고 하자. 그러나 또 그에 있어서 산다는 것은 작업을 하는 것인데, 작품을 쓰지 않는 삶은 상상할 수도 없다. 그것은 사는 것이 아니다. 생각한다 고로 존재한다 하는 것처럼 그의 작품은 그의 삶을 말하는 것이다. 삶그 자체이다. 살아가는 것도 삶이고 죽음도 삶이고 내세도 삶이다. 개똥밭에 살아도 이승이 낫다고 호언하는 것은 불신자들의 객기이지만 내세는 사는 것 그 이상일지도 모른다. 그런지도 모른다. 아닌지 모른다. 순간순간 느낌과 판단이 다르다. 생각이 뒤죽박죽이 된다. 어떻든 결론을 내려야 한다. 이제 결단을 내려야 한다. 믿느냐 안 믿느냐, 그것은 지금 삶이 죽음으로 끝난다고 생각하느냐 내세로 이어진다고 믿느냐 하는 것이다. 낙원의 희망을 갖느냐 절망의 불구덩이로 떨어지느냐 하는 것이다. 그것을 다른 누가 정해 주는 것이 아니고 바로 그가 정하는 것이다. 그가 최고 결정자인 것이다. 누가 이래라 저래라 하는 것이 아니다. 그가 신인 것이다. 쉬운 말로 해서 희망을 갖는 것이다. 희망이란 바라는 것이다. 바라는 것이 있고 기대하는 것이 있어야 한다. 꿈이 있어야 한다. 꿈을 꾸어야 한다. 꿈을 꿀 수 있으면 이룰 수도 있다. 꿈을 꿀 수도 없는 상태, 그것은 절망이다. 절망은 죽음에 이르는 병이다. 그렇게 말하였다. 언젠가는 죽는다. 죽는 날까지는 희망이 있어야 한다. 이런 것이 그의 솔직한 생각이다. 솔직하게 써야 한다. 그러지 않으면 작품이 될 수가 없는 것이다.

좌우간, 무수히 외로 갔다가 바로 갔다가 하고 있지만, 믿는다는 것은 순응하고 순종하는 것이다. 그러지 않으면 믿는 것이 아니다. 그러지 않으면 내세는 없고 부활은 없다. 단순히 안 믿는 것으로 그치는 문제가 아니다. 내세가 없으면 죽음으로 모든 것이 끝나는 것이다. 암흑의 터널이다. 무저갱無底坑이다. 지옥이다. 그것을 그가 정하라는 것이다. 왜 그것을 정하지 못하느냐 하는 것이다. 왜 불로 들어가려 하느냐는 것이다.

작품이냐 신앙이냐 하는 것은 솔직한 생각을 쓰느냐 누가 시키는 대로 쓰느냐 하는 것과 같다는 결론에 이르게 된다. 그러나 어느 것이 중요하고 어떤 것을 선택하느냐 하는 문제가 아니다. 천당이냐 지옥이냐는 선택일지 모르지만 작품을 쓰는 것은 필수인 것이다. 작품이란 적당히 하면 안 되는 것이다. 그러면 작품이 아닌 것이다. 그렇게 배웠고 그렇게 생각해 왔다. 그렇게 실천하지 못 한 것이 있다면 이제 남은 시간에라도 힘 자라는 데까지 최선을 다 해야 하는 것이다. 그에게 작품이 없는 삶은 상상할 수가 없는 것이다. 작품이 없이 산다고 할 수가 없다. 숨을 쉬지 않고 사는 것과 같다. 숨을 쉬지 않으면 잠시도 삶을 부지할 수 없는 것과 같다. 말이 안 되는지 몰랐다. 그러나 실제로 그의 모든 삶은 작품 때문에 존재한다고 할 수 있다. 조금도 과장이 아니었다. 과언이 아니었다. 귀향도 그것 때문이었다. 직을 가졌던 것도 그 때문이었다. 녀석을 만나야 하는 것은 맞다. 그러나 삶이 없는 만남은 의미가 없다. 죽음의 만남이다. 말이 안 된다. 앞뒤가 맞지 않는다.

과연 그런가. 모든 것을 다시 생각해 보아야겠다.

처음부터 다시 한 번 생각해 보자. 생각의 실마리를 다시 찾아보자. 진정한 관계를 다시 설정하고 의미를 부여해 본다. 모든 존재는 그 자체로 의미가 있는 것이 아닌가. 그것이 0이든 마이너스이든 30이든 50이든 100이든 그대로 의미가 있는 것이고 그것은 운명이며 이미 어쩔 수가 없이 되어버린 것이 아닌가. 나락으로 떨어지면 떨어질수록 그의 생은 더욱 진중하게 된 것인지도 모른다. 더욱 차분하게 침착하고 의미심장한 삶을 살게 되는 것은 아닌가. 그럴지도 모른다. 비장미悲壯美도 있다. 절망은 기교를 낳는다고 했다. 이상李箱이던가. 그랬다.

그는 기교가 없었던 것은 아닌가. 주제만 있고 의욕만 있었던 것은 아닌가. 실은 주제란 것도 기교를 빼고 말할 수 있는가. 절망을 딛고 가는 것이다. 녀석을 마구 밟고 가는 것이다. 그러다 다시 만나면 얼싸안고 포옹을 하고 못 만나면 그리워하고 아쉬워하며 가슴앓이를 하고, 둘 다 의미가 있는 것이다. 둘 다 가치가 있는 것이다. 꽃은 흔들리면서 핀다고 한다. 인생은 고해苦海라 했다. 고통스럽지 않은 삶은 삶이 아니다. 그는 신을 바라는 것이 아니고 인간을 바라는 것은 아닌가. 까뮈의 「오해」라는 희곡이 있다. 인생이 고통스러운 존재라는 것을 모르고 있는 사람들 얘기다.

목사는 땅에서 풀면 하늘에서도 풀린다고 했다.

"정말인가요?"

"우선 제 말부터 믿으세요."

"예, 그건 어렵지 않아요."

목사의 말을 믿는다는 것은 어렵지 않은 일이었다. 말이 안 되면 따지고 받아들이지 않으면 되었다.

"성경—마태복음 16장 19절—에 써 있는 말이에요. 땅에서 무엇이든지 풀면 하늘에서도 풀리리라."

내가 천국 열쇠를 네게 주리니 네가 땅에서 무엇이든지 묶으면 하늘에서도 묶일 것이요, 땅에서 무엇이든지 풀면 하늘에서도 풀리리라. 예수가 베드로에게 한 말이다. 베드로는 그 열쇠를 오순절날 유대인 믿는 이들이 천국에 들어갈 수 있도록 문을 여는 데 사용했다.

목사가 설명하고 있었다.

"그래도 안 믿어지십니까?"

"아니, 뭐 그렇다기보다……."

문은 보이지 않고 열쇠만 덩그러니 나타나는 것이었다. 액자 속의 그림처럼. 사실화였다.

땅과 하늘이 연결이 되는 것이었다. 아득한 지평선이었다. 그는 그리로 마구 달려갔다. 얼마를 헐떡거리며 달려가다가 숨이 턱에 닿아 발을 멈추었다.

멀리 갔었다. 되짚어 올 수 없을 정도로 아주 멀리 갔었다. 몸이고 정신이고 부서질 대로 다 부서지고 만신창이가 되어 있었다. 그러나 이제 돌아왔다. 다시 시작하는 것이다.

그의 귀향은 그런 것이었다.

하늘과 땅

얼마나 시간이 지났을까.

진공상태라고 할까, 무중력상태가 계속되었다.

회의와 종교라는 책이 있었다. 시리즈의 제목 같기도 했다. 그 속에 무슨 얘기가 담겼었던가는 기억에 없다. 안 읽었던가, 읽었는데 다 잊어먹었던가 그것마저 기억에 없다. 그러나 그와 같은 책을 무수히 읽었고 밤을 새워 토론을 하였다. 다른 데에서도 얘기했지만 끝임 없이 의문을 제기하며 풀어가는 종교가 있고 절대로 의심해서는 안 되는 종교가 있다. 편협하기 짝이 없는 교리들을 질타도 많이 하였다. 신앙이란 종교란 자기 교파와 교리를 믿는 것을 말하는 것이고 그 내용이나 형태가 다 달랐다. 같은 것이란 하나도 없었다. 천차만별이었다. 교리에 따라 교파가 다르고 종파가 달랐다. 그 수가 백 개도 넘고 천 개도 넘는다. 어쩌면 그보다 훨씬 많을지 모른다. 어떻든 그 많은 것을 다 깊이 이해할 수는 없다. 늙어 죽도록 따라다니며 알려고 해도 시간이 모자랄 것이다. 종교학자나 신학자도 그것을 다 연구할 수는 없고 몇 가지 갈래의 유형으로 정리하고 있다고 할 수 있다. 학문을 무시하는 것이 아니라 학문이란 그런 것이다.

결론을 내려야 하는데 어쩌자고 아직도 이렇게 질질 끌고만 있다. 결론 대신 자꾸 의문이 생기고 가지가 뻗었다. 그는 학교 다닐 때도 그랬고 무슨 발표나 세미나 같은 데에 가서도 질문하기를 좋아했다. 정곡을 찌른 질문도 많이 있었다. 어떤 발표자는 수습을 못하고 쩔쩔 맸다. 악취미도 아니고 일부러 그러는 것이 아니라 진정으로 알고 싶은 것을 묻는 것이었다. 학교 다닐 때 한 교수는 다음 시간에 알아주겠다고 하고 한 학기 내내 답을 내놓지 못하였다. 그러나 이것은 무슨 세미나도 아니고 한 두 학기의 강의도 아니었다. 그의 후반기 아니 전 생애를 마감하고 결론을 내리는 대목이다. 사느냐 아니면 죽느냐 하는 문제였다. 살 것이냐 죽을 것이냐 그것이 문제였다. 햄릿과 같은 젊은이의 고민이 아니고 다 늙은이의 고뇌였다. 진정으로 다시 시작하느냐 여기서 이 대로 끝내느냐 하는 문제였다. 아니 얘기를 이리저리 돌릴 것이 아니다. 천당에를 가느냐 지옥에를 가느냐 하는 것이다. 그것을 그가 스스로 택하라는 것이었다. 삼베냐 비단이냐가 아니었다. 하늘이냐 땅이냐를 선택하는 것이었다. 하늘과 땅, 그야말로 천지 차이가 아닌가. 너무도 분명한 비교가 아닌가. 그런데 무엇을 자꾸 따지기만 하고 변죽만 울리며 뭉그적거리고 있느냐 말이다. 그렇게들 말한다.

왜 그것이 그렇게 어려우냐는 것이다. 왜 무엇 때문에 그렇게 어렵게 사느냐는 것이다. 믿는다고 하면 되는 것이고 믿으면 되는 것인데 왜 그것을 싫다고 하고 그러면서 바라기는 또 뭘 그렇게 많이 바라느냐는 것이다. 종교가 하나뿐이 아니고 수없이 많은데 왜 그 하나에만 매달리고 있느냐는 것이고 또 매달리려면 철저히 매달리고 거기에 매진하면 되는 것인데 그러지도 저러지도 않고 뭘 어쩌자는 것인지 정말 답답하다는 것이다.

결국 이제까지 그의 신앙이라는 것 종교라는 것이 그렇듯 자신이 없고 소신이 없고 미미한 것이었다. 확실한 근거도 없이 계속 비판하고 깐족거리기만 하고 있었다. 좀 진지하게 신중하게 철두철미한 정보와 지식을 가지고 맞서야 했다. 이게 어디 보통 일인가. 어디 여행을 가는 선택도 아니다. 그런데 또 세상의 지식만 가지고 계산만 해서는 안 된다는 것이다. 이치만 따져서는 안 된다는 것이다. 논리만 가지고는 안 된다는 것이었다. 거기에 또 문제가 있었다.

이제 정말 끝을 낼 때가 된 것이다. 얘기도 끝을 내야 하지만 삶을 끝낼 때가 된 것이다. 흔히 저승사자가 와서 기다리고 있다는 표현을 쓰곤 하는데 지금 바로 그런 시기가 도래한 것이다. 말이 그렇지 죽음은 바야흐로 현실이 되었다. 그야말로 이제 끝이다. 절망이다. 이제 더 물러설 수가 없는 벼랑 끝에 다다른 것이다. 한 발 더 제길 곳도 없는 절벽이다.

나라를 잃는 것이 아니라 세상을 잃는 것이다. 천지를 잃는 것이다. 그런데 거기서 물러설 수 있도록 해준다는 것이다. 그것을 왜 거부하고 왜 마다 하고 무엇 때문에 망설인단 말인가. 드라마나 영화에 처형을 앞두고 구출이 되는 경우가 있다. 그야말로 극적인 장면 말이다. 망나니가 칼을 목에 대고 베려는 순간 어명이 전달된다든지 구출작전이 이루어지는 경우도 있고 구사일생으로 목숨을 건지고 살아나는 장면을 가끔 본다. 그 찰나같이 짧은 순간을 드라마는 될 수 있으면 길게 늘려 관객의 흥미를 끈다. 그것이 드라마이고 소설이지만 실제보다 더 실감이 나고 스릴이 있다. 픽션의 효과이다. 간을 졸이고 장을 말린다. 그러나 곧 드라마는 끝나고 막을 내린다. 하지만 이것은 연극이 아니고 소설이 아니다. 실제 상황인 것이다. 실제로 죽는 것이다. 아니, 사는 것이다. 산다는 것이다. 영원히 죽지 않고 산다는 것이다.

좌우간 이제 죽든지 살든지 결정을 해야겠다. 결단이랄 것도 없고 골백번도 더 생각한 결론을 내리는 것이다. 이제 결론을 잘못 내려도 할 수가 없다. 운명인 것이다. 지금 당장 죽는다 하더라도 아닌 것을 기라고 할 수는 없다. 목에 칼이 들어와도 바르게 말하라고 배웠다. 그렇게 살아왔다. 그렇게 하지 못한 부분이 있다면 그것은 잘못된 삶이며 그것을 후회하고 반성해야 할 부분이다.

지금 생각해 보면 결코 소신껏 살지를 못하였다. 생애 반 이상이 그랬다. 번번이 눈치를 보고 어정거리었다. 무슨 나라를 위하고 역사를 위한 것도 아니고 사사로운 낯간지러운 이익과 안일을 바라고 한 일이 많았다. 한번 두 번이 아니었다. 무수한 시행착오를 저지르고 마각을 드러내었다. 머리가 허예지면서부터는 그러지 않았다. 그럴 때마다 브레이크가 걸리었다. 부모나 스승이 다 세상을 뜨고 없어서인가, 겁나는 사람이 없고 무서운 사람이 없었다. 시키는 사람이 없고 그가 다 알아서 해야 했다. 돈 앞에서는 직장 상사 앞에서는 꼼짝을 못하였는데 그런 것도 다 지나갔다. 그를 노예로 만든 욕망이 있었는데 그것도 다 사라졌다. 아무리 참고 억제하려고 해도 불같이 타오르던 욕정 때문에 가정도 버리고 친구도 버리었다. 언제부터인가 그것도 물거품과 같이 사그라지고 없었다. 그 열기의 욕망은 한 바가지의 물거품이었다.

그렇게 생각이 되었다. 후회막급이이었다. 정말 그렇게 될려고 해서 된 것이 아니고 저절로 그렇게 된 것이다. 그러나 지금까지도 그를 자유롭지 못하게 하는 것이 하나 있다. 오직 한 가지, 죽음이었다. 아니 다시 사는 것이었다. 내세였다. 천당이요 천국이요 극락이었다. 삶이 끝나느냐 이어지느냐 하는 문제였다. 그 문제만은 큰 소리를 칠 수가 없었다. 희떠운 소리를 할 수가 없고 언제나 겸허하고 낮은 자세로 임하였다.

성경—기독교 경전을 그렇게 말하였다—구절, 모두 잘 아는 대목이다. 마음이 가난한 사람은 복이 있나니 천국이 저의 것이요……. 산상수훈이던가. 중국 성경에는 가난 poor를 허심虛心이라고 번역하여 마음이 비어 있는 사람, 허심적인虛心的人이라 하였다. 천국은 마음을 비워야 갈 수 있는 곳이란 말인가. 좌우간 그런 말뜻을 새기며 마음을 비우기 위하여 노력을 한다고 하였다. 또 형제가 연합하여 동거함이 얼마나 선하고 아름다우냐고 하였다. 그런 노력도 많이 하였다.

천국이 어떤 곳인지 보여주지는 않았다. 구체적인 것은 밝혀 놓은 데가 없고 비유적으로 말하여 상상만 할 수가 있었다. 부자와 거지 얘기도 그런 것이다.

예수가 하느님 우편에 앉아 있다고 하였다. 거기가 천국인지는 모르겠다. 전혀 공간 개념이 없다. 앉아 있는 자리도 떠오르지 않고 그것이 밤인지 낮인지 시간 개념도 없다. 성층권에 걸려 있는 안락의자를 상상해 보지만 도무지 실감이 느껴지지 않았다.

그에 대해 목사나 다른 성도들에게는 물어볼 수가 없고 이물없는 옛 동료 노 선생에게 물어보았다. 독실하다기보다 넘치는 신자였다. 노 선생은 성경에 다 씌어 있다고 하였다. 그것이 믿어지지 않는다고 하였다. 실감이 느껴지지 않는다고 하였다. 노 선생은 차근차근 다 설명을 할 뿐 아니라 그 대목들을 하나하나 찾아서 짚어가며 읽어주는 것이었다. 그는 메모를 하고 두 번 세 번 읽어보고 하였지만 역시 믿어지지 않았다.

"도무지 믿어지지도 않지만 실감이 나지 않아요."

"듣기는 들어도 도무지 깨닫지 못하며 보기는 보아도 도무지 알지를 못하는도다! 다 씌어 있는 데도 보지를 못하고 너무나 자상하게 얘기를 하는데도 못 알아듣는 거지요."

그리고 노 선생은 성경 구절을 인용하며 말하기도 했다.

"당달봉사인 거지요."

"네?"

"눈 뜬 장님 말이에요."

"맞아요."

"밥상을 차려 줘도 먹지를 못하는 거지요."

"잘 아시네요."

"서당 개 삼년이면 풍월을 한다고 했는데, 약속을 지키기 위해 교회에 나간 지가 30년 40년도 넘고 아이들을 안고 나가 유아세례를 다 받았어요. 그 아이들이 또……."

"허허 참, 그렇게 변죽만 울리지 말고, 이제 정말 시간이 없어요. 언제까지 이러고만 있을 거예요?"

"저도 정말 답답해요"

그런데 또 노 선생이 설명하는 천국이라는 것이 그에게는 도무지 마음에 안 들었다. 기대하던 낙원이 아니었다. 그가 바라는 공간 물정이 아니었다.

천국은 영이 머무는 곳이고 육은 같이 가지 않는다고 하였다. 그러니까 그곳은 영혼만 가는 것이고 몸은 떨어져 있는 것이다. 몸은 음부에 가 있는 것이다. 그 기간이 10년 20년 아니 100년 200년도 아니고 1000년이 넘었다. 영에서 육이 떨어져 있는 기간이 그렇게 길고 또 만나는 데는 여러 조건이 있었다. 물론 믿음에 관한 것이었다. 그것은 노선생의 얘기이지만 노 선생 교파에서 정리된 의견이었다. 회복이라고 하는 교파였다. 보통 영혼과 육체 2원론인데 여기는 영 혼 육 3원론이었다. 하나님을 믿고 그 아들인 예수를 믿어야 천국에 간다는 것은 어느 교파에서도 마찬가지였다. 하늘이 아니고 하나라고 하는 것도 그렇고 그래서 그 하나님이 아닌 다른 어떤 신에게는 구원이 없다는 것이다.

"막걸리 한 잔도 없는 천당이라면, 매력이 없어요. 차라리 여기 그냥 있겠어요."

그렇게도 얘기하였다. 꼭 술에 대한 것뿐 아니고 다른 것도 그랬다.

"술을 그렇게 하고도 졸업을 못했어요?"

"그 좋은 것을 왜 졸업을 해요?"

그는 천국의 삶에 대하여 그렇게 불만 표시를 하였다. 막연한 매력이나 호감에 대하여라고 할까.

"천하태평이시네."

"그런 거 같애요? 좌우간 태평하게 그냥 있고자 하나 언제까지나 있을 수가 없지요."

"예?"

참 그랬다. 저승사자가 기다리고 있는 것이다. 말 죽은 데 체쟁이 죽치고 있듯이 죽음의 사자가 그림자처럼 붙어 다니고 있는 것이다.

원점으로 다시 돌아왔다. 까짓것 술이야 안 할 수도 있다.

언젠가는 곡기를 끊듯이 술이고 밥이고 물이고 다 끊게 될 것이다. 요는 천국으로 올라가느냐 지옥으로 떨어지느냐인 것이다. 천국이 아니고 내세라고 하자. 지겹도록 되풀이한 대로 그것이 엄연한 현실이다. 좌우간 이제 그만 중언부언하고 밥이 되든 죽이 되든 술이 되든 물이 되든 가는 것이다. 마음에 들든 들지 않든 정말 내세가 있고 천국이 있어 그리로 간다면 다행이고 그렇지가 않고 어디로 가든 어디로 떨어지든 할 수가 없는 것이다. 그의 운명이며 그의 복인 것이다. 마음이 가난한 자는 복이 있다는 인과관계로 결부되었든 그런 것이 아니든 결과만 떨어져 있는 것이다. 그러나 뭐 그가 할 수 있는 대로는 다 한 것이다. 진인사대천명이다. 몇 번이고 몇 백번이고 반복한 결론이다. 다른 답이 없는 것이다. 이제 그냥 가는 것이다.

그런데 아무리 그래도 이건 아니었다. 산다는 것이 무언가. 그냥 편하기만 하면 되고 좋기만 하면 되는 건가. 여태까지 이것저것 하고 싶은 것 다 하고 살았지만 그래도 길이 아니면 가지 않고 요것조것 따지며 살아왔었는데 막판에 와서 이게 뭔가. 마지막 삶을 정리하는 단계에 와서 어물어물 넘어간다는 것이 말이 되는가. 그런 본성이 또 얼굴을 내미는 것이었다. 절대로 그건 아니라고 고개를 흔들고 있었다.

좌우간 그런 반복도 무수히 하였다. 그렇게 공언을 하고 그런 글도 수 없이 쓰고 하였다. 그것을 깨는 것이 마음에 안 들어서가 아니었다. 체면이 안 서서도 아니었다. 남의 이목을 생각해서도 아니었다. 그 자신이 용납되지가 않는 것이었다. 그것을 노 선생에게도 여러 번 얘기했었다. 그럴 때마다 노 선생은 말하였다.

"어차피 선택은 선생님이 하는 거지요. 정승도 하기 싫으면 마는 거 아닌가요?"

무척 서운한 투였다. 그리고 무척 실망한 투였다. 아니 전에 없이 강한 어조였다. 그러나 노 선생의 심기를 위해서 이렇게 하고 저렇게 하는 것은 아니다. 그런 것 때문에 미안하고 마음이 불편하고 할 것도 없다. 이왕이면 노 선생의 말을 들어주고 하자는 대로 하면 좋겠지만 그럴 수는 없고 그러지를 못하는 것뿐이다.

"좌우간 이제 결론을 내려야겠어요."

"결론을 내리는 것이 중요한 것이 아니고 어떻게 결론을 내리는가가 중요한 것이지요."

"생각을 너무 많이 하였어요. 이젠 뭐가 뭔지 모르겠어요."

"천천히 잘 생각해서 해야지요."

노 선생은 아직도 그에게 기대를 하고 있는 것이다.

"시간이 없지 않아요? 쫓기고 싶지 않아요. 저는 지금 그렇게 결론을 내리고 심호흡을 하고 있는 중이에요."

"저어어……."

노 선생은 무언가를 다시 얘기하려 하였다.

"사실은 그렇게 시간이 없는 것은 아니에요."

"예?"

"죽기 전까지만 결정하면 돼요."

숨이 멎기 전에만 결정하면 된다는 것이었다. 죽음 한 발 앞에만 결정해도 된다는 것이다. 믿는다고 하는 것, 예수를 믿고 하나님을 믿는다고 하는 것, 그것을 고백하면 된다는 것이었다. 물론 믿기만 하는 것이 아니고 그런 정신을 갖고 봉사하고 실천하고 그렇게 살다 죽으면야 더 낫겠지만 훨씬 낫겠지만 죽기 직전에 만이라도 마음을 정하면 된다는 것이다.

"그래요?"

"예. 그래요. 믿음이란 하나님의 약속을 믿는 거예요."

그 얘기를 처음 듣는 것은 아니었다. 이런 절박한 때에 노 선생이 다시 들려준 것이다. 구세주처럼. 병 주고 약 주는 것이다.

"고마워요. 끝까지 나를 천국으로 끌고 가려고 하시니."

"하하하하…… 잘 아시네."

끈질기고 참을성이 있고 끝까지 포기하지 않는 노 선생이 말할 수 없이 고맙다. 끈적한 우정이 느껴진다. 그 이상이었다. 천국으로 같이 갈 형제를 한 사람이라도 더 늘리겠다는 열정이었다. 뭐라고 해도 정말 고마웠다. 그것을 값으로 따질 수가 없고 어떻게 계량화할 수가 없었다. 어쩌면 천국에는 그런 계산법이 없는지 모른다.

노 선생은 그와 같은 교직에 있었다. 여기저기 월급을 더 주는 학교를 옮겨 다니었고 그것으로 성이 안 차서 미국으로 건너가 이것저것 닥치는 대로 뭘 하더니 돈을 모아 L.A.에서 제일 큰 음식점을 운영하였다. 그러다 또 그것을 다 날리고 조그만 햄버거집을 차려서 하다가 그것도 다 정리하여 금고에 넣어 놓고 천국 가는 길에만 매진하고 있는 것이었다. 기복이 많았다. 경제적인 것만이 아니고 가정 파탄도 있었고 마음고생이 많았다. 그럴 때마다 흔들리지 않고 무너지지 않은 것은 신앙 때문이었다. 사업보다 목숨보다 하나님을 더 중히 여기었다. 남은 삶보다도 다가올 새 삶을 위해서였다. 거기에 모든 것을 바치었다.

노 선생이 다니는 교회는 다른 교회와 달랐다. 침례교회인데 다른 침례교회와도 달랐다. 교회 이름도 따로 없고 그 지명을 붙이어 가령 LA교회라고 했다. 그의 지역에도 영동교회라고 있었다. 목사도 없고 장로도 없었다. 한 사람이 일어서서 준비된 애기를 하고 회중이 돌아가면서 신언伸言을 하는 것이다. 설교와는 다르고 뭐랄까 하향적이라기보다 상향적이었다. 교세는 대단히 약하였고 다른 교파에서는 이단이라고 한다고 말하였다. 노 선생의 말이다. 교파가 너무도 많고 자기 교파가 아닌 것은 다 이단이라고 한다고 하기도 하고 성경을 달리 해석하면 이단이라고 한다고도 하였다.

1년에 한 번은 대집회를 하였다. 각국을 돌아다니며 전 세계에 있는 신도들이 대부분 다 참석하는 세미나는 대성황을 이루었다. 그도 미국 에너하임에서 하는 집회에 일부러 참석해 보았다. 물론 노 선생과 같이였다. 노 선생은 이번에 캄보디아에서 열리는 대회에 참석하기 위해 오는 길에 그에게 들른 것이고 작년에는 일본에서 재작년에는 중국에서 대회를 가졌었다. 그때도 그에게 들러 밤늦도록 토론을 했었다.

노 선생은 다시 월남에를 다녀오겠다고 하였다. 거기서 선교 활동을 하는 형제를 도와주기 위해서였다. 거기 가서 몇 년 머무르게 될지도 모른다고 하였다. 가서 젊은 아이들을 가르치겠다고 하였다. 노 선생의 전공인 수학 같은 것도 있지만 천국 백성으로 이끌겠다는 것이 목적이었다. 노 선생은 떠나기 전날 그가 점심이나 같이 하자고 하여 사무실 근처로 나오다가 얼름판에 미끄러져 다리를 삐었다. 한의원에 가서 침을 맞고 인대가 늘어났다는 진단을 받고도 이튿날 예정대로 비행기를 탔고 거기서 먼저 가 있는 형제를 도와 여러 명의 청년 학생들에게 선교 활동을 하였다. 두 달 후 목발을 짚고 돌아온 노 선생은 정말 청년들이 순수하고 얘기가 잘 먹혀 들어가 아주 흡족하게 생각하였고 비자를 갱신하여 다시 들어가겠다고 하였다. 그는 우선 병원엘 가보자고 데리고 갔다. 인대만 늘어난 것이 아니고 뼈가 부러져 있었다. 얼마나 아픈 것도 모르고 뛰어다니며 선교활동을 한 것이다. 기브스를 하고 돌아오면서 월남에는 뼈가 완전히 붙은 다음에 가라고 그가 말하였을 때 노 선생은 하나님이 다 붙여 주신다고 하였다.

곁가지 얘기가 길었다. 노 선생은 그에게도 그렇게 무한정하게 선교를 하고 있었는지 모른다.

"하느님을 보셨어요?"

"하느님이 아니고 하나님이에요."

"어쨌거나, 말이지요."

"그렇게 이것도 좋다 저것도 좋다 하면 안 돼요. 확신을 가져요. 그리고 하나님은 그렇게 아무 데나 나타나는 존재가 아니에요."

"그러면……."

수없이 들은 이야기였다.

그런데 그는 하나님이라는 분을 본 적이 있었다. 물론 그림으로였다. 예수를 그려놓은 것은 흔히 볼 수 있고 영화 같은 데에도 자주 등장하는데 하나님은 볼 수가 없었다. 그런데 러시아의 한 교회의 아주 높은 천정에 그려놓은 그림을 보았다. 아 하느님이 저렇게 생겼구나 하고, 사진을 찍어왔다. 지금 어디에 처박혀 있을 것이다. 노선생에게 그 얘기를 하자 그림이야 미켈란젤로가 그린 천지창조—아담을 탄생시키는 천정화—라든지 그런 건 그림에 불과하고 하나님을 만나는 것은 마음속으로 받아들일 때 보인다고 하였다.

노 선생과의 대화도 무한정 할 수가 없었다. 그는 노 선생과 헤어지면서 이메일로 질문을 하고 답변을 하기로 하였다. 한도 끝도 없이 여러 밤을 새우던 이야기를 국제전화로 다 할 수가 없었다. 차분하게 정리해서 물어볼 필요가 있었다.

"댓스라잇. 오케이."

노 선생은 그러겠다고 흔쾌히 약속을 하였다.

그는 아무래도 다시 만나기 전에, 적어도 1년 뒤쯤이 되겠지만, 정말로 결론을 잘 내리리라 마음을 먹었다. '잘'이라는 기준은 노 선생 쪽의 입장에서 말하는 것이다.

그런데 얼마 후의 일이었다. 그는 노 선생에게 보낼 메일을 다듬고 있다가 하나의 충격적인 사태에 직면해야 했다. 다시 번복하지 않고 신중한 결론을 내리기 위해 여러 책들을 읽다가였다.

영생이라는 형벌, 그런 제목 앞에 그는 심장이 굳어지고 있었다. 죽음에 대한 해석들을 읽고 있었다. 미국 명문 대학에서 수십 년 동안 강의한 철학적 명제들을 한 권의 책으로 엮어놓은 것이었다. 그는 목차에서 책장을 넘기지 못하고 멍하니 하늘을 바라보고 있었다. 그렇듯 갈망하고 있는 영생이 형벌이라는 것이다.

한참 후에야 그는 내용을 열어 볼 수 있었다. 죽지 않는다면 삶은 가치가 없다는 것이었다. 어차피 사람이 죽지 않고 사는 것이라면 왜 뭣 때문에 그렇게 아등바등 기를 쓰고 살 필요가 있겠느냐 하는 것이다. 죽음은 삶을 삶답게 하는 것이며 삶이 무한정 계속된다면 얼마나 지루하고 지겹겠느냐는 것이다. 형벌과 같다는 것이다. 그것은 퇴근시간이 없는 노동자와 같고 일과가 끝나지 않는 학생과 같으며 저녁이 없는 낮과 같다는 것이다. 감옥을 가도 출소일이 있으며 형기가 있는 것인데 이건 무기징역이며 사형 선고와 같다는 것이다.

 과연 그런가. 글쎄 갑자기 판단이 안 서는 것이었다. 말이 안 되는 것 같았다. 아니 정곡을 찌른 말 같기도 했다. 너무나 절실하게 와 닿았다. 그가 여태까지 주장해 오고 말해 오던 것이라는 생각도 든다. 두 가지 생각이 서로 충돌하고 있었다. 아니 그 사실 여부를 떠나 너무나 어이가 없었다. 바보가 된 것 같고 어린애가 된 것 같았다. 멍청히 손을 놓고 그야말로 속수무책으로 서 있기만 하였다. 모든 생각이 멎고 모든 기관이 멈춰 서는 것이었다. 저자가 명문대 교수라는 것 때문에 더 권위를 느끼고 위축이 되었는지 몰랐다.

 얼마나 시간이 지나고 몇 날 몇 밤이 지났는지 저녁노을인지 아침노을인지 분간이 안 가는 풍경 앞에서 서서히 고개를 드는 생각이 있었다. 무척 실망스런 생각이었다. 희망이 없어지고 꿈이 사라지는 것이었다. 꿈 같은 사실을 믿고 거기에 매달리는 것도 문제지만 그것이 허황된 것이든 아니든 간에 꿈을 갖고 희망을 걸고 있다는 것도 좋을 것 같다. 의미가 있을 것 같다. 삶이란 그런 것이 아닌가. 한 치 앞을 내다보지 못하고 삶의 현장에 투신하는 것, 그것이 진정한 삶인 것 같기도 했다.

 동양의 우화라고 어디에 씌어 있는 것을 읽은 적이 있다. 톨스토이의 글이라고 하던가. 한 사람이 맹수에 쫓기다 함정에 빠졌다. 빠지다가 나뭇가지에 걸려 바닥에 떨어지기 직전에 멈추었다. 위에는 맹수가 내려다보고 있고 아래는 악어 같은 역시 맹수가 입을 떡 벌리고 있는 것이었다. 올라갈 수도 없고 내려갈 수도 없는 상황이었다. 좌우상하를 살피며 난감해

하고 있는데 나뭇잎에 묻은 꿀이 떨어지고 있었다. 그것을 핥아 먹고 있었다.

인간이란 그런 존재라는 것이었다. 불경에도 그런 이야기가 있다. 백가지 비유를 해 놓은 「백유경」에 흑백 두 마리 쥐의 비유가 있다. 그런 상황이라는 것이었다. 시한이 정해 있으며 그런 상황에서도 감미로움을 취하고 있는, 그렇게밖에 할 수 없는 존재, 그것이 인간이라는 것이다. 공감이 가는 비유였다. 거기에 천국과 지옥이 있었다. 함정 바닥이 지옥인지 모른다. 지상에서 살 때가 천국인지 모른다. 하나의 비유라고 보면 그저 한 번 웃어버리고 말 수도 있는 일인지 모른다. 성경에 있는 여러 비유들도 그런 것은 아닌가. 기름을 준비하지 않은 신부는 신랑에게 선택되지 못하고 그 행복한 상황에 동참하지 못하였다. 너무나 절박하고 심각한 이야기이다. 선택되지 못한 신부의 입장은 얼마나 절통할 상황인가. 신방에 들어가느냐 소박을 맞느냐, 하늘과 땅 차이인 것이다. 그야말로 천국과 지옥이다. 부자와 거지의 비유도 그런 것이고. 그때 가서 통탄을 하여보았자 무슨 소용인가. 건널 수 없는 강을 건너와 버린 것이다. 돌아갈 수 없는 다리를 건넌 것이다.

도교에서의 도道는 행복을 추구하는 길이었다. 그 길에 도달하려면 우선 죄를 짓지 말아야 한다. 1점짜리 죄과는 한 사람의 선행을 못하게 방해하는 것, 오곡이나 하늘이 주신 것을 함부로 버리는 것이다. 3점짜리 죄과는 자기 분수 외의 일을 탐하는 것이며 10점짜리 죄과는 나쁜 사람을 천거하여 등용하는 것이고 30점짜리 죄과는 근거 없는 비방을 하여 한 사람을 함정에 빠뜨리는 일이며 50점짜리 죄과는 백성에게 해를 끼칠 말을 하는 것이며 100점짜리 죄과는 한 사람을 죽게 만드는 것, 한 부녀의 정절을 잃게 만드는 것이라 했다. 1점짜리 공덕은 한 사람의 선을 칭찬하는 것, 의롭지 못한 재물을 취하지 않는 것이고 3점짜리 공덕은 남의 비방을 감당하면서 변명하지 않는 것이며 30점짜리 공덕은 한 사람의 덕을 이루도록 도와주는 것이다. 50점짜리 공덕은 한 사람의 원통함을 풀어주는 것이며 100점짜리 공덕은 한 사람 죽을 것을 구해주는 것이라 했다. 공덕을 세우고 과실을 없애는 것이 도를 닦는 것이다. 거기서도 삶과 죽음은 최고의 가치였다. 한 부녀의 정절을 잃게 만드는 것이 한 사람을 죽게 만드는 것과 동격이라는 것이었고.

잠자던 죄의식이 움찔하였다.

향기로운 풀들이 아름답게 자랐고 복숭아 꽃잎이 바람에 날려 떨어지고 있었다. 어부는 이상히 여겨 복숭아 숲 끝에 무엇이 있는지 알고자 했다. 숲은 강 상류에서 끝났고 그곳에 산이 있었으며 산에는 작은 동굴이 있고 그 속으로 희미하게 빛이 보였다. 어부는 배에서 내려 동굴 속으로 따라 들어갔다. 동굴은 처음에는 몹시 좁아 간신히 사람이 통과할 수 있었으나 수십 보를 더 나가자 갑자기 탁 트이고 넓어졌다.

도연명陶淵明의 「도화원기桃花源記」이다.

흔히들 무릉도원 얘기를 한다. 어부는 다시 그 아름답고 행복한 곳을 찾아가지 못하였다. 길을 찾지 못한 것이다. 그런 복지 낙원은 현실적으로 존재하지 않는다는 얘기이다. 이상향이다.

삼신산이라는 곳이 발해 가운데 있는데 속세에서 그리 멀지 않다. 금방 다다랐다고 생각하면 배가 바람에 실려 가 버린다. 언젠가 가본 사람이 있었는데 여러 신선들과 불사약이 모두 거기에 있고 모든 사물과 짐승들이 다 희며 황금과 은으로 궁궐을 지었다. 이르기 전에 멀리서 바라보면 마치 구름과 같은데 막상 도착해 보면 삼신산은 도리어 물 아래에 있다. 배를 대려 하면 바람이 문득 끌어가 버려 끝내 아무도 도달할 수 없다.

이것은 「사기史記」 봉선서封禪書에 있는 기록이다.

동양인의 낙원이란 존재하기만 했지 갈 수는 없는 피안彼岸이다. 그것도 하나의 소설이다. 낙원은 이상향은 도달할 수 없는 경지이며 길로 연결되지 않는다. 도道를 닦으며 행복을 추구하는 것이다. 그것이 도이며 삶의 길이다.

동양이든 서양이든 좌우간 낙원이 있고 천국이 있다고 하자. 그리고 어찌 어찌 해서 거기에 들어갔다고 하자. 신부가 되었다고 하자. 물론 그러기까지가 문제지만 거기 천국에서 깨가 쏟아지는 신혼과 같은 밀월이 시작되고 그리고 아무 근심 격정이 없는 안락한 삶이 계속된다. 영원히, 영생이다. 죽지 않고 끝없이 사는 것이다. 거기에는 악은 없다. 오직 선만 있다.

힌 달에 한 빈 만나는 모임이 있었다. 하나는 기독교-장로-이고 하나는 가톨릭이다. 또 하나도 가톨릭인데 교회-여기서는 성당이라고 하던가-에 안 나간 지가 오래 되었다. 혼배성사만 하고 안 나간 셈이다. 그리고 그는 그래도 교회는 열심히 나가는 편이다. 누가 됐든 다 말술이다. 요즘은 많이 줄었지만 건배를 할 때는, 주를 위하여! 라고 한다. 무슨 주를 위하는지는 모른다. 장로는 일요일 주일은 하루 종일 교회에서 산다. 거기서 뭘 하느냐고 하면 비즈니스도 있고 또 뭐라든가, 좌우간 교회도 한 군데만 가는 것이 아니고 몇 군데를 갔다. 교회에도 안 나가는 미스터 백은 교리에 대해서는 통달

한 듯이 말한다. 천국 같은 것은 아예 없고 교인들을 양떼를 몰고 가듯이 이끌고 가는 사탕발림이라고 하였다. 그 예들을 조목조목 대기도 했다. 그러다 정말 지옥 간다고 장로가 말하면 그런 것이 있다고 하더라도 죄를 짓는 놈들이 너무나 많아서 들어갈 데가 없다고 하였다. 지옥은 만원이니 갈 데가 어디냐고 하였다. 처음 하는 얘기가 아니었다. 그는 장로에게 물었다. 지금 그분은 어디서 뭘 하고 있느냐. 하나님 우편에 계시고 이제 우리를 심판하러 오신다고. 도대체 그래 언제 오시는데. 곧 오셔. 어느 천년에. 너도 그러다 벌 받는다. 장로가 정색을 하고 경고를 하고 백은 술을 자작하며 깐족거린다. 그래봤자 지옥에는 들어갈 데가 없다니까.

그날 기차를 타기 위해 서울역에 나오는데 광장에서 외치는 소리가 있었다. 시끄러운 군중 속에서 반복하는 확성기 소리는 잘 들리지 않았고 마이크 앞에 선 노년의 남녀 뒤로 커다랗게 써 놓은 붉은 글씨가 보였다.

예수 천국, 불신 지옥

그러고 보니 영원한 천국 영원한 지옥을 계속 외치고 있었다. 광야에서 들리는 소리 같았다. 광장과 광야, 어떻게 그렇게 연결되었다. 들짐승이 우글거리며 인적이 드문 광야에서 부르짖는 천상의 소리가 온통 인총으로 들끓고 있는 서울역 차량의 소음 스모그 속에서 가느다랗게 들리고 있었다. 천상이 아니고 지상인 여기는 지옥 같았다.

좌우간 천국 지옥이 공존하고 있었다. 휴거라고 하던가, 불시에 공중으로 들림을 받아 올라가거나 천 길 낭떠러지로 굴러 떨어지는 것이다. 천국과 지옥인 것이다. 숨을 쉬거나 숨이 막히는 것이다. 사느냐 죽느냐이다.

208

그런데 그런데 말이다. 산다는 것도 형벌이라는 것이다. 영원히 죽지 않고 산다는 것은 지겨운 일이고 공해이며 그것이 희망이 아니고 꿈이 아니고 재앙이고 형벌이라는 것이다. 너무나 충격적인 이야기였다. 그런데 그는 속물이라서 그런지 그렇게 느껴지지는 않았다. 그런 비판을 할 능력이 없어졌는지 모른다. 눈치를 보며 아부를 하고 있는지 모른다.

　그 대신—말이 좀 이상하지만 비판 대신이란 말이다—의문이 생기는 것이다. 그것이 정말 가능할까. 과연 그런 세계가 있을 것이며 그에게 그런 행운이 닿을 것인가. 의심을 하면 안 된다고 하였다. 무조건 믿어야 된다고 하였다. 그러니까 이렇게 따지는 것 자체가 행운의 약속을 스스로 파기하는 것이다. 다 된 음식에 코 빠뜨리는 것이다. 그런 생각이 들었다. 그러나 생각할수록 아닌 것 같았다. 어떻게 그것이 가능한가. 그건 인간人間이 아니다. 비인간이다. 별천지며 낙원이며 천국인데 그런데 그것이 사후에 다 죽은 뒤에 펼쳐질 것 같지가 않다. 아무래도 소설인 것 같다. 하느님 하나님이 쓴 것이 아니고 인간이 쓴 소설인 것이다. 낙원을 만들어 놓고 스스로 도취되어 있는 것이다. 이제 누가 지은 것인지도 모른다. 아무도 모르고 있다. 자기가 만들어 놓은 함정—아니 그 반대의 상황인가—에 자기가 빠져 있는 것이다. 그것을 종내 누가 만든 소설인지 무엇인지 모른다. 그것을 하느님—자꾸 하느님이라고 한다—신이 만들었다고 해서 문제 될 것이 없다. 누구도 모르는 마당에 어느 누가 문제 삼을 수가 없는 것이다. 아무 것도 문제 될 것이 없다.

　좌우간 그는 영생의 무의미함을 부정해 버리는 것이었다. 어떻든 그는 노선생에게 메일을 보낼 수가 없었다. 오랫동안 그

러고 있었다. 질문이 정리되지 못하였다기보다 그동안 하나하
나 쌓아 올라가던 탑이 와르르 무너지는 것 같았다. 그동안
생각하던 것들이 다 헝클어지고 머릿속이 뒤죽박죽이 되었다.

메일 대신 전화를 걸었다.

"잘 있지요? 그때 다리는 어떻게 됐어요?"

"일찍도 물어보시는구만. 그래 이제 문제가 다 없어졌지요?"

"그동안 문제가 굉장히 많아졌어요. 언제 와요?"

"오라고 하면 하시라도 갈 수 있어요. 아직은 목발을 짚고
있지만."

거기서 다시 기브스를 하고 목발을 짚고 있다고 하였다. 다
나으려면 시간이 많이 걸리지만 언제라도 얼마라도 갈 수 있
다고 하였다. 그러면서 전화로나 메일로는 안 되겠느냐고 묻
는다.

그는 다시 정리를 해보겠다고 하였다. 그러면서 우선 한 가
지만 물었다.

"천국에서는 전부 다 영생인가요?"

"아니, 그동안 얘기한 거 다 까먹었어요?"

"아니오."

"처음부터 다시 얘기하라는 것은 아니지요?"

"모르겠어요."

"치매 걸렸어요?"

"예?"

"잘 안 들려요?"

"예. 잘 안 들려요."

전화 값이 많이 나와 끊어야겠다고 하고 전화를 내려놓았다.
그러자 금방 전화가 다시 왔다. 전화 값이 문제냐고 자기가

걸었으니 얘기해 보라고 하였다. 그리고 그쪽에서는 잘 들린
다고도 하였다.

그는 그러나 영생의 형벌에 대해서는 얘기를 못하고 이런저
런 다른 얘기를 하며 변죽만 울리다 말았다.

그리고 한동안 또 무중력 상태로 우주인처럼 헤엄을 치듯
처신을 하고 있었다. 아무 생각도 없이 시간만 죽이었다. 그것
이 무엇인지 모르지만 한발 한발 다가오고 있는 것 같았다.
다가가고 있는 것 같았다.

역려逆旅

원래 뜻은 다르다. 여관이나 나그네 또는 역려과객逆旅過客이
라는 뜻으로 쓰이고 있다. 세상은 여관과 같고 인생은 그곳에
잠시 머무는 나그네와 같음을 비유하는 말이다. 사전이 맞지
않거나 쓰고자 하는 말이 마음에 안 들 때가 있다. 어떻든 여
기서는 직역하여 거슬러 올라가는 여행이다. 지옥행 열차를
타는 것이다.

말로만 하던 고향에 그야말로 완전히 내려왔다. 고향에 내려
온 지는 상당히 오래 되었다. 10년도 넘었다. 나가는 데에서
정년을 하고 집을 짓고 그러고도 얼마를 뜸을 들이다가 내려
온 것이다. 옛날에 살던 집터에 흙장을 찍고 아파트 모델하우
스 철거하는 데에서 창틀을 사다가 붙여 한옥도 아니고 양옥
도 아닌 집을 지었다.

그때 이 마을에 큰 장마가 져서 온 마을이 다 주저앉아 너
나없이 집을 새로 지었다. 이름대로 언젯적부터 늙은 내 노천
老川이 들 앞으로 흐르고 있었는데 태풍에 휘감겨 마을을 덮친
것이다. 루사라고 했던가, 그래 다시 물에 잠기지 않도록 기초
를 한 길씩들이나 하였고 평당 200만 원씩에 아까랭가로 벽을
쌓고 지붕은 슬라브로 올려 근사하게들 지었다. 마당들이 솔

았던 것이다. 미장이 토수들은 아직도 일제 강점기 용어에서 해방이 되지 못하고 있었다. 좌우간 그는 붉은 벽돌집이 감옥 같고 다른 사람들이 다 하는 대로 따라 하기가 싫었다. 콘크리트 벽 시멘트 바닥이 싫어 황토에 짚을 썰어 넣고 흙장을 찍어 벽을 쌓았다. 옛집보다 더 크게 지은 것도 아니고 흙과 나무와 유리로만 둘러싼 집을 지었지만 다른 사람보다 돈은 더 들었다. 그러느라 빚을 잔뜩 졌다.

좌우간 그렇게 집을 지어 놓고 짐만 옮겨다 놓고 몸은 다 내려오지 못하였다. 사흘돌이로 오르내리며 길바닥에 돈을 뿌리고 다니었던 것이다. 승용차로 3시간을 달려야 하는 거리를 뭐가 그리 급하였는지 120, 130 킬로로 질주하였다. 속도위반으로 걸린 것만 해도 부지기수이고 사고도 많이 내었다. 참 아찔한 나날들이었다. 도대체 왜 그랬는지 모른다. 도대체 왜 그렇게 바쁘고 급했던가. 그러지 않고는 안 되었던가. 그 일이란 것이 결국 뭐였던가.

속도뿐이 아니었다. 도무지 두서가 없고 강단이 없었던 것이다. 맥을 잡지 못하고 친방지축이었다. 그때 나름대로 무슨 의미가 있고 가치가 있었는지 모르겠지만 정말 정신 없이 산 나날이었다.

그가 가장 중히 여기는 일-작업-도 차분히 책상에 앉아 하지 못하고 고속으로 달리면서 하였다. 말이 안 되었지만 사실이었다. 고속으로 달리며 헤드 마이크를 쓰고 항공기 조종사처럼 지껄여대었다. 녹음을 하는 것이었다. 쓰는 것이 아니고 말하는 것이었다. 그때 어디에 연재를 하고 있었는데 기일은 지켜야 하고 시간은 없고 하니 도리가 없었다. 지난 번 호에 썼던 것에 이어 이야기를 연결도 해 가야 되겠지만 한 마디 한 마디 대화나 문장을 베 짜듯이 말 짜듯이 짜야 하였는데 그것이 그냥은 안 되었다. 말로라도 얽어 놓아야 했다. 글로 쓰자면 무수히 쓰고 지우고 고치고 해야 되는데, 초를 잡는다고 할까, 그렇게 얽어 놓으면 대략 윤곽이 잡히고 분량도 정해지고 글 빚에 대한 불안이 해소되는 것이다. 녹음하는 것과 쓰는 것은 물론 다른 것이지만 그래도 반의 작업은 더는 것이라고 할 수 있다. 반의반이라고 하더라도 그게 어디인가.

참 말이 안 되는 것이지만 번번이 그랬던 것이다. 가령 세 시간을 고속으로 달리면서 눈은 앞을 주시하면서도 다른 모든 신경은 거기에 매달아 놓았다. 커피를 마신다든지 속도를 줄이고 늘이고 하는 동작은 손으로 만져서 움직이는 것이고 녹음에만 신경을 쓰는 것이었다. 사고가 안 나 그렇지 대형 사고가 나도 여러 번 날 뻔하였다. 우연이라고는 하지만 참 천운이 닿았던 것이다. 믿지도 않는 그의 하나님이 도왔는지 모른다.

그렇듯 아찔한 곡예를 하였던 것이다. 한두 번이 아니고 수도 없이 반복을 하였다. 그렇게 써서 책으로 내기도 하고 그냥 둔 것도 많다. 그것들이 물건이 되었는지 어떤지는 따져봐야 되겠지만 좌우간 뭐가 그리 바빴던지 모르겠다. 어디를 가고 오는 것이 작품 쓰는 것보다 더 중요하였느냐고 묻는다면 당연히 아니라고 하겠고 어떤 경우를 막론하고 그러겠지만 그런데 왜 그랬던가. 어쩌면 어디를 가고 오는 것도 중요했다고 할 수 있었을는지 모르고 그것이 죽음보다 아니 삶보다 더 중요하였다고 할 수 있었는지 모른다. 결국 삶을 쓰는 것이고 작품보다 삶은 더 중요할 수도 있다. 문제는 그러느라고 죽을 수도 있었던 것이다. 여러 번 죽음 일보 직전까지 가지 않았던가.

정신 못 차리고 날 뛴 것이 한두 가지가 아니었다. 참 생각할수록 한심하기 짝이 없었다. 그 중에서도 제일 많이 시간을 허비한 것이 지금 얘기하려는 것이다. 허비라는 것은 헛되이 버렸다는 의미인데 정말 일고의 가치도 없었느냐고 묻는다면 한 마디로 그렇다고 할 수는 없을지 모른다. 도무지 무슨 말이 그러냐고 할지 모르지만 거짓을 지껄이는 것은 아니다. 분명코.

맹목의 질주였다. 아니 또 그렇다고 하면 또 앞뒤가 안 맞는 얘기가 되겠지만 죽음의 역주행을 한 것이었다. 실제로 그는 고속도로를 역주행한 적이 있었다. 모두들 거짓말이라고 하였다. 그런데 절대로 아니었다. 그때가 언제던가. 서울 한남동에서 퇴근을 하고 한남대교─그때 제3한강교라고도 하였다─를 건너 양재동을 가기 위해 고속도로에 들어섰는데 가다 보니 앞 방향에서 차들이 달려오고 있었다. 잘못 진입을 한 것이 틀림없었다. 쌍라이트를 켜고 마구 클랙슨을 울려대며 마주 달려오는 것이었다. 치킨게임이라는 말이 그때도 있었는지 모르지만 그런 상황이었다. 무엇을 생각할 겨를도 없이 일촉즉발 순간적인 사태에 직면한 그가 물론 계속 달릴 수는 없었고 급정거를 하여 차를 되돌려 가려 하였다. 그런데 또 고속으로 달리던 터라 금방 U턴이 되지 않고 후진을 두 번 세 번 하여야 했고 그러는 사이 뭇 차들이 쌍라이트를 켠 채 클랙슨을 요란하게 울려대며 삐이익 삐이익 급정거를 하고 있었던 것이다. 아니, 더 정확하게 말해서 어찌 어찌하여 충돌하지만 않았을 뿐이었지 갈 데로 다 간 상황이었다. 저게 죽을라고 환장을 했나? 야, 이 새끼야, 저런 미친 개새끼! 마구 욕설을 퍼부으며 뒤따라왔고 그는 더욱 힘껏 달려 한강을 다시 건너고 다시 U턴을 하여 이번에는 제대로 고속도로에 들어섰던 것이다. 어디론가 최고 속도로 달라빼야 하는 것이었다.

안도의 숨을 쉬지도 못하고 단골집인 푸른집에 가서 찬 맥주를 몇 컵 들이키고야 입을 열었다. 이 마담이 얘길 듣고는 말도 안 된다고 하였다. 옆자리에 가서도 그 얘길 하여 모두들 있을 수 없는 일이며 말도 안 되는 거짓말이라고 한다고 하였다. 그런데 차에 그가 혼자 탄 것이 아니고 조교인 권군 —그때 그렇게 불렀다—도 같이 탔으며 아직도 긴장을 못 푼 채 옆에서 술을 벌컥벌컥 마시고 있었던 것이다. 그 얼마 뒤인가 권군이 그에게 주례를 부탁하여 이런저런 얘기를 하는 가운데, 우리는 지옥의 문턱까지 같이 갔다 온 동지라고 다른 사람들이 알아듣지도 못할 말을 하여 어리둥절하게 하였던 것이다. 시를 공부한다고 하였었는데 지금 그것은 어떻게 되었는지 모르겠고 출판을 하고 있다고 하였다. 사장이었다. 좌우간 그건 그렇고 왜 이렇게 변죽만 울리고 있는지 모르겠다. 그래도 그런 것들은 말도 안 되지만 열심히 작업을 한 전후 과정들이며 흔적들이며 어떻든 봐줄 만한 사안들인지 모른다. 웃고 넘길 애교이기도 하고.

하지만 이건 정말 시간을 죽이는 것이고 작죄를 하는 것이었다. 살인을 하는 것보다는 나을지 모르지만 가정을 파괴하고 좋은 사이 불화를 갖게 하고 결국 죽음에까지 이르게 하는 과정들이었다. 그런 최악의 경우는 따지지 않는다 하더라도 거짓을 말해야 하고 가장 가까운 사람을 속여야 하고 멀어지게 하고 괴롭게 한 죄를 지었던 것이며 그런 저런 참 이루 말할 수 없는 삶의 마이너스를 초래하였던 것이다.

그것이 마이너스만이 아니고 플러스가 된 점도 있지 않느냐고 생각하는 데에 더 문제가 있는지 모른다. 아전인수 건강부회도 유분수이다. 한도 끝도 없는 삶의 방법과 의미에 대해서 귀에 걸면 귀걸이고 코에 걸면 코걸이가 될 것이다. 변명이 아니고 실질적으로 보탬이 된 것이 있지 않느냐는 것이다. 작품의 재료가 되기도 하고, 실제로 그랬던 것인가, 전가의 보도처럼 작품 구실을 대지 않는다 하더라도 시행착오를 겪는 것이 전혀 무의미하지만은 않다는 것이다. 한심하다 못해 죽이고 싶도록 미웠지만 문제는 그것이 계속 반복이 되고 있었고 타성에 젖어 있었다.

  자꾸 이렇게 변설만 늘어놓고 있었다. 이야기를 꺼내기가 힘들어서이다. 얘기를 어떻게 시작해야 할지 모르겠다. 정말 왜 그랬는지 모른다. 그 금쪽 같은 시간에 많은 여성들과 밤을 같이 지나며 쏟아낸 말들은 무엇이었으며 열을 올리던 행동들은 무엇이었던가. 가치가 있는 것들이었는가. 일고의 가치도 없는 쓰레기 같은 것이었는가. 뭐가 됐든 참 무수한 시간들 시간뿐만 아니라 그 많은 성력 정열들이 소진되어 버린 것이다. 그것만은 분명한 것이었다. 그것을 인정하면서도 또 자꾸만 뒤를 누르고 있었다.

  그 감미로운 시간들 아름다운 순간들 잊을 수 없는 추억들은 그의 생애에 있어서 완전히 지위도 상관이 없는 것인가. 아니 그런 것을 빼어 버린다고 해도 문제 될 것이 없는 것일까. 페이지가 매겨져 있는 무슨 노트나 장부처럼 이제 와서 찢어버릴 할 수 있는 것도 아니지만 좌우간 그런다면 그의 삶은 무가치한 존재가 될 것인가. 가정법을 늘어놓는다.

  도대체 무슨 소리를 또 그렇게 하고 있는지 모르겠다. 아마 아무래도 그 얘기는 도저히 꺼낼 수가 없는 것이다. 다른 방향으로 얘기를 해야 할 모양이다. 어떤 것이 될지 모르겠다. 가정법은 아니다.

　어느 핸가의 봄이었다. 참으로 잊을 수 없는 밤이었다. 그날 저녁에 ㄹ과 어디선가 만나 저녁을 같이 하고 술을 하였던 것 같다. 다른 일정들은 기억이 나지 않는다. 저녁 몇 시나 되었는지 한밤중이었다. 달밤이었다. ㅅ재를 넘어오다 복숭아밭에 차를 대었다. 복사꽃이 활짝 피어 있었다. 늘 그 앞을 지나 넘어 다니는 고갯길이었다. 차를 끌고 나무 밑 밭 안으로 쑤욱 들어갔다. 운전석에 있던 ㄹ이 옆 자리에 있는 그의 입술에 입을 맞추었다. 서로 끌어안았다. 누가 먼저라고 할 것도 없었다. ㄹ은 어느새 그에게로 넘어와 있었고 입 안으로 불을 뿜어대었다. 좁은 공간인 대로 밀착된 두 체구는 더욱 가열이 되고 불덩어리가 되었다. 석탄 기관차처럼 마구 열기를 쏟아붓다가 폭발하는 것이었다. 그러고 얼마나 시간이 지났을까 ㄹ은 차문을 열고 밖으로 나가는 것이었다. 비너스였다. 전라의 여신이 맨발로 걸어서 차 앞으로 돌아 이쪽 문을 연다. 희고 붉은 복사꽃에 달빛을 받은 백색의 비너스는 푸른빛까지 띠었다. 달빛 바래기라도 하는 것인가. 한참 서 있던 비너스는 주섬주섬 옷을 찾다가 뒤로 젖혀진 의자에 드러눕는다. 그가 다시 입술을 갖다 대고 비너스의 구릉을 연주하였다. 그러다 이번에는 그가 끌어당겨 불을 뿜어대었다. 달이 기울어서야 그들은 복숭아밭을 빠져나왔다.

　ㅅ재를 넘을 때마다, 대개 차로 지나곤 했지만, 그 생각을 한다. 꽃이 그때처럼 활짝 피어 있을 때도 있고 달이 환히 떠 있을 때도 있고 이것도 저것도 아닐 때도 있지만 어떤 때나

열기를 뿜어대던 기억과 함께 그림이 그려지고 활동사진이 펼쳐지는 것이었다. 르과만 해도 그런 황홀한 정경을 많이 연출하였다. 수도 없었다.

그가 아직 직을 갖고 있을 때였지만 중간 지점에서 만나기도 하였다. 빨리 만나고 싶어서이기도 하고 지역을 멀리 떠나서 자유롭게 만나기 위해서 그러기도 했다. 늘 가는 곳이 있었다. 대개 저녁때이므로 우선 요기부터 하였다. 먹는 것은 대충 하였다. 보리밥에 막걸리를 걸치는 것이다. 그리고 궁전으로 갔다. 이름이 그 비슷한 모텔이었다. 천국이었다. 온천처럼 콸콸 쏟아지는 물로 샤워를 하고 서로 나신이 된다. 얼큰한 주기는 뜨거운 물로 더욱 상기가 되고 그보다 더욱 달아오른 둘은 그러나 느긋하다. 급할 것이 없다. 시간에 쫓기지도 않고 어떤 강박관념도 없다. 그냥 큰댓자로 널찍한 침대에 드러눕는다. 르은 언제나 좀 늦게 침상으로 올라왔지만 금방 그의 팔에 한 아름 안기었다. 이윽고 천당이 펼쳐지고 그 어느 때보다도 그때 그 순간이 최상의 시간이 되었다. 합환이었다. 환희였다.

고속도로를 지날 때마다 멀리 보이는 그 천국 지대를 바라보곤 한다. 그때의 열기가 그립기도 하였다. 그 외에도 수 없이 그런 장소를 지나게 된다. 한 번은 버스를 타고 가게 되었는데 시간이 있어서, 시간 여유가 있었다기보다 일정을 바꿀 수도 있어서, 차에서 내려 한 정거장을 걸어가며 그곳을 바라보았다. 이름도 그대로이고 건물도 그때 그대로였다. 더 퇴색된 것 외에는. 옛날 영화의 제목이기도 한 그 업소의 간판을 바라보며 걸음을 멈추고 서서 물끄러미_그 열기의 공간 2층인가 3층을 바라보며 그때의 기억을 더듬었다. 그것이 감미

로운 추억이 되기도 하고 아쉽기만 하고 물거품 같은 허망한
시간이 되기도 하였다.

또 그 얼마 전 행락철로 기억되는 어느 때든가. ㅅ과 등산을
갔었고 산 중턱쯤 되었는지 가다가 동동주를 파는 난전 돗자
리에 앉았다. 옆으로 산골물이 소리를 내며 흘러내리고 있었
고 컴컴한 그늘도 있었다. 술이 들어가자 속이 찌르르 하였고
몸이 나른해졌다. 물에 발도 담구고 한 잔 두잔 하다가 뒤쪽
바위에 동아줄이 늘어져 덜렁거리고 있는 것이 보였다. 파전
을 굽고 있던 주인의 눈이 마주치자, 올라가겠느냐고 묻는다.
고개를 끄덕였다. 얼굴이 볼그레해진 ㅅ이 웃으며 동의를 했
고 그가 밀어올리는 대로 줄을 붙들고 올라갔다. 사람들이 내
려다보이기만 하고 소리만 들리었다. 새 술과 파전을 올려 보
냈다. 숲과 하늘만 보이었다. 미끄러지지만 않으면 되었다. 위
에도 바위를 가로질러 줄이 매여져 있었다. 하늘에서 내려준
동아줄이었다. 썩지 않으면 되었다. 천당이었다.

"정말 천당이 따로 없네요."

"내려가지 말아요."

술만 자꾸 시키면 되었다.

그런 시간이 얼마나 지속되었는지 모른다. 희열의 순간은 길
어봤자 얼마 되지 않았다. 그것이 반복되고 또 연결되고 한다
고 하더라도 곧 끝나고 허탈한 시간은 오고야 만다. 그 순간
순간들의 기억만 옛날 필름의 낡은 화면처럼 스치고 간다. 장
면과 장면들이 오버랩된다.

눈밭에서의 ㄴ과의 시간, ㅂ과 반지하 그리고 그의 조카의
빈 집, 토론토 보고타의 호텔, 적지에서의 ㄹ과의 첩보전과 같
은 관계, 뭐 다 떠올려지지도 않고 기억할 수도 없는 그림들이

부침한다. 그러면서 늘 부딪치는 곳이 있다. 버스를 타고 나갈 때마다 눈에 들어오는 공간이 있다. 가끔 때로는 자주 스치기도 한다. 감미롭고 동시에 허탈한 더러는 몸서리쳐지는 기억들이 되살아난다. 그것을 즐기기도 하고 눈을 감거나 딴 곳을 바라보기도 한다.

지금 도대체 뭘 하는 것인지 모르겠다. 무얼 어쩌자는 것인가. 왜 이런 생각을 하고 생심을 했는지 모른다. 그런 것도 기억에 남기고 싶었던 것인가. 그런 것도 그의 생애에 일점이라도 의미를 부여하고 있다고 생각하는 것인가. 마음 한 구석에 담아두고 생의 한 길목에 끼워놓고 싶었는지 모른다. 욕심인지 망령인지 변태인지도 모른다. 또 어떤 무엇인지도 모른다. 그러나 그의 어느 심지는 물끄러미 자신을 바라보고 빈 무덤 같은 허상을 바라보고 있었다. 악취미였다. 좌우간 도무지 뭐가 뭔지 모르겠다. 그중에 몇 가지 가슴을 찌르는 것이 있다.

ㄴ이 혼자 입국하여 병마와 싸우고 있을 때였다. 오피스텔의 조명을 환히 대낮처럼 밝히고 작품을 있는 대로 다 펼쳐놓았다. 원고지에 쓴 것 워드로 친 것 도자기에 새긴 것 번역한 것 미완성인 것들을 되는 대로 읊기도 하고 붙들고 울기도 하였다. 그에게도 무엇을 받아 내려고 길쭉한 쟁반에 글씨를 쓰라고 하였다. 갑자기 뭐가 떠오르지 않아 하나도 팔리지 않는 그의 작품 이름들을 나열했다. 그것을 보고 마구 킬킬거렸다.

"맞아요. 그래요."

가슴의 수술 자국을 보이면서도 여전히 독한 커피를 들고 있었고 같이 술을 마셨다. 그것이 병을 키운 것이다. 그렇지 않았다면 적어도 심장을 더 오래 팔딱거리게 했을 것이다. 영결추모회에 읽을 시를 찾아서 가다가 읽어보는데 눈물이 뚝뚝 떨어졌다. 옆에서들 다 쳐다보았다. 그러나 눈물은 금방 말랐고 이내 다 잊어버렸다. 어디에 처박혀 있을 원고 뭉치를 찾을 수 있을 것이다. 뭘 어떻게 하든 그냥 사그라지는 기억이 되어서는 안 될 것 같았다. 그래서는 다시 죄를 짓는 것이다.

그런 것이 한두 가지가 아닌 것 같다. ㄱ과는 참 설명하기가 어렵다. 그렇게 얽혀서는 절대로 안 되는 관계였다. 적어도 다른 기혼의 여인과는 다른 몸짓이어야 했다. 그럼에도 불구하고 갈 데로 다 갔다. 오히려 더 하면 더 했다. 그러나 지금 그것을 얘기하려는 것이 아니다. 그녀가 결혼한 후 만났을 때 물어보았다.

"아이는?"

"안 가질래요."

"지금은 힘들더라도 아무래도 아이를 가져야지."

그녀는 고개를 흔들었다. 두 번인가 세 번 얘기했을 때는 화를 내었다.

"왜 자꾸 그러세요? 안 가진다고 했잖아요."

그 얘기는 더 하지 않았었다. 그러고 한두 번 더 만났지만 그 얘기는 더 끄낼 수가 없었다. 그리고 10년인가 아니 20년 뒤 ㅂ과 이런저런 얘기를 하는 중에 ㄱ의 얘기를 하였고 90이 넘고 잘 보이지도 않고 들리지도 않은 어머니와 온천에 가는 길에 그 뒷자리에 ㄱ을 태우고 같이 갔었다는 얘기를 하며 웃었었다. 우스갯소리를 하기 위해서라기보다 전 여자에 대한 솔직한 고백을 하고 있었다. ㅂ은 아니 어떻게 그럴 수가 있었느냐는 얘기를 두 번 세 번 하였었다. 그러다 아이 얘기를 하였을 때, 혹시 그 때문이 아니었겠느냐는 얘기를 하였고 그와 동시에 그때 그 수없는 관계를 곡예를 하듯이 그렇게 교묘히 피하여 가질 수가 있었을까, 그렇게 치밀하였을까, ㄱ의 성격이라고 할까 사려 같은 것이 희미하게 느껴진다. 그때 그녀의 행동 중에 여러 가지 꼬투리가 느껴지기도 한다. 결론적으로 그럴 가능성이 있다는 것이다. 그러면 그것은 무엇인가.

그 모든 시행착오에 대해서 집착하지 말고 잊어버리고자 떨어버리고자 애를 썼었는데 그 잊어버리려는 껍질 속에 알맹이가 까칠하게 만져지는 것이었다. 그때 말이다. 그로 말미암아 생의 큰 행복 중의 하나를 접어버려야 했던 것은 아닌가. 무엇 무엇을 오복이라고 하였다. 눈이 어떻고 이가 어떻고 그 귀중한 역할을 얘기하는 것이다. 그러나 그것은 자기 몸뚱어리에 관한 것이고 그 모든 것을 합한 것보다 더 큰 복이 있다. 그것을 잃게 한 것은 아닌가. 그가 말이다. 그 가능성을 염려하고 있는 것이다. 그 뒤 그가 정작을 잃고 얼마나 한스럽게 절감하고 있는가. 아니 그런 것이 아니고 그런 연유로 해서 이런 결과를 낳게 된 것인지도 모른다. 그것이 우연이 아니고 필연이라는 씨앗과 열매의 빨리 잡아 돌리는 영상이 보이고 자신을 질책하는 소리가 시끄럽게 늘리었다. 아직 귀도 잘 들리고 눈도 잘 보이었다. 이가 흔들거리지만 그런 대로 유지가 되고 있었다. 오복인지 사복인지. 다 썩어 없어질 육신이었다.

그러니 뭘 어째야 하는가. 다시 한 번 물어봐야 하지 않을까. 더 진지하게 솔직하게. 그러나 그런지 아닌지가 문제가 아니었다. 이미 그가 한 행동은 지울 수가 없는 것이고 그 전에 이미 그에게 책임이 지워져 있는 것이었다. 그는 아직 정신이 맑았고 물불 가리지 않을 때도 아니었다. 이제 다 정리를 하여야 하고 죽음밖에 남지 않은 시간을 기다리는 나이였다. 참회를 하고 고죄를 하고 사죄를 하고 해야 했다. 좌우간 더 시간이 없었다. 더 비벼댈 언덕이 없었다.

　그는 아직 아무런 준비가 되어 있지 않았다. 아니 더 살고 싶었다. 더 살 수 있을 것 같았다. 10년 아니 20년 아니 더 이상도 가능할지 모른다고 생각하고 있었다. 물론 5년 3년도 안될지도 모른다. 그것을 마음대로 할 수가 없었다. 한 치 앞도 모른다. 그런데 그는 또 죽음 저쪽의 동네를 얼찐거리고 있었다. 표현이 어떨지 모르지만 사실이었다. 솔직히 말하면 아니 아직 솔직히 말하고 싶지는 않았다. 그것이 문제였다. 늘 그는 결정적인 순간에 어물거렸다. 우물쭈물하다가 내 이럴 줄 알았다고 한 유명한 이의 실화를 걸핏하면 떠올리지만 여전히 그러고 있었다. 내세니 천국이니 천당이니 먼 하늘 저쪽의 바다 건너의 얘기이다.

　늘 그러는 것처럼 오늘도 새벽 4시에 잠이 깨었다. 알람 소리를 듣고 이지만 어떨 때는 잠이 깨어 알람 울리기를 기다렸다. 참 신기한 것이 저녁에 잠이 들어 쿨쿨 자고 아침이면 잠이 깨는 것이다. 잠자는 동안은 누가 업어가도 모른다. 그러다 시간이 되면 죽었다 깨어나듯이 의식이 돌아오는 것이다. 그럴 때는 의식이라는 말 대신 다른 말을 쓸 것이다. 40년 국어 선생을 했지만 아직도 모르는 말이 많다. 좌우간 너무도 당연한 일인지 모르지만 너무도 상식적이며 일상적인 일인지 모르지만 아침이면 다시 살아나는 생명에 대하여 신기하게 생각하였다. 그것이 신의 섭리이며 하느님의 역사인가. 그는 아직 거기까지는 믿어지지 않는다. 신이란 하느님이란 믿으면 있고 믿지 않으면 없는 것이다.

　그의 생각이다. 거기에 있어서는 늘 일천하고 서툰 존재이다. 그는 신자인가. 최근에는 그런 일이 별로 없었지만 제출서

류의 종교난을 쓸 때 의례건 기독교라고 쓴다. 그렇지 않은 것도 아니지만 늘 과연 그런가 하고 생각한다. 매주 교회를 가고 매일 새벽에 나간다. 바로 앞집이 교회이다. 물론 가까워서 가는 것은 아니다. 제일 가까이 살면서 제일 늦게 출석을 하고 항상 지각을 하지만 새벽기도를 나가는 몇 사람 중의 하나이다. 여자들이 서넛 남자는 앞자리의 장로와 오토바이를 타고 오는 박 집사 정도이다. 설교를 할 목사도 안 나올 때도 있다.

그의 경우 새벽에 목욕재계를 하듯이 샤워를 하고 맑은 정신으로 성경을 읽는다. 신약성경을 먼저 읽고 구약성경을 읽었다. 두 번 세 번 읽고 있다. 설교를 하고 기도를 할 때 전등반을 껐다. 그가 어두운 공간에서도 안구를 키워 계속 읽는 것을 보고인지 얼마 전부터는 전등을 그대로 두는 것이었다.

앞에서도 고백하였지만 아직도 그는 기도를 제대로 하지 못하였다. 잘 할 줄 모르기도 하지만 되어지지가 않았다. 그게 뭐 어려우냐고 ㅂ은 말하였지만 아무리 노력을 해도 안 되었다. 그가 학습과 세례 받기를 사양하고 계속 집사 안수 받기를 사양을 하였던 것은 믿음에 대한 확신이 없어서였다. 우선 가장 기본적인 것에 대하여 그는 어물거리고 있었다. 전능한 하느님 천지의 창조주를 믿고 예수가 성령으로 잉태되어 나고 십자가에 못 박혀 죽고 장사한 지 사흘 만에 다시 살아나고 그런 것은 믿고 믿으려고 하였다. 여러 기적을 믿듯이 예수의 부활을 믿는 것이다. 많은 사람들 온 세상 사람들이 크리스마스 캐럴에 발을 구르고 가령 헨델의 '메시아'나 미켈란젤로의 '천지창조'에 거부감을 느끼지 않는 것과 같다고 할까, 아니 그보다는 한 발 더 다가 서 있었다. 말할 수 없는 감동을 느끼기도 하고. 그 이유는 그의 노력의 결과였다. 그러나 그 뒤 하늘로 올라가 하느님 우편에 앉아 있다가 우리를 심판하러 온다는 것이 믿어지지가 않았다. 예수가 하늘로 들리어 올라간 것은 믿는다 치고 그가 다시 올 때 홍길동처럼 구름을 타고 내려올 것인가. 그러면 왜 오지 않고 있는가. 2천 년이 넘도록. 정말 오기는 오는 것인가. 이 얘기도 앞에서 하였다. 좌우간 그것이 믿어지지 않았다. 그러니까 핵심이라고 할 수 있는 부활과 영생이 믿어지지 않는 것이다. 거기서부터는 한 발도 더 나아가지 않고 있는 것이다. 기도란 신과의 대화이며 믿음의 약속이고 그것이 없는 기도란 허황한 수사에 불과한 것이다. 그가 아무리 일천한 신도이고 나일론 신자라 하더라고 그 정도는 알고 있었다. 하나님을 향한 절대적인 신뢰, 같은 얘기이지만 주 안에서 항상 기뻐하라, 매주 설교의 내용은 그런 것이었다.

어쩌면 유교가정에서 태어나 자라며 그 틀에서 벗어나지를 못하고 있는지 모른다. 그는 유교를 종교적 관점에서 보지 않고 있지만 왜 하느님이 아니고 하나님이며 조상의 제사를 우상 숭배라는 이유로 거부하고 있는 것이 못마땅하였다. 그래서 제사 때마다 가족 간에 불편을 겪고 있다. 우상이란 무엇이냐, 그가 사전적인 의미를 아무리 얘기해도 소용이 없었다. 전혀 설득력을 갖지 못한 국어선생이라기보다 소 귀에 경 읽기였다. 좀 지나친 표현이 되었는지 모르겠다. 어떻든 가족 간의 얘기였지만 교회에서 설이나 추석에 예배 교범을 나눠주는데 거기에 보면 가정만 있고 조상은 없다. 교회에서는 부모만 있고 할아버지 증조 고조할아버지는 없다. 그 위는 물론 말할 것이 없다. 그 자리에 하나님만 있다. 설과 추석 같은 연휴에 민족대이동으로 교통대란이 일어나고 있는 이유를 뭐라고 설명할 것인가. 전에 비해 이리저리 직통고속도로를 많이 뚫어놓았지만 갈수록 교통난은 심하여지고 있다. 장로가 되었다는 조카 작은 형의 아들에게 팩스로 그 교범을 보내주며 그렇지 않느냐고 물었다. 가정평화 안에 조상이 들어 있다고 하였다.

고리타분하게 조상만 들먹거린다고 하고 조상이 밥 먹여주느냐고 하며 할아버지 제사를 안 지내려고 하고 있는 장조카에게도 그는 늘 설과 추석에 민족대이동이 일어나고 있는 이유를 얘기하곤 한다.

목사에게는 그런 그것을 물어본 적은 없다. 물어본다는 자체가 따지는 것이 된다. 그래 늘 동료교사였던 노 선생에게 물어대었고 열렬한 신도인 노 선생은 내가 믿음이 부족해서 그렇다고 하였고, 또 시간이 가면 틀림없이 믿게 될 것이라고 하였다. 지난 추석에는 천주교에 나가는 우 선생에게 물었다. 우 선생도 교사였다. 영어였다. 기독교와 달리 천주교에서는 제사를 허용하였다. 그 나라의 풍속을 따른다는 취지에서였다고 하던가, 좌우간 구교인 천주교가 신교인 기독교보다 덜 폐쇄적이라고 할까 덜 보수적이었다. 그런데 우 선생이 갖다 준 제사 의식 순서도 그에게는 마음에 안 들었다.

'이무영 연구'의 지도교수였던 황 선생에게 들은 얘기가 기억난다. 어느 술집에서든가 그런 얘기가 화제가 되었었다. 선교사들이 한국에 들어와 절하는 인사법을 몰라 악수로 대신한 것이라고 하였다. 어휘나 조합은 다를지 몰라도 대개 그런 내용이었다. 선생은 늘 소주를 하였고 누구 하나 잔을 사양하지 않았다. 휘경동 보신탕집에서 만날 때가 많았다. 그리고 한참 뒤, 성남 근처 시골마을 밤나무골인가 보신탕집에서는 맥주잔을 들었다 났다 할 뿐이었다. 「카인의 후예」 작가의 마지막 모습이었다. 그 뒤 천안 아우내 묘원의 하관 때는 지각을 하였었다.

절과 악수는 큰 차이가 있었다. 그런 예절과 의식의 절도가 교회 안에서 아직도 구별되지 못하고 있는 것이다. 어떤 논문보다도 어떤 간증보다도 그런 술자리의 얘기가 그의 가슴에 와 닿으며 기억되고 있었다. 주를 위하여! 건배를 할 때는 그렇게 객기를 부리던 기억과 함께. 주동자는 늘 누구였던가.

오늘 새벽엔 목사가 조금 늦게 나왔다. 한 장로가 일어서 나가고 그도 일어서려고 하는데 목사가 들어왔다. 늘 그랬듯이 찬송가를 먼저 불렀다. '내 주를 가까이 하려 함은……' 가끔 부르는 것이다. 그리고 성경 읽는 것을 생략하고 기도를 하였다. 그는 그날도 기도 대신 성경을 읽었다. '사도행전' 마지막 페이지를 넘기고 일어섰다.

마당에 나와서는 늘 하늘을 올려다보았다. 초승달이 떠 있었다. 그는 버릇처럼 북두칠성을 찾아보았다. 칠성과 그는 아직도 어떤 관계가 있는 것일까. 몇 광년 전에 빛을 발하기 시작하였을 보일 듯 말 듯한 별들이 무수히 떠 있었다. 언제 어디서 무엇이 되어 우리 다시 만나랴, 어느 시인이 저녁에 느낀 생각을 새벽에 되뇌어 보고 있었다. 허허롭고 망망한 대해였다. 이제 여정을 마칠 때가 된 것 같다. 앞으로 가든 뒤로 가든 그의 배는 그만 멈출 때가 되었다. 배는 다 부서지고 깨어져 있었다.

배는 좌초하고 있다.

은사 학산 선생의 마지막으로 쓴 구절이다. 제목도 없이 병상에서 탁상일기에 쓴 한 시인의 종지부였다. 뿌지직 붓을 꺾는 소리가 들리었다. 무수한 바람의 빛깔에 부딪치며 좌초하는 배…….

날은 점점 어두워지고 아무 섬도 불빛도 보이지 않았다. 얼마를 더 가야 할지 어디로 가야 하는지 모르겠다.

서리가 허옇게 내렸다.

닭들이 울어대었다.

땅 파기

─종장

　멀리 멀리 갔었다.

　끝없는 방황이었다. 방랑이며 방탕이었다. 도로였다. 참으로 부끄럽고 낯이 뜨거운 행각이었다. 낱낱이 고백하여 뉘우치고 사죄하며 용서를 구하지만 되돌릴 수는 없는 삶이다. 너무 멀리 갔었다.

　이제 막을 내려야 하겠다. 너무 오래 시간을 끌고 있었다. 좋지도 않은 이야기를 있는 대로 다 늘어만 놓았고 중언부언하였다. 매듭을 짓고 끝을 낼 때가 되었다. 도대체 그게 어쨌다는 것인지 말해야 한다. 그럴 시간이다.

　답이라고 할까, 결론을 내놓아야 하는데 그러지를 못하고 있는 것이다. 한 마디가 될지 몇 마디가 될지 결정적인 답을 몰라서가 아니었다. 이것이다 저것이다 있다 없다 기(그것이)다 아니다 답은 알고 있다. 어느 게 맞느냐 안 맞느냐도 알고 있다. 물론 그의 기준이다. 어차피 그의 기준으로 말하는 것이다. 그러나 그것도 중요하였지만 그 말의 논리를 세우고 설득력을 갖추어야 되었던 것이다. 변명 같지만 그러느라고 시간이 그렇게 걸린 것이고 애기가 늘어진 것이다.

정말 이제 끝을 내야 되었다. 주무르다 터뜨린다고 하지만 터뜨리지도 못하고 말지도 모르기 때문이다. 결국 그의 얘기를 쓰는 것이고 그가 결론을 내리는 것이다. 이 얘기가 그렇다기보다 소설이 그런 것이지만.

그래 그것이 도대체 무엇이냐. 지금 말하려고 한다. 한 마디. 그런데 또 그 한 마디를 불쑥 내놓기가 아무래도 이상하다. 왜 이렇게 또 빙빙 돌리는지 모르겠다. 아무래도 상관없다. 누구에게 보이는 것이 아니고 자신에게 고하는 것이다. 남이 뭐라고 하든 말든 상관할 바 아니다. 아니 그런 것은 아니지만 그러나 그래서 신경을 쓰는 것이 아니다. 좌우간 왜 그러는 것인지 모르겠지만 주저되고 위축이 되었다.

다른 것이 아니다. 사후의 문제이다. 내세가 있고 천국이 있느냐 하는 것이다. 아니 그가 천국엘 갈 수 있느냐 하는 것이다. 속이 들여다보여도 할 수 없다. 이제 죽을 날이 얼마 남지 않았다. 그것은 틀림없는 사실이다. 내일 죽을지 모래 죽을지 또 몇 년 몇 십 년 더 살지 어쩔지 모르지만 목숨이 끊어지고 죽는 깃만은 틀림이 없다. 세상이 아무리 변하고 별별 기술이 발달하고 기계가 사람을 대신한다 하여도 그래서 생명을 늘이고 연장할 대로 연장한다 하더라도 언젠가는 생명이 멈추고 다하는 순간이 온다. 거 왜 병원 중환자실 무슨 계기의 그림이 마구 뛰다가 맥없이 높낮이가 없어지고 밋밋한 선을 긋고 있는 것처럼. 그리고 환자의 얼굴에 흰 천을 덮는다. 어쩌면 대단히 자연스럽고 흔한 일이지만 그 당사자에게는 생과 사, 죽음과 살아 있음이라고 하는 갈림의 선언인 것이다. 그것을 보는 순간 가까운 사람들은 마구 울음을 터뜨리고 땅을 치는 것이다. 하늘과 땅인 것이다. 그 거리가 얼마나 될까. 멀다고 보면 한없이 멀고 가깝다고 보면 지척인 것이다. 얼마의 높이부터 하늘이 아니고 하늘은 땅에 붙어 있는 것이라고도 한다.

좌우간 숨이 끊어지고 죽은 다음에 사후에 말이다. 천국이 있고 지옥이 있고 낙원과 아수라장과 같은 세계가 이어진다는 것인가. 아니면 죽는 순간 모든 것이 끝나는 것인가. 내세가 있느냐 없느냐 하는 것이고 어떤 내세가 이어지느냐 하는 것이다. 그에 대한 답을 가지고 말씨름을 해 온 것이다. 그 결론을 말하려는 것이다. 그것을 찾기 위해서 말 갈 데 소 갈 데 다 갔다. 가다보니까 그렇게 되었고 그런 연유로 그런 결과를 가져온 것이라고 할 수도 있을 것이다. 좌우간 그것을 말하려는 것이다.

어떤 누구에게 그런 답을 요구받고 있는 것은 아니었다. 빚쟁이한데처럼 졸리는 것도 아니었다. 그 자신의 강박관념이었고 자청해서 하는 고생인 것이었다. 어쩌면 그게 사는 것인지 모른다. 사는 알맹이가 될지도 모른다. 그게 언제부터이던가. 처음 얼마 동안은 죽음이다 신이다 내세다 하는 것에 관심이 없었다. 여러 가지 중의 하나의 현상으로서 흥미 있는 수수께끼 같은 것이었다고 할까 대수롭지 않게 가볍게 생각을 하였었다. 또는 농담처럼 얘길 하였었다. 개똥밭에 살아도 이승이 낫다고 했고 하느님이 썩은 동아줄을 내려줄 리가 있느냐고 했다. 어머니를 잡아먹고 아이들까지 잡아먹으려는 호랑이에게 썩은 동아줄을 내려주었었다. 겁이 없었고 두려움이 없었다. 철이 없었던 것인가. 그러니 하는 행위들이 얼마나 죄를 짓는 것인지도 몰랐던 것이다. 무지하고 어리석었던 것이다.

이제 다 지난 일이다. 돌이킬 수 없는 일이기도 하다. 후회를 하고 참회를 하고 하는 것도 삶이며 의미가 있는지 모른다.

아무짝에도 쓸모가 없는 도로인지도 모른다. 의미가 없든 쓸모가 있든 삶은 삶인지도 모른다.

또 이렇게 뒤를 누르고 있다. 아무래도 답만 써 놓으면 이상할 것 같았다. 싱겁다고 할 것 같았다. 그러나 이제 더 미룰 수가 없다. 앞에서 말한 대로 이제 시간이 없다. 언제 어떻게 될지 모른다. 당장 어떻게 되지는 않는다 치더라도 그게 뭐라고 그렇게 뜸을 들일 필요가 있는가. 그 선언과 같은 한 마디 몇 마디가 사후보다는 생전에 필요한 말이며 삶의 한 모습인 것이고 그러기 때문에 그만큼이라도 이만큼이라도 정신이 또렷할 때 말해야 하는 것이 아닌가. 이렇게 자꾸 뜸을 들이자 더 얘기하기가 어렵다. 점점 주저가 된다. 그런 대로 발표를 해야겠다.

한 가지만 더 얘기한다면 그것이 중간발표라는 것이다. 최종적인 결론은 다시 수정될지도 모른다는 것이다. 그동안 써온 얘기들이 다 그렇듯이 그의 삶의 중간보고인 것이다. 아직 가보지 못하고 읽어보지 못하고 접해보지 못한 것이 많고 생각도 자꾸 바뀌는 것이었다. 한 번 더 가보고 싶은 곳도 있다. 어떻든 이제 그 답이라는 것, 결론을 말하여야 하겠다.

두 가지다.

하나는 내세가 있는지 없는지 알 수 없다. 따라서 천국이 있고 천당이 있고 극락이 있는지 없는지도 알 수 없다. 지옥이 있고 연옥이 있고 아귀가 있고 수라장이 있는지 없는지도 알 수 없다는 것이다.

또 하나는 영생이라고 할까 생명이 계속 이어지는 것도 알 수가 없다. 숨이 끊어진 후 어떤 형태로 이어진다는 것도 알 수가 없다는 것이다.

둘 다 알 수 없다는 것이다. 있는지 없는지 알 수 없다는 것이고 그런 건지 아닌지도 모른다는 것이다. 한 마디로 모른다는 것이다. 알 수 없다는 것이다. 무슨 답이 그렇고 결론이 그러냐고 할지 모른다. 그런 표정들 시큰둥한 모습들이 보인다. 그게 무슨 대단한 결론이라고 그렇게 뜸을 들이고 미적거렸단 말인가. 참 싱거운 사람이로고! 그렇게 비웃고 이죽거리는 것 같다.

그러나 다시 말하지만 누구 남에게 알리기 위해서가 아니고 그 자신에게 말하는 것이다. 누구에게 보고하고 발표하는 것이 아니라 자신에게 말하는 것이다. 말하는 것도 아니고 그렇게 생각하는 것이다. 스스로 말이다. 자문자답하는 것이다. 묻기도 그가 하였으며 대답도 그가 하는 것이다. 그런데 그것이 그렇게 어려웠고 힘들었다. 힘들었다기보다 오래 걸렸다. 매일 그것만 생각하고 매달렸던 것은 아니지만 평생이 걸렸다. 물론 어릴 때부터는 아니고 회의와 종교에 대한 견해, 철학이 어떻고 삶이 어떻고 논의를 하기 시작할 때부터이다. 개똥철학이라고 비하하곤 하면서. 결혼을 하며 교회를 나가고 그것이 그의 자유를 구속하면서부터 아니 이 이야기를 시작하면서부터만 해도 몇 십 년이 된다. 은혼 금혼 다 지났다. 이스라엘 인도 중국, 예수 석가 공자의 성지 유허를 순례하고 5대양 6대주를 썰썰거리고 돌아다녔다. 쌀 썩은 물 몇 섬을 마시고 노닥거리며 생각한 것을 써대고 얘기한 결론인 것이다. 갈 수 없는 나라—제일 가까우면서 갈 수는 없는 곳—도 물론 갔었다. 아무리 그가 천방지축 질서 없이 살았다 하더라도 뭘 쓸 때만은 맑은 정신으로 임하였던 것이다. 대부분 목욕을 하고 새벽에 썼다. 그렇게 청탁도 받지 않은 글을 몇 십 년을 썼으며 그랬지만 가까운 가령 가족에게도 환영받지 못하고 어쩌면 알리지도 않으면서 여기저기 이어서 발표하여 왔다. 그래도 몇 사람 한 사람이라 하더라도 얘기를 따라와 준 독자가 있다면 그것이 답이 되었든 결론이 되었든 뭐라고 말하지 않을 수가 있는가 말이다. 이 이야기의 종장은 말하자면 그런 것이다.

천국이 있는지 없는지 알 수가 없고 어떤 모양으로든 생명이 이어지는지 아닌지 모른다. 그럴 수도 있고 아닐 수도 있다는 것이다. 그것을 알 수가 없고 모른다는 것이다. 그의 생각이기도 하지만 아무도 아는 사람이 없다는 것이다. 뭐가 어떻고 뭐가 어떻다고 주장하는 사람이 많고 그렇게 씌어 있지만 그것을 믿을 수가 없다. 하나같이 가시적인 근거를 대지 못하고 있었다. 대지 않고 있었다. 그래서 믿을 수가 없다는 것이다. 그가 믿음이 약하고 불신자여서 그렇다고 했다. 그런데 아주 믿음이 좋고 신실한 신자들은 다른 종교는 부정한다. 가령 기독교는 불교를 인정하지 않고 아니라고 한다. 구원이 없다는 것이다. 천당에 갈 수 없다는 것이다. 반대로 불교는 기독교를 인정하는가. 어떻게 말하는가. 천국과 극락은 전혀 다른 내세이다. 다른 종교의 예를 다 들지 않는다.

그동안 이것저것 건드리고 두드려 보았다. 그가 아는 대로 얘기하고 쓰기도 했다. 결국 우리는 아는 만큼 쓴다고 한다. 타 종교를 기웃거리지 말라고 한다. 바람이 든다는 것이다. 믿음이 약하거나 확신이 없는 자들에게 하는 말이다. 그러나 뿌리 깊은 나무는 바람에 움직이지 않는다. 이것저것 여기저기 많이 섭렵했다. 그것을 기웃거렸다 해도 좋다. 헤매었다고 해도 좋고 흔들렸다고 해도 좋다. 유혹을 뿌리치지 못하였다고 해도 할 수 없다. 그러나 호랑이를 잡으려면 호랑이 굴에 들어가야 한다. 그저 만져만 보고 냄새만 맡아보고 알 수가 없다. 더구나 말할 수는 없고 쓸 수는 없다. 무엇을 잡으려는 것도 아니고 붙들려고 하는 것도 아니었다. 다만 알려고 할 뿐이었다.

언필칭 논리적으로 알 수 있는 것이 아니라고 한다. 말로 할 수 있는 것이 아니라고 한다. 이치를 따져서 이러고 저러고 할 수 있는 것이 아니라는 것이다. 묻지도 따지지도 말고 믿기만 하라는 것이다. 세상에 그런 것이 어디 있는가. 묻지 마 관광도 아니고. 신앙이란 믿음이란 원래 그런 것이라고 하였다. 세상의 논리가 아니고 천상의 논리라고 하였다. 그것은 논리라고 할 수도 없다. 영리靈理라는 말은 들어보지 못하였고 영성靈性이란 뭐라고 설명할 수가 없다. 지성으로는 접근할 수 없는 영역이다.

말이 되게 하는 것이 논리이다. 말이 안 되는 것, 말이 되게 할 수는 없는 것이 영성이라고 하면 동의할 것인가.

왜 그렇게 비틀고 배배 꼬느냐고 노 선생이 말한다.

"믿음이 없어서 그래요. 그게 바로 믿음이에요."

믿음이란 이치와 논리 지성과 과학의 윗 단계라고도 하였다.

그게 바로 영성이며 그는 그것이 없고 그래서 하수라는 것이다. 그냥 따지지 말고 매달리라는 것이다. 무조건. 그 이상의 조건이 어디 있느냐고도 하였다.

"길 가 공원의 벤치도 아니고 낙원의 안락의자를 배정 받는 것이 보통 빽인가."

"그 말은 되네요."

"그 말만 되는 게 아니에요. 세상에 공것이 어디 있어요? 이건 세상의 것이 아니고 천국의 시민권을 따는 줄이에요."

"줄을 잘 서라."

"서는 게 아니고 엎드려야지."

"무릎을 꿇고."

"잘 아네. 그런데 시골 교회에는 의자도 없어요?"

"왜 없어. 보료까지 깔아놨지요."

농담이었다. 농이냐 진이냐 그것이 문제가 아니고 사실을 얘기하였다. 팩트 말이다. 그런데 영성이란 사실로 접근할 수가 없는 것이라고 했다. 영감으로 느끼고 아는 것이고 뭐라고 말로는 설명할 수가 없고 얘기될 수가 없는 것이었다. 그게 도대체 무엇인가. 방언方言 같은 것이 있긴 하다. 충청도 전라도 어떤 지방에서 쓰는 사투리 같은 것이 아니고, 성령에 힘입어 자기도 모르는 이상한 소리를 쏟아내고 지껄여대는 것을 말한다. 황홀 상태에서 성령에 의하여 말해진다는 무아지경의 시와 노래, 대단히 신비하고 하나님께서 특별한 사람들에게 주는 성령의 은사이다. 기도를 하면 방언이 터진다고 하였다. 그러나 역시 설명할 수는 없다는 것이고. 알 수 없는 말로 말을 한들 알아들을 수 있는 사람들은 아무도 없다. 하나님이나 알아들을 수 있다는 것인가. 학계에서는 신경성이 낮을수록 방언을 한다고 하고 병리(정신)적인 문제와는 관련이 없다고 한다. 녹음해서 들어보면 소리가 안 난다고 간증을 하기도 한다.

알아들을 수 없는 언어에 대해서는 그가 뭐라고 어떻다고 말할 수는 없다. 그런 전문적인 지식이 없다. 그는 그저 일반적이고 상식적인 범위를 넘어설 수는 없는 존재이고 사리에 맞게 설명하는 것이 아니면 알아들을 수가 없고 납득이 안 되었다. 그것은 어떻게 할 수가 없다. 그렇게 넘어가 주길 바란다. 믿음이 그렇고 영성이 그렇다고 하면 그러면 죽어보면 안다는 것인데 참 답답한 노릇이다. 죽어보면 알고 살아서는 알수 없는 그게 대체 무엇이란 말인가. 도무지 그것밖에 언로가 없단 말인가. 죽어서 그런지 저런지 안다는 것이고 죽어봐야 그런지 아닌지 안다는 것이다. 죽은 후에 가는 곳이니 죽어봐야 안다는 것이다. 천당을 가는지 지옥을 가는지 죽어봐야 안다는 것이고 죽지 않으면 모른다는 것이다.

그 말은 맞다. 죽어봐야 아는 것이다. 죽어보지 않고야 어떻게 알 수가 있단 말인가. 백번 맞는 말이다. 그 말은 죽어봐야 아무것도 없는 무無의 세계, 아무것도 아닌 공간이―따지고 보면 그것은 공간도 아니지만―전개된다는, 전개될 아무것도 없는 상태가 될지도 모른다는 얘기이다. 다시 정리해서 말하면 죽어봐야 천국에 올라갈지 지옥에 떨어질지 무의 상태가 될지 안다는 것이다. 그러나 무의 상태가 되면 무엇을 알 도리도 없다. 무엇을 안다는 것조차 없다. 아무것도 없고 아무것도 아닌 것이다.

다시 말하여 그 중요한 것을 죽어봐야 안다는 것이다. 참으로 답답하기 짝이 없는 일이다. 백 번 천 번 물어보고 따져 봐도 같은 대답이었다. 땅 파기였다.

그럴 수는 없었다. 땅만 파다가 구덩이 속으로 들어가 묻힐 수는 없었다. 그러기에는 그가 아등바등 고생하고 산 것이 아까웠다. 뭇 밤을 새워 얘기하고 그 수 없이 많은 시간 토론을 하고 언쟁을 하고 그러면서 마신 술이 아까웠다.

초등학교 1학년 때 원하지 않은 월반을 하여 다른 동급생을 따라가기가 힘들었고 얻어맞기도 많이 하였다. '바른 말 하기 듣기' 시간―정확한지 모르지만 특활 시간 같은 것이었다―에 내가 팥죽 할마이 얘기를 한 것이 별명이 되었는데 팥죽은 빼고 할마이가 되었고 그것은 또 할마이 ××가 스물 몇 개라고 놀려대어 참으로 괴로웠다. 실력도 뛰어나지 못했고 힘도 세지를 못하였다. 형편도 좋지 않았다. 중학교 합격의 방을 보고 기쁜 마음에 집까지 7, 8킬로 거리를 단숨에 달려가서 알렸을 때, 아버지는 한 해 쉬라고 하였다. 내년에 보내 주겠다고 하였다. 그 때 노천리 물 건너에서 물방앗간을 하다가 유전리에 정미소를 차리느라고 땅을 다 팔았고 형편이 어려웠던 것이다. 그는 아무 소리도 못하고 정미소 일을 돕고 있는데 전쟁이 일어났다. 피난을 갔다가 돌아왔을 때 집과 방앗간은 폭격을 맞고 잿더미가 되어 있었다. 그래 아버지의 약속은 지켜질 수 없었고 고향을 떠나야 했다. 진해로 인천으로 서울로 떠돌아다니며 안 해본 것이 없었다. 학교를 다니다 말다 하였고 형편이 좀 나아졌을 때는 이것저것 걸터들이긴 하였지만 이미 모든 때가 늦어 있었다.

구색만 갖추며 살았다. 뱁새가 황새를 따라가다가 가랑이가 찢어진다. 분수를 모르고 좌충우돌 부딪치고 넘어지고 하며 해볼 것은 다 해보았다. 안 저질러본 것이 없었다. 술노 억수로 마시었다. 술잔을 앞에 놓고 인생이 어떻고 사랑이 어떻고 뭐가 어떻고 하며 얼마나 노닥거렸던가. 그 시간을 따질 수가 없고 그 양을 따질 수가 없었다. 언젠가 한번 계산을 해 본 적이 있었다. 했던 얘기가 아닌지 모르겠다. 일찍부터 술을 마시었다. 그가 언제부터 술을 마셨느냐 하는 것은 「술타령」이라는 데에 써 놓았다. 계산하기 좋게 20부터 60까지 잡아보았다. 한 참 전의 일이다. 40년, 그 전부터 술을 마시었고 그 후에도 마신 것은 치지 않았다. 365일 하루도 안 마신 날이 없었다. 하루에 몇 번을 마시기도 했고 하루에 몇 병을 마시기도 했지만 넉넉잡고 하루에 한 번씩 반 병씩만 쳤다. 반 병이면 1홉이고 1년도 300일만 쳐서 대충 따져보았다. 1년이면 300홉이다. 300홉이면 서 말, 10년이면 30 말, 40년이면 120말이다. 열두 섬이고 스물 네 가마니이다. 드럼통에 대략 한 섬이 들어간다고 치면 열 두 드럼이다. 참 대단한 양이다. 맹물이라 해도 빠져죽을 수 있는 양인데 이건 독한 술이었다. 소주만 마시고 막걸리만 마신 것이 아니고 양주에 빼갈에, 불을 붙이면 금방 불이 붙는 독주도 있고. 정말 이렇게 많은가 믿어지지가 않는다. 전에 계산해 봤을 때는 그렇지 않은 것 같았는데 잘못 따져봤던 모양이다.

장난스럽게 해본 계산이지만 아무리 생각해도 엄청났다. 그러니 돈은 또 얼마나 깨물어먹은 것인가. 집 팔고 땅 판 것은 아닐지 몰라도 그것을 다 계산하면 얼마나 될까. 돈을 길바닥에 깔고 다닌다고들 할 때 그는 비행기에서 돈을 뿌리고 다닌다고 하였었다. 외국 여행을 많이 다닐 때 얘기였다. 돈도 돈이지만 얼마나 많은 시간을 허비한 것인가. 시간이 금이며 한번 간 시간은 다시 오지 않는다는 금언을 조금도 깨닫지 못하고 살았던 것이다. 어릴 때 촌음寸陰을 아껴 쓰라는 표어의 말뜻을 질문한 기억이 난다.

얘기가 자꾸 다른 곳으로 빈는데 좌우간 그 금쪽 같은 시간을 깨물며 마신 술들, 그 값을 말하고자 하는 것이 아니고, 그래도 그가 뭘 한다고 하고 뭘 쓴다고 하면서 이 사람 저 사람 붙들고 이 얘기 저 얘기 별 얘기를 다 늘어놓으며 열변을 토하고 노닥거린 내용 중에 사금처럼 일어낼 수 있는 알갱이가 있을지도 모른다. 그것이 모래알이 될 수도 있지만 금싸라기가 될 수도 있을 것이다. 그것을 기대하는 것이라기보다 그것이 아까운 것이었다. 그냥 땅만 파고 있을 수가 없다는 것이다. 그것이 아닌 것 같았다. 그래서는 안 될 것 같았다.

애기를 달리 해보자.

모윤숙 시인 영결식에 가서 들은 것이다. 「렌의 애가」「국군은 죽어서 말한다」 등으로 잘 알려진 시인이며 정치적으로 여러 역할을 한 여걸이라는 것도 있지만 자유문학자협회 이무영 김용호 안수길 선생 등 은사들과 가까웠고 그도 《자유문학》지와 관계를 맺으며 자주 얼굴을 대하였다. 김용호 선생 작고 후 그가 주도해 만든 「김용호시전집」의 출판기념회를 대표로 있던 국제PEN클럽한국본부에서 주최를 하도록 부탁할 수 있었고 그런 친분과 인연으로 영결예배에 참석하였던 것이다. 약수동에 있는 경동교회였다. 날짜는 기억이 안 나고 다른 과정들도 다 잊어버렸지만 그 교회 강원용 목사의 설교라고 할까 추모사 몇 마디기가 기억된다. 오래 전에 내 영결식을 집전해 달라는 부탁을 하여 그러겠다고 하였는데 그 약속을 지키는 것이라고 전제하고 한 말이었다.

사람이 죽은 후에 내세가 있는지 나는 모른다. 천국이 있고 지옥이 있는지도 모르고 영생이 있는지도 모른다. 늘 거기에 대한 애기를 많이 했지만 솔직히 말하면 아는 것이 없다. 그러나 분명히 아는 것이 하나 있다. 누구나 죽는다는 것이다. 죽지 않는 사람은 이 세상에 아무도 없다.

오래된 일이라 그대로는 기억을 못한다. 그러나 대개 그런 요지였고 문맥이었다. 계속해서 애기를 많이 하였다. 삶에 대하여 죽음에 대하여. 그것을 다 여기에 옮기지는 않는다.

강 목사도 많이 알려진 인물이다. 사회적으로도 많은 활동을 하였다. 인물 애기를 하려는 것이 아니다. 어떨 때 이 애기를

하면 목사가 그럴 수가 있느냐고 그게 사실이냐고 따졌다. 목
사가 돼 가지고 어떻게 그렇게 말할 수 있느냐, 사이비 목사가
아니냐, 추궁을 하다가 그가 거짓말을 한다고 하였다. 고개를
끄떡끄떡하며 그 말이 맞다고 하는 사람도 있었지만. 그에게
늘 기도를 권하는 박 시인은 그 사람은 목사가 아니라고 단정
하였다. 노 선생도 그 비슷한 말을 하였다. 어쩔 수 없이 거짓
말을 할 때가 있다. 의도적으로 거짓을 말할 때도 있지만 선
의의 거짓말을 자주 한다. 그런데 지금 여기서 사실이 아닌
말을 하며 진실하지 못한 자세를 취할 수가 있단 말인가. 죽
음 앞에서 하는 마지막 말이다. 빠진 것은 있어도 일점도 보
탠 것은 없다.

　또렷한 기억이었다. 그 솔직한 성직자의 고백이 그의 가슴에
와 닿았다. 고백이랄 것도 없고 자연스럽게 얘기했던 것인지
도 몰랐다. 거기에 시인들이 많이 왔고 유수한 문인 작가들이
시선을 모으고 있는 자리에서 평소 그 교회 교인들 앞에서 하
던 설교와 다른 각도로 말하고 있었던지 몰랐다. 그래도 그렇
지, 어떤 누구라 하더라도 죽음 앞에서 너무나 기본적인 사실
을 왜곡해서는 안 되는 것이었다. 인기에 영합하고 실리를 쫓
는 위치도 아니고 다른 무엇을 바라는 것도 아닐 터인데 그렇
게 말할 수가 있는가 말이다. 그럴 수가 없다는 것이고 그렇
지가 않다는 것을 실명으로 전하는 것이다.

　어떤 교인에게도 들어보지 못한 말이었다. 어떤 설교에서도
그와 같은 말을 들어보지 못하였다. 가슴에 와 닿기만 한 것
이 아니고 그의 마음을 마구 흔들었다. 그 뒤로 그의 내세에
대한 생각 죽음 이후의 생각은 바뀌어지지가 않았다. 많은 시
간이 지났지만 그 생각은 움직이지 않았다.

그리고 테레사 수녀의 고백을 접하게 되었다. 물론 글을 통해서이다. 훨씬 더 널리 알려진 인물이다. 노벨상도 탔다. 그런 유명세를 가지고 압도하려는 것은 물론 아니다. 그녀의 일기가 공개되었는데, 자기의 기도에 응답을 주지 않는 것에 대하여 고민하고 있었다. 다른 표현으로 하면 무척 원망하였다. 죽을 때까지. 이 이야기도 그가 디테일한 표현을 그대로 기억하지는 못한다. 그의 노트 스크랩을 뒤지면 정확한 문장을 찾아낼 수 있지만 대략 그런 문맥이었다. 수 없는 날의 그의 기도에 하나님은 한 번도 응답을 하지 않았다고 하였다.

그의 경우와는 물론 다른 것이고 천양지차가 있는 것일지 모르지만 거기서 동류를 느낄 수가 있었고 공감이 되었다. 가슴에 와 닿았고 마음을 움직이었다. 두 이야기는 서로 전혀 달랐지만 이 이야기의 매듭을 짓는 촉매가 되었다.

뭇 사람의 수 없는 얘기를 들었다. 이것저것 닥치는 대로 읽고 스크랩하였다. 또 수많은 것을 두 눈으로 직접 보았다. 만져도 보고 찔러도 보았다. 무수히 쌓여 있는 메모 노트 카세트테이프 디스크 칩 등 그 자료들을 계량할 수 있다면 몇 섬 몇 드럼 그가 마신 술의 양보다 훨씬 많을 것이다. 그러나 그런 모든 사항들이 인류가 축적해 놓은 지식의 몇 만분의 하나도 안 되는 것일지 모른다. 그 이상일지도 모른다. 그러나 그런 양의 다과가 문제가 아니고 결국 지식 가지고는 안 된다는 것이다. 지성으로는 얘기가 될 수 없고 접근될 수가 없는 영역이라는 것이다. 영성으로가 아니면 안 된다는 것이다.

그렇게 말하는 사람들이 전부는 아니다. 기독교인들이 대략 10% 내지 20% 정도 된다고 보면—줄여서 본 건지 늘려서 본 건지 모르겠지만—80% 내지 90%가 다른 생각을 가지고 있다는 얘기가 된다. 우리나라 뿐 아니라 전 세계적으로 말이다. 그것이 기준이 될지 모르지만 그가 살고 있는 마을의 교회에는 50명 내외, 많이 올 때는 8, 90명의 교인이 출석을 한다. 다른 마을 두 곳에 있는 교회는 교인이 그 반에 반도 안 된다. 면의 인구가 2000으로 볼 때 10%가 안 된다. 이웃 면도 비슷하다.

꼭 숫자가 문제가 아닐지 모른다. 5%도 중요하고 1%도 중요하고 가치가 있을 수 있다. 라기보다 무시할 수가 없는 것이다. 그의 얘기는 90%의 줄에 서서 그 사람들의 말만 옳다고 하는 것이 아니었고 10%의 줄에도 서서 귀를 기울이고 우문을 연발하여 왔다. 비판을 가하기도 하고. 열의가 없고 애정이 없으면 그럴 수가 없을 것이다.

그건 또 그렇고, 얘기가 점점 길어진다. '욥기'에 보면 사람의 속에는 영이 있다고 하였다. 내 속에는 말이 가득하니 내 영이 나를 압박함이라고 하였다. 그의 마음속에도 영이 있고 그의 말 속에도 영이 있어 어떤 작용을 하는지 모르겠다. 아마 아닌 것 같다. 전혀 그렇지 않은 것 같다. 신들린 여인의 모습이 떠오른다. 오른손으로 쥐고 있던 대나무가 마구 흔들리고 있었다. 굿판이었다. 보여주기 위한 놀이로서의 굿이 아니고 실제로 20년 전 교통사고로 비명에 죽은 남편을 천도薦度하기 위한 굿이었다. 죽은 남편의 영혼이 극락세계로 가도록 기원하는 재齋를 올리는 것이다. 상도동 어느 가정집이었다. 무녀들이 번갈아 무가를 부르며 춤을 추고 여러 절차를 밟았지만 미망의 여인이 잡은 대나무는 미동도 하지 않다가 생전에 사용하던 밥그릇에 즐겨 먹던 겸상을 차린 데 이어 함께 덮고 자던 이불을 요 위에 펼쳐 놓자 사시나무 떨 듯이 마구 흔들리고 있었다. 신이 들린 것이다. 영은 그와는 물론 다른 것이겠지만 무엇이 되었든 신령한 기운이 그에겐 한 번도 내린 적이 없었다. 영성을 어떻게 접하게 되고 영을 어떻게 그의 몸속에 들어오게 할 수 있고 말하게 할 수 있을까. 날개가 없는데 날 수는 없다. 기어서 걸어서 가야 하는 것이다. 허리 디스크로 조금 가다가 앉아 쉬었다 가야 한다. 절뚝거리며. 그의 지식도 절름발이에 불과하리라. 그의 지성도 그런 것임에 틀림없다. 그런 채로 이 이야기는 매듭을 지어야 하는 것이다.

결론은 이미 말하였다.

사후의 그 무엇도 알 수 없고 모른다는 것이다. 스스로 생각해도 마음에 안 드는 것이었다. 그러나 다른 답은 찾을 수가 없다. 물론 더 찾을 수도 있고 더 노력할 수도 있다. 이 시점에서 포기하는 것이 아니고 계속해서 노력하고 결과가 있고 변동이 있으면 추가를 하려는 것이다.

이유가 될지 모르지만 따질수록 더 모르겠는 것이다. 지금으로서는 그것밖에 아는 것이 없다. 죽은 후에 어떤 세계가 펼쳐질지 아닐지 어떨지 아무것도 모른다는 것이다. 같은 얘기이지만 물론 영성으로가 아니면 안 된다는 사람들의 주장대로 사후의 세계가 이어질지도 모른다는 것이다. 천국이든 지옥이든 없다는 것이 아니라 모른다는 것이다. 모두 다 모른다는 것이고 아는 것이 하나도 없다는 얘기이다. 죽어 봐야 아는 것이다. 죽은 후에 아무 세계도 없다면 그런지 저런지도 알 수가 없는 것이고.

그것이 어떻다는 것도 아니고 그저 그렇다는 것이다. 노 선생은 그런 그를 믿음이 약해서 그렇다고 하였다. 교인들도 다 그렇게 말하였다. 박 시인은 그러다 정말 지옥에 간다고 걱정을 하였다. 그런 말을 들을 때마다 정말로 그렇게 되는 게 아닌가 생각되고 불안하였다. 그러나 금방 다른 일에 휘말리고 잊어버리게 되었다. 당장 벌어지는 일이 아니어서 급하지 않게 생각이 되었던 것이지만 시간의 압박이 점점 심하여졌다. 그러면서도 그는 한 발도 양보가 안 되었다. 백보 천보 아무리 양보를 하고 이해를 하려 해도 납득이 되지 않았다. 모르는 것을 어떻게 안다고 할 수 있는가. 곧 죽어도 아닌 것은 아니었다.

죽음은 끝이 아니라 영원한 시작이라고 하였다. 천국과 지옥으로 시작을 한다는 얘기이고 이제 그 두 갈래길을 선택할 시간이 다 되었다는 것이다. 정색을 하고 냉정하게 말하는 것이다. 대부분 교인들이기는 하였지만 지옥의 그림과 천국의 그림을 보여주기도 하였다. 사진이 아니고 그림이었다. 사진은 있을 수가 있는가. 지옥은 대개 검고 붉고 어두웠다. 천국은 희고 푸르고 밝았다. 그것을 대비시켜 보여주었다. 지옥은 그야말로 아비규환이며 비명을 지르고 몸서리를 치고 있는 장면들이었다. 천국은 마치 신랑 신부가 웨딩마치에 맞추어 행진을 하는 꽃길이며 궁전 같은 풍경들이었다. '거기는 구더기도 죽지 않고 불도 꺼지지 않느니라' 지옥도의 설명이었다. 천국도의 설명은 문장부터 대단히 부드러웠다. '다시 밤이 없겠고 등불과 햇빛이 쓸 데 없으니 이는 주 하나님이 저희에게 비춰심이라' 하였다. 거기서 세세토록 왕노릇을 하리라고 하였다. 한 번 지옥에 떨어지면 절대로 나올 수가 없고 꺼지지 않는 불 속에서 귀신들의 고문과 형벌을 받으며 영원히 고통을 당하게 된다고 하였다. 영생과 영벌은 하늘과 땅이었다. 그야말로 천국과 지옥이었다.

그러나 아무리 겁을 주고 아무리 위협을 해도 그는 도무지 실감을 하지 못하였다. 땅의 일 외에는 아는 것이 없어서였다. 다른 데 가보지 못한 곳의 일은 모르기 때문이었다. 불안하고 그것에 대한 압박이 가중되는 것은 사실이지만 막걸리 한 사발이면 다 잊곤 한다. 주를 위하여! 그리고 말한다. 가장 중요한 때가 지금이다.

　물론 내일이 있기 때문에 지금이 있는 것이고 오늘의 중요한 의미를 갖는 것이리라. 어떻든 그는 그 현재 서 있는 자리에서 한 발도 더 내딛지 못하고 있었다. 그러면서 그것이 바로 인생이 아니겠느냐고 생각했다. 그의 인생관이었다. 스스로 자위하기는, 그래도 그의 위치라고 할까 수준은 바닥은 아니라고 생각하였다. 매양 그렇게 여겨졌다. 초등학교 몇 학년 때이든가, 아버지나 큰형에게는 입이 떨어지지 않아 어머니에게 얘기를 꺼내었다. 학교를 그만 두고 농사일이나 하고 싶다고. 보리를 같이 베면서였다. 그러자 어머니는 그게 무슨 소리냐고 불호령을 내리는 것이었다. "못난 놈 같으니라고! 평생 똥장군이나 지는 것이 소원이란 말이냐?" 그 부드럽던 어머니의 눈길이 그렇게 무서울 수가 없었다. 그 때 그의 의사대로 학교를 그만 두고　농사일이나 하였더라면 어떻게 되었을까. 농사, 농업이 어떻다는 것이 아니고 그가 게으름을 피우고 그냥 주저앉았더라면 말이다. 좌우간 그만큼이라도 이만큼이라도 된 여건을 그는 자위하고 있었다. 그것은 그가 그의 가정이 집과 터전이 폭격을 맞고 떠돌게 되고 많은 고생을 겪었기 때문이기도 한 것이다.

　한 치 앞도 모르는 것이 인생이며 예비된 내일의 보장이 있으면 그래서 그 어떤 보장을 받는다고 한다면 그것은 인간의 영역이 아니다. 신의 영역이다. 신은 죽었다. 우선 신은 인간이 만든 것이다. 모세가 신이 아니고 인간이었다면 그리고 '창세기'를 모세가 쓴 것이 맞다면 그가 신을 탄생시킨 것이며 니체는 그 신을 부정한 것이다.

인간은 나약하고 대부분 절대적인 존재 가령 신에게 의지하려고 한다. 신이 필요하여 인간이 만들었기 때문에 인간은 신을 복종한다. 복종하지 않는 사람들이 무신론자이다. 악한 일을 하며 신을 부정하는 것은 안 되는 것이지만 선한 일을 하며 신을 부정하는 것은 결국 신이 필요 없는 경지인 것이다. 그 경계를 누가 정하느냐, 인간이 정하는 것보다 신이 정하는 것을 더 신뢰하는 것이 유신론자이다. 거기에 논論자까지 부쳐 거창하지만 기독교에서 말하는 유신론이란 그런 것이 아니다. 신은 하나밖에 인정하지 않는다는 것이다. 이스라엘 사람들이 만든 신만 신이라는 것이다. 말하자면 유일신唯一神이며 하나님인데 그것도 인간이 만든 것이다. 인간이 만든 틀에 갇혀 있는 것이다. 가두는 것도 인간이고 갇힌 것도 인간이다. 그 갇힌 곳을 세상이라고 하고 다시 천당이다 지옥이다를 설정하여 옥상옥을 짓고 세상을 부정하는 것이다.

이러한 것을 다 인간이 만든 것이다. 천국이 있기 위해서는 지옥이 있어야 하였다. 그런데 중요한 사항이 있다. 이 대목에서 그것을 놓치면 안 된다. 그것을 다 인간이 만들었다고 생각하면 안 되는 것이다. 만들어 놓는 순간 그것을 다 잊고 신의 영역으로 돌려야 하고 그 법칙에 엄격히 따라야 하는 것이다. 거기에 죽도록 충성해야 하는 것이다. 그러지 않으면 가설은 다 무너지고 말기 때문이다.

그러나 무너지는 데는 무너지고 그러므로 해서 더 단단해지기도 하고 천년 이 천년 이어오고 있는 것이다. 뿌리가 깊이 뻗어 흔들어도 흔들리지 않고 죽지도 않고 새 순이 나고 새 잎이 난다.

아무리 그렇다 하더라도 아무리 뿌리가 깊고 큰 나무라 하더라도 도끼날이 들어가지 않는 것은 아니다. 재선충에 걸린 소나무처럼 시름시름 죽어갈 수도 있다. 그러나 숲은 대단히 울창하고 거창한 나무들로 들어차 있다. 정말 놀라지 않을 수 없는 것은 세계 곳곳에 뿌리 깊이 박혀 있는 정서들이었다. 유서 깊은 교회 건물들 성당 건물들이 명소가 되어 있었고 그 안에 담긴 그림들 조각들 건축물까지 참 괜찮은 작가들 예술가들이 혼을 쏟아부었으며 학교에서 배운 교과서들에 나오는 세계 거장들이 다 망라가 되어 있는 것이다.

물론 그렇지 않은 경우도 많이 있다. 반기를 들고 반론을 펴기도 하고 가령 그런 문화 말고도 찬란히 빛나는 문화가 쌓이고 쌓이었다. 신 중심의 세계관이 지배했던 중세문화를 인간의 개성을 내세운 르네상스가 뒤집어놓았으며 세계사는 중세를 암흑시대라고 규정하기도 한다.

자꾸 곁길을 가고 있는데 지금 얘기하려는 것은 그게 아니다. 천국이 있는가 하는 것이고 그런 것은 없다는 것이고 아니 모른다는 것이고 그런 것을 다 인간들이 만들어냈다는 말이다.

태초에 말씀이 있었다고 하였다. 옛날 아주 먼 옛날부터 전하여 오는 말씀이 있었고 그 말씀은 하느님 아니 하나님과 같이 있었으며 그 말씀이 곧 하나님이라고 하였다. 말이 되는지 모르겠다. 그 말씀이 곧 하나님이라는 것이다. 말씀은 말의 높임말이다. 로고스는 논리라는 뜻인데 거기에다 우리 어법을 사용하는 이유는 알겠는데 뭐가 어째서 왜 그렇단 말인지, 도무지 앞뒤가 안 맞는 논리이다. 성경 말이다. 성경이 그랬다.

그 답을 찾기 위해 이스라엘박물관에도 가 보았지만 도무지 모르겠는 것이다. 전혀 이해가 안 되었다. 여행 가이드가 성서박물관 고문서 서적관의 흰 둥근 지붕으로 된 건물의 상징을 수수께끼 식으로 물었다. 저게 무슨 모양 같으냐고. 아무도 알아맞히지 못하는 것을 그가 단지 같다고 하였다. 맞다는 것이다. 딱 손뼉을 쳤다. 1947년 2월 한 베두인족 소년이 잃어버린 염소를 찾아 쿰란동굴에 들어갔다가 삼베에 싸여 있던 양가죽 두루마리를 발견하였다. 구약성서 사본이었다. 그 사해문서가 담긴 단지 모양을 본 떠 만들었다는 것이다. 초등학교 때 그가 아무도 못 맞히는 답을 말한 적이 있다. 선생님은 쾅 발을 굴렀다. 학생들이 모두 그를 바라보았다. 그 때처럼 자신이 참 대견스러웠다. 선생님의 표정까지 또렷이 기억되었다. 교실 바닥은 마루였고 실내화의 재질이 딱딱한 무엇이었던가 보았다. 그날 박물관을 유심히 돌아봤었고 기념품점에서 이것저것 사 가지고 와서 어딘가 처박혀 있을 것이다.

태초 오래전부터 어느 족속에게 성경은 하늘과 같은 존재였다. 하늘 그 자체였다. 그러나 아직 그의 하나님이 되지는 못하였다. 그는 문학을 전공하였고 소설을 썼고 연구도 하였다. 되나 개나 책도 많이 내었다. 정신없이 써대고 있을 때 같은 층에 아동문학을 전공하던 이 선생은 그에게 동화를 써보라고 하였다. 할아버지가 되면 한번 써 보겠다고 하였다. 장르 간에 우열이 있는 것은 아니지만 그는 소설만 고집을 하였고 다른 것은 넘어다보지 않았다. 은사 중에 소설 외는 아무것도 쓰지 않는 분이 있었다. 처음에는 시를 썼었지만 소설을 쓰기 시작한 후 수필도 안 쓰고 다른 글은 소설 심사평 정도만 썼다. 어쩔 수 없이 그렇게 한다고 어디에 쓴 글을 읽었다. 심사도 늘 사양했다. 그럼으로 해서 늘 1인자로 머물 수가 있었는지 모른다. 그는 그렇게까지는 못하고 이것저것 쓴다고 하였지만 이 선생과의 약속은 지킬 수가 없었다. 동화는 우리나라에서는 아동문학 속의 한 장르다. 그래서 손자에게 들려줄 이야기를 쓰겠다고 한 것인데 그러지를 못하였다. 손자와의 관계 때문이었다. 「아들의 만남」의 행간에서 짐작하겠지만.

그런 얘기를 하려는 것이 아니고 성경 얘기를 하는 것이다. 자꾸 뜸을 들이는 이유는 누차 되풀이한 대로 충격을 완화하기 위해서이다. 선입견을 갖지 말고 사실대로 냉정히 받아들이기 바라는 마음에서이다. 으음 저기 말하자면 으으음…… 성경은 동화이다.

독일문학의 한 장르인 메르헨märchen의 뜻을 보면 (1)옛 이야기, 동화 (2)비유, 꾸며낸 이야기lüge, 거짓이라고 되어 있다. 소설이 허구이며 픽션fiction이라고 하는 것과 비슷하다고 할 수 있다. 그는 성경을 소설이라고 말하였었는데 다시 동화라고 고쳐 말하는 것이다. 특히 구약성경이 그러하다. 동화이며 아동문학이다. 메르헨이다.

그는 또 구약성경의 시편은 시가 아니라고 말한 적이 있다. 「귀향」에서도 그랬고. 시가 아니라고 한 것은 찬양일변도의 그 글에 시정신이 없다고 한 것이다. 시의 형식만 갖추었다고 할 수 있는 말이었는데 소설에서의 허구와 동화에서의 꾸며낸 이야기라고 하는 문학예술적 의미가 전제되어야 한다. 왜 픽션을 사용하는가. 더 재미 있게 더 의미 있게 하기 위해서라고 학기마다 반복하여 설명하던 것이 기억난다. 이야기가 이상하게 벌어가고 있는데 직업 근성 탓이라기보다 노파심 때문이다. 동화가 어떻다는 것이 아니고 앞에서 설명한 대로와 같은 특성을 지닌다는 것을 이야기하는 것이고 그 상징적 의미망을 말한 것이다. 이것도 한 학기쯤은 얘기해야 하지만.

그는 하나님을 부정하는 것이 아니다. 하나님은 하나의 진리이며 정의이고 우리 인간들이 지키기 어려운 불편한 진실들을 실천해 보이기 위해 버티고 서 있는 존재이다. 하나님은 끊임없이 우상을 철폐하기 위해 무수한 악행을 저지르고 그로 하여 많은 희생이 감수되었다. 다른 신을 섬기지 말라는 것이다. 신은 오직 하나밖에 없다는 것이다. 유일신, 성경에 계시된 여호와 하나님 말이다. 하나님이 어떠한 형태이든지 진리와 정의 편에 서 있는 것은 의심의 여지가 없다. 그러기 때문에 그 오랜 세월 동안 별의별 사람이 뭐가 어떻다 뭐가 어떻다 얘기를 하고 찍고 흔들고 하였지만 그 자리에서 내려오지 않고 있을 수 있는 것이다. 한 번도 얼굴을 내밀지 않고 명령만 하고 징벌만 하고 있는 것이다. 내가 아니면 안 되고 다른 신은 안 되는 것이다. 다른 신은 다 우상이며 잡신이고 사악하고 악귀들이라는 것이다. 말이 안 되고 믿어지지 않는 대로 또 예수는 하느님의 아들이라고 하였다. 그 독생자 예수는 또 나를 따르라, 나를 믿지 않으면 천국에 갈 수 없다고 한다. 나로 말미암지 않고는 안 된다고 하였다. 그것을 이해하기까지 참 오랜 시간이 걸렸다. 나는 길이요 진리라고 하였는데 그 '나'가 길이며 진리라고 하는 사실을 깨닫고부터이다. 국내외 교회를 수십 군데 나가보았지만 설교를 그렇게 하는 것은 한번도 듣지 못하였다. 하나님 예수님을 기쁘게 하여야 한다는 것도 같은 말로 이해하기에 이르렀다. 진리이기 때문이고 정의이기 때문이며 그것을 사랑하고 거스르지 말아야 하기 때문이다. 부활이고 생명이어서에 앞서 그런 것이므로 따르고 실천하는 것이다. 너무도 당연한 일인 것이다. 진리는 언제 어디서나 빛이며 희망이다.

그 길에 한 치 반 치라도 어긋나지 않게 걸어가며 잠시라고 헛발을 디디지 않도록 깨어 있는다. 새벽부터 밤중까지. 유언을 써 둔지가 오래 되었다. 미리 말하는 것은 효력이 없으므로 우선 잘 아는 변호사에게 맡기었다. 죽으면 시신은 병원 ─지정하여 둔 대학병원이 있다─에 기증한다. 연락은 가족에게만 하고 다른 사람들에게는 알리지 않는다. 가족의 범위는 그의 형제와 아내의 형제 그 자녀들. 장례는 집에서 간소하게 하고 병원에서 시신을 다 사용한 후 보내주는 때에 화장하여 아버지 어머니 묘 옆 적송 주변에 뿌린다. 육신의 생각은 사망이요 영의 생각은 생명과 평안이라고 하였다. 그가 육신의 일을 따르며 육신의 일을 도모하는지 모른다. 멀리 멀리 끝없이 방황했던 비틀거림을 멈추고 되돌리는 것은 육신의 일인가. 거듭 나야 한다고 하였다. 그래야 영을 따르고 영의 생각을 하게 되고 영성을 갖게 될지 모른다. 축지법을 배우려고 한 적이 있었다. 하늘을 돌리고 때를 기다려 땅을 굴리는 육갑을 밟고 아홉 영의 천명을 받아 둔갑을 하고 천하의 상극을 없이 하는 과정을 읽으며, 그는 죽었다 깨어나도 할 수 없다는 것을 느꼈다. 날개 없이 나는 것이었다. 그는 한 치의 땅도 좁힐 수가 없었다. 그가 다시 태어나는 것이 가능할 것인가. 낙타가 바늘 구멍을 들어가는 것보다 어려울지 모른다. 축지를 하는 것보다 어려울지 모른다.

별이 반짝인다. 북두칠성을 찾아본다.

새벽 기도를 다녀오며 마당 가운데 한참 서서 하늘을 바라보는 것이 일과처럼 되어 있다. 변한 것은 아무것도 없다. 세월이 한참 더 쓸고 지나간 것밖에. 저녁때 술시가 되면 막걸리 생각이 나고 그러나 매일 마시지는 않는다. 이것이 들어가서 해로울 것인가, 이로울 것은 없고, 어떨 것인가 생각하여 한 두 잔 하거나 안 하거나 한다. 술은 대개 뒷 베란다에서 서녘 해를 바라보며 한다. 교회는 빠짐없이 나가고 가끔 다른 교회에도 간다. 노 선생이 다니는 교파의 교회에 가기도 하고 사흘돌이로 만나 노닥거리는 우 선생이 나가는 성당의 세미나에도 가고 제자가 시무하는 교회에 가기도 한다. 두 곳 다 교세가 약한 시골 교회이다. 박 시인이 나가는 교회가 도시계획으로 이전을 하였는데 거기도 갔었다. 다니던 교인들이 먼 곳까지 오고 있었다. 설교는 대개 예수의 부활과 재림에 대하여 그 대비에 대하여 그리고 하나님을 기쁘게 해야 된다는 것이었다. 어디나 비슷했다. 교인들끼리 아주 반갑게 인사를 하고 밥을 같이 먹고 커피를 마시었다. 가까이 있는 절 직지사에도 가끔 가고 지난 번 부처님 오신 날에도 가톨릭인 우 선생과 같이 가서 공양도 하였다. 음력 5월 2일 단군 탄강일에는 국조전에 가서 개국설화를 연출한 동굴 속에서 환상에 젖어 있다가 왔다. 최근 사귄 장도연과 풀꽃차를 마시며. 일연은 우리 고조선 역사를 동화로 만들었다고 하자 도연은 호랑이와 곰 이야기냐고 한다. 웅녀 이야기냐고 한다.

"그뿐이 아니고……."

그녀에게 다 얘기할 수가 없었다.

박 시인은 왜 그런 잡신들을 접하고 다니느냐고 이젠 화를 내지도 않고 알아서 하라고 한다. 그러다 지옥에 가고 불구덩이 속으로 들어갈 것이 뻔한데 왜 그러는지 답답하다고 한다.

"정말 머리가 안 돌아가는 거야? 망가진 거야?"

"그런가."

"참 내. 꽃길이 펀펀하게 뻗어 있는데 왜 무엇 때문에 진흙 탕길로 들어가느냐고."

"그대는 꽃길을 가요. 나는 흙길로 가리다."

"길도 아니고 불가마 속이예요."

"허허 참 큰일 났네."

말로만이 아니고 온몸으로 느끼고 있었다. 그러나 그저 담담하게 받아들인다.

좌우간 바뀐 것은 아무것도 없었다. 최선을 다 하는 것이다. 꽃이든 흙이든 물이든 불이든 선택은 그가 하는 것이 아니다. 생과 사를 그의 마음대로 할 수가 없는 것과 같이. 그가 할 수 있는 모든 것에 전력을 다 할 뿐, 힘이 부치면 조금 늦추고 힘이 자라면 더 밀어붙인다. 안 믿는 것이 아니다. 믿어지지 않는 것이다. 아닌 것을 아니라고 하지 기라고 하지 않을 뿐이다. 그리고 그러나 어떻게 하면 천국에 올라가고 또 어떻게 하면 지옥에 떨어진다고 하는 경고라든지 권면 같은 것이 없다면 이 사회 질서란 어찌 되겠는가. 이래도 좋고 저래도 좋다고 한다면, 얼마나 착하게 살아도 좋고 아무리 악독하게 살아도 좋고 콩가루가 되든 돌가루가 되든 이래도 좋고 저래도 좋다고 한다면, 도대체 이 세상이 어떻게 되겠는가. 천당엘 가고 극락엘 간다는 희망을 갖고 기대에 부풀게 하는 것은 또 얼마나 간절한 수사법인가. 그것이 로고스이며 말씀인 것이다. 영생 불멸⋯ 유한한 인간의 무한한 희망이다. 캄캄한 항로의 등대이며 한낮의 동화이다.

열반涅槃은 불교 최고의 경지이다. 일체의 속박에서 해탈한 최상의 안락이 실현되는 세계로의 진입이다. 미륵은 부처님이 열반에 든 뒤 56억 7000만 년이 지나면 이 사바세계에 출현하는 부처님이다. 그때의 이 세계는 이상적인 국토로 변하여 땅은 유리와 같이 평평하고 깨끗하며 꽃과 향이 뒤덮여 있다. 지혜와 위덕이 갖추어져 있고 안온한 기쁨으로 가득 차 있다. 인간의 수명은 8만 4000세가 되며…… 가위 영생이다. 니르바나 이 또한 동화이다.

참되고 선하고 아름다운 또 뭐가 있던가. 인류가 축적하여 온 최상의 덕목들이 참으로 너무도 많다. 누구나 그것을 배우고 추구하였고 또 산다는 것은 그것들을 최대한 실천하고 실현하는 것이다. 인생은 그 성과에 의해서 평가된다. 이런 따위들은 다 세상의 일이라고 한다면 금과옥조처럼 나열된 거룩한 계율들을 얼마만큼 수행하느냐에 따라 신실함의 정도로 평가되는 것이 아니겠는가. 마지막 때 심판의 날이 올 때 말이다. 그 어느 쪽이 되었든 무엇이든 할 수만 있으면 다 하는 것이다.

구절 구절 말씀마다 옳지 않은 것이 없다. 가령 사랑이라고 하자. 긍휼이라고 하자. 또 무엇은 하지 말고 무엇은 해서는 안 된다고 하는 것들 어느 하나 그른 것이 없다. 다 옳고 지당한 말씀이다. 거기에 무슨 토를 달고 아니라고 손을 젓는 것이 아니다. 그대로 말씀대로 지키기가 어려운 것이고 실천하기가 어려운 것이다. 어떻든 할 수 있는 데까지 다 하는 것이다. 천국에 대하여 여러 비유에 담긴 계시를 모르는 것이 아니다. 그 의미를 다 안다. 믿지 않을 뿐이다. 안 믿는 것이 아니고 믿어지지 않는 것이다. 지옥에 대하여 심판에 대하여.

그 얘길 한 것이다. 가만 있으면 중간은 가는데 중뿔나게 뭐가 어떻고 뭐가 어떻고 아는 체를 한 것이다. 그것이 교만 때문이라면 고칠 수가 있을 것이다. 시간이 가면 노력을 하면.

"백 가지 천 가지를 다 해도……."

안다. 아무리 해도 안 되는 그 한 가지도 계속 노력한다. 그것도 최선을 다 해서 혼신의 힘을 다 해서. 뭐라고 어떻다고 아는 체도 하지 말고 하던 일을 숨이 멎을 때까지 하는 것이다. 요즘 늙은이들이 앉으면 말하는 소원대로 자다가 죽는 것이 아니고 뭐가 됐든 끄적거리다가 고개를 떨구는 것이다. 그것이 바람이다.

순례 여행을 떠난 것은 이듬해 봄이었다. 전에 갔던 갈보리 언덕을 다시 한 번 올라보려는 것이다. 미루어 두었던 금혼 여행이었다.

여행에서 돌아오면 조금은 달라질지 모른다. 아닐지도 모른다.

아들의 만남

　아무래도 아들에 대한 선호도가 높은 것 같다. 아직까지는, 또 그와 같은 세대에서는 그랬다. 그런데 그것이 마음대로 되는 것이 아니다. 가지고 싶다고 가져지는 것이 아니다. 삼신할머니가 점지하여야 하는 것이다.

　그것은 딸도 마찬가지다. 아들이든 딸이든 하나만 낳아 잘 기르는 사람도 있다. 아예 아이를 안 낳는 사람도 있다. 그런 사람들이 많이 있다. 그것이 사회 문제 국가적인 문제가 되고 있기도 하다. 세계 제일로 출산율이 낮다고 하던가. 그거야 어쨌거나, 그 반대의 경우이다.

　한 점 혈육이 없어 아들이든 딸이든 아이를 갖기를 소원하나 별의별 노력을 다 해도 안 되어 평생 한이 맺히는 경우도 있다. 그래서 한스럽게 불행하게 산다. 그런 경우도 많다. 돌부처의 코를 떼어다 갈아먹기도 하고 절에 가서 백 일 기도를 하여 참으로 신통한 영험으로 아이를 낳기도 한다. 부처가 아이를 점지해 준다고 하지만 중의 아이를 낳기도 한다. 그런 얘기를 한두 번 들은 것이 아닌 것으로 보면 꼭 말쟁이들의 말만은 아닌 것인가. 딸을 하나 둘 계속 낳다가 칠공주 팔공주를 두기도 한다. 아들을 갖기 위해서 그런 것이다. 아들을 갖기 위해서 재취 삼취를 하기도 한다. 구세대적인 얘기 옛날 얘기인지 모른다. 요즘은 전혀 그렇지 않은지 모르지만.

ㅁ은 어떤 경우인지는 모르나 열여섯 번째 사위였다. 그와 같은 마을에서 가까이 지내며 같이 등산도 가고 목욕탕 찜통 속에도 같이 들어가 서로의 밑천을 다 보였는데 이 얘기 저 얘기 많이 하던 끝에 그 사실을 알게 되었다. 장인이 소유하고 있는 목욕탕과 집을 16분의 1 지분으로 나누어 주었다고. 거기에는 물론 제일 막내인 처남도 한몫 들어 있었다. 참 대단한 부대였다. 그가 알고 있기로 제일 많은 형제였다. 도무지 입이 벌어져서 다물어지지가 않았다. 아들 하나를 두기 위하여 자그마치 열다섯의 딸을 낳았던 것이다. 그런데 마을이 재개발될 때 그 지분 때문에 1가구 2주택이 되어 혜택을 받지 못했다. ㅁ은 두 아들을 두었다.

ㅎ은 칠남매 중 외아들이었다. 누이가 위로 셋이고 밑으로 누이동생이 셋이었다. 눈에 넣어도 아프지 않은 아들이요, 불면 날아갈까 쥐면 꺼질까 애지중지하는 귀동아들이었다. ㅎ은 결혼을 하자마자 첫딸을 둘을 낳았다. 쌍둥이였다. 두 번째도 딸을 낳았다. 호랑이띠로 ㅎ의 어머니와 동갑인 그의 어머니 표현을 빌리면 달려들자마자 딸 쌍둥이를 낳고 또 딸을 낳았다고 하였다. 그러고 나서 아들을 차례로 둘을 낳았다. 그래서 삼녀이남 5남매를 둔 것이다. 다섯 친구 내외가 만나는 한우리 모임에서 제일 많은 자녀를 두었다. 막내아들은 젖도 늦게 떼었고 응석이 심하였다. 교직에 있는 다섯 커플이 자녀들과 가끔 만났었는데 모임 때마다 응석의 내용이 화제가 되었고 시를 쓰는 ㅎ은 「작은 것」 같은 시로 형상해 놓기도 했다.

ㅈ은 딸을 넷을 낳고 아들을 하나 낳았다. ㅁ과 같이 매일

등산을 같이 다니고 하산하여 소주를 마셔대고 하던 동료였는데 그 아들에게는 한동안 고추에 자꾸 병이 생기고 또 고환 한쪽이 크니 작으니 해서 여러 번 병원엘 다녔고 그런 따위의 아들 유세를 톡톡히 하였다. 그 늦둥이가 어느 사이 대학에 들어갔고 얼마 전엔 군대를 갔다 왔다고 했다.

또 하나의 ㅈ은 딸을 넷을 낳고 더 낳지를 않았다. 사실은 네 번째 딸은 터울이 10년도 더 졌다. 다시 한 번 시도를 해본 것이리라. 그러나 거기서 욕심을 접은 것이었다. ㅈ과는 처숙질간으로 가끔 등산을 같이 가는데 술을 마실 때마다 용기를 더 내보라고 웃으면서 권하였다. 그러면 조카사위는 또 그게 용기만 가지고 되는 일이냐고 웃으면서 오금을 박고 처삼촌은 지금 내 나이가 얼만데 그러냐고 정색을 하고 신경질을 내었다. 그가 술을 따랐다. 잔이 꽉 찼다.

"거 봐."

술을 또 시켰다. 마지막 잔이 꽉 차면 아들을 낳겠다고 한다. 그것은 많은 사람들이 아들을 소망하는 징표인 것이다. 우리나라만의 경우인가. 중국은 양귀비 이후 딸을 더 귀하게 여긴다고 들었는데 그것이 정말 사실인지 모르겠다.

그의 아버지는 5남매 중 외아들이었다. 위로 고모가 넷이 있었다. 그런데 아들 딸 5남매를 두었다. 그리고 그의 큰형은 아들 셋에 딸 하나 작은형은 아들 셋에 딸 둘을 두었다. 그는 남매를 두었다. 큰형의 장남, 그의 장조카는 아들 둘을 두었고 둘째는 딸 둘 셋째는 아들 둘 질녀는 딸 둘을 두었다. 작은형의 장남은 아들 둘을 두었다. 밑으로는 아직 장가 시집을 보내지 않았을 때 이야기였다.

"아니, 그래 그렇게 조절을 못한단 말이냐?"

그가 웃으면서 말하였다. 설이나 추석에 모였을 때 웃자고 하는 얘기였다.

"하나씩 더 낳으란 말여. 그걸 왜 못해?"

모두들 웃었다. 질부들도 따라 웃었다.

그는 가족계획을 하여 딱 남매를 낳았는데 그의 아들은 딸 둘, 딸은 아들을 둘 두었다. 그러나 그의 아들 딸에게는 그런 농을 못하였다.

ㅍ은 아들이 하나 있었는데 부인과 별거를 하게 되어 떨어져 살았다. 그 뒤 다른 여자─후처─와 살면서도 그 아들에 대한 정은 뗄 수가 없었다. 손재주가 있는 ㅍ은 바가지에다 그의 시 「식이 데모하던 날」을 새겨서 눈에 제일 잘 띄는 곳에다 걸어놓고 올려다보며 술을 마셨다. 그 아들 결혼식 때 전 부인과 앞에 나란히 앉아 있었고 구상 시인은 주례사에서 '네가 앉은 그 자리가 꽃자리니라' 하는 시를 인용하였다.

ㅋ은 딸을 하나 두었다. 열 아들 부럽지 않은 딸이었다. 간호사로 근무하며 대학원을 특수교육학과에 들어갔는데 남자 몇 몫을 한다고 자주 만나는 고교 동창 네 사람들에게뿐 아니라 주위의 귀염을 받았다. 칠순 잔치까지 압구정동 대로 가의 큰 뷔페식당에서 떡 벌어지게 차려 주었다.

ㅊ은 아들 하나를 금지옥엽처럼 길렀다. 얼굴이 조금 거무스레한 대로 참으로 튼실하고 늠름하게 자라 가정의 행복을 안겨주었다. 때가 되어 예쁜 규수와 결혼을 시켰는데 노모를 모시고 있는 ㅊ과 따로 살기를 원하여 살림을 내보냈다. 전부터 동생이 하는 중장비 사업도 같이 하도록 연결하여 택택한 밥벌이도 하게 해주었다. 그런 아들이 이혼을 하여 남매를 데리고 혼자 살고 있었다. 이런 얘기를 밝히는 것을 정말 어떻게

생각할지, 이해해 줄지 모르지만, 그 아들이 있기 때문에 생활 보호자의 요건이 안 되었고 그래서 월 60만 원인가 얼마를 받을 수 있는 것을 받지 못하였다. 위장이혼을 하면 한 사람이 받을 수 있다고 부인이 얘기하였지만 청간스런 친구는 그러기보다는 동사무소에서 주선하는 컴퓨터 강사 한문 강사로 한 달에 20만 원인가를 받는데 그만하면 반찬값은 안 되지만 쌀값은 된다고 했다. 왕년에 잘나가는 건설회사의 자재부장을 하던 ㅊ은 정년을 하고 그 회사에서 짓는 아파트의 경비원으로 들어갔다. 참으로 용기가 있었다. 그런 ㅊ에 대하여 격려를 하고 체면을 세워주기 위하여 동창들이 김포의 현장으로 가서 술을 샀다. ㅊ의 입지전적인 얘기가 많지만 여기서는 다만 아들 얘기를 하려는 것이다.

ㅌ은 아들을 딱 하나 낳았다. 딸이나 아들을 하나 더 낳고 싶었지만 아내가 말을 듣지 않았다. 담아주면 쏟아내고 담아주면 쏟아내고 하다가 종내는 불임수술을 하였다. 아들을 위하여 초등학교 때부터 유학을 보내고 중 고 대를 외국에서 졸업시키었다.

ㄷ과 ㅇ은 아들 둘에 딸 하나를 두었다. 투 스트라이크 원 보올, 그때는 가장 알맞은 구성비로 생각하였다. 남매를 둔 그에 비하여 훨씬 안정감이 있었던 것이다. ㄷ의 큰아들은 운동권으로 서울에서 동지들을 다 집합시켜 결혼식을 하였다. 진해서 전 가족이 힘을 합쳐 예식장 식당 사업을 하였는데 무리하게 확장을 하다가 미장원을 하던 딸과 관광사업을 하던 작은아들까지 살기가 힘들게 되었다. 아버지를 닮아 아들도 사업욕이 과하였다. 작은아들이 미국 필라델피아로 가서 자리를 잡고 있는 중인데 양복점을 경영하던 ㄷ은 거기서 후반기 삶

262

을 시작하려고 날아갔다.

그리고 그의 아들은 미국에 그리고 딸은 이태리에 살고 있었다. 공부가 끝나면 돌아온다고 하였지만 아이들을 둘씩 낳아 거기 매달리어 정신을 못 차리었다.

고교 동창 중에는 그래도 ○이 제일 나았다. 큰아들은 대학 강사이고 지방도시이지만 시의 국악관현악단 지휘자이다. 둘째는 인쇄업을 하고 있고 딸은 시집을 가서 잘 살고 있다. 다른 동창의 경조사 때도 그랬지만 ○의 혼사 때도 부부 동반으로 참석을 하였는데 번번이 잔치가 걸었다. 제일 여유가 있다고 할 수 있다. 중고교 교과서를 집필하고 또 그것을 출판하여 목돈이 되었고 그것을 가지고 땅을 사서 집을 짓고 사는 것이 오늘의 여유를 만들었다. 그러나 남의 것은 손톱만큼도 쳐다보지 않는다. ○이 대학 학장을 할 때의 일이었다. 퇴근을 할 때 학교 차로 태워다 주는데 집 앞인 사당동까지만 타고 그 이상은 내려서 대중교통을 이용하였다. 동창들이 모임을 대개 광화문에서 하였는데 거기까지는 전철을 타고 걸어왔다. 그러느라 한번은 많이 늦었다.

"원 사람도 참!"

"여러 사람들이 기다리는 것은 생각 안 하나?"

친구들이 웃으면서 나무라자 ○은 태연히 말하였다.

"공과 사를 구분해야지."

"허허허허 참!"

"뭐가 공인지 모르겠구만!"

2

ㅇ이 전화를 하여 깜짝 쇼를 하겠다고 하였다. 다 그렇게 연락하여 그날 저녁 6시까지 집으로 오라고 하였다.

그가 ㅊ에게 전화를 걸었다. 통화중이었다. 조금 후 다시 걸었다.

"웬 깜짝 쇼지?"

"그러게 말이야. 무슨 날인가?"

ㅊ은 방금 ㅋ에게 전화를 걸었는데 도무지 무슨 일인지 감이 잡히지 않는다고 하였다.

사실은 그가 얼마 전 깜짝 쇼를 한 적이 있었다. ㅇ ㅊ ㅋ 세 동창이 시골로 내려간 그를 찾아온다고 한 날 그가 진해에 있는 ㄷ에게 연락하여 오게 한 것이었다. 빚에 허덕이고 있는 ㄷ에게는 연락을 안 했던 것이다. 하행열차보다 상행열차가 1시간 늦게 도착되는 동안 그가 쇼의 내용을 스무고개 형식으로 풀어나갔었다. 동물성이냐 식물성이냐 광물성이냐, 동물성이다. 사람이냐 동물이냐, 사람이다. 우리가 아는 사람이냐, 그렇다. 남자냐 여자냐, 남자다. 우리 동창이냐, 그는 그렇다고 말하는 대신 ㄷ이라고 말하였다. 스무고개가 끝나자 거짓말처럼 ㄷ이 들어왔다. 오랜만에 극적으로 한 자리에 앉은 다섯 동창은 건배 건배를 외치며 낮술을 마셔대었다. 그 자리에서 ㄷ은 곧 미국에 가게 될 것 같다고 말하였다.

그와 ㅊ ㅋ 셋이 5시 30분에 사당동 전철역에서 만나자고 하였다. 만나서 얘기를 더 해서 거기에 맞는 선물을 사가자고 하였다. 모두들 약속 시간보다 일찍 왔다. 그가 항상 늦는데 이 날은 길에서 만나자고 하여 특별히 신경을 썼다. 만나자마자 저마다 상상을 한 것을 얘기해 보았다.

"큰아들이 교수가 된 것이 아닌가?"

ㅊ이 말하였다.

"그것은 아닐 거야."

그 사정을 잘 아는 그가 말하였다.

"칠순은 지났고 희수도 아니고 금혼인가?"

ㅋ은 손가락으로 계산을 해보며 고개를 갸웃거렸다.

"혹시 또 ㄷ이 오는 게 아닌가?"

그가 또 얘기하였다. ㄷ이 미국으로 떠나기 전에 인사를 하러 올라온 것이 아닌가 싶기도 했던 것이다.

"글쎄에…… 그것도 아닌 것 같은데……."

ㅊ이 ㄷ에 대한 사정을 누구보다도 잘 알고 있었다. 그것이 또 무슨 쇼가 될 것도 없었다. 그러니 ㅋ의 의견이 맞는 것 같다는 쪽으로 기울어졌다. 무슨 날인 것 같았다.

아무리 머리를 짜내어봐야 더 이상 떠오르는 것이 없었다. 시간도 6시가 되어 왔다. 그래서 세 사람은 슬슬 걸으면서 얘기하였다. 선물도 정하지 못한 채였다. 그런데 금방 찾을 것 같던 ㅇ의 집을 찾을 수가 없었다. 얼마 동안에 주변이 많이 달라져 있었다.

그가 전화를 걸었다. 바로 앞에서 못 찾았다. 전화에다 대고 무슨 일이냐고 또 한 번 물어보았다. ㅇ은 와 보면 안다고 하였다. 부인을 내보내겠다고 지금 그 자리에 서 있으라고 하였다. 조금 후에 몇 발 앞의 대문에서 ㅇ의 부인이 나왔다. 그들은 어떻든 무엇을 사들고 가야 하였으므로 대체 오늘이 무슨 날이냐고 물어보았다. 서로 잘 아는 처지였던 것이다. 그런데 부인은 직접 물어보라고 하였다. 이리저리 유도심문을 하자 입장 곤란하다고 하며 그 이상은 말을 하지 않는 것이었다. 그러면서 어디 가서 차를 한 잔 하고 30분 있다가 오라고 한다. 그럴 사정이 있다고 하였다. 이건 또 무슨 황당무계한 경우인가. 점점 더 모르겠다. 세 사람이 서로 쳐다보고 웃었다. 부인도 같이 웃었다.

궁금하고 이상한 대로 세 친구는 골목을 다시 빠져 나가 다방을 찾다가 한 가게 앞에서 맥주를 한 병 사서 따라 마시며 다시 머리를 짜내어 보았다. 역시 ㅋ의 얘기가 맞는 것 같고 무슨 잔치를 하는 것 같은데 준비가 덜 된 모양이라고 하였다. 정말 깜짝 놀라게 하는 작전을 단단히 세운 모양이었다. 그들은 선물 대신 봉투를 하나씩 준비하였다.

시간이 되어 세 동창이 ㅇ의 집으로 갔다. 대문 앞에서 ㅇ을 만났다. 한 사람을 배웅하고 있는 것이었다. ㅇ의 집안 조카라고 했다. 같은 고향인 ㅊ과 ㅋ은 얼굴을 알고 있어 인사를 하고 악수를 하였다. 이윽고 여러 가지 쇼의 모양을 상상하며 ㅇ의 집 현관으로 해서 거실로 들어갔다. 그런데 아무 차린 것도 없고 다른 하객들이 와서 북적거리는 것도 아니고 아무래도 잔치 분위기는 아니었다.

"무슨 일이야? 궁금해 죽겠네."

ㅊ이 실내를 두리번거리며 또 물어보았다. 다른 두 사람도 궁금해 죽겠다고 맞장구를 치며 소파에 앉았다. 차를 한 잔 하였다. 그런데 ㅇ은 여전히 그에 대한 궁금증은 풀어주지 않고 밖에 나가서 식사를 하고 들어오자고 하였다. 참으로 이상하였다. 아무 준비도 없는 초대였던 것이다. 그러나 쇼의 기대는 아직 남아 있었던 것이다. ㅇ이 하자는 대로 근처 식당으로 갔다. 집의 한 귀퉁이를 떼어 세 준 실비 식당이었다.

반주를 곁들여 점심을 먹으면서 다시 스무고개를 하였다. 잔치는 아니고 그래서 무슨 생일이나 기념일은 아니라는 것이고

ㄷ이 온 것도 아니었다. 그럼 무엇인가. 범위가 많이 좁아졌지만 여전히 답은 나오지 않았다. 아까 떠올렸던 얘기들을 다 동원해 보았지만 주인공은 고개를 저었다.

"그냥 얘기해. 뜸은 그만 들이고."

ㅊ이 다시 그렇게 말하자 다른 사람들도 빨리 얘기하라고 하면서 ㅇ에게 술을 건네어 안경을 씌웠다.

"아니 그러면 재미가 없지. 지금 열 고개도 안 넘었는데 어서 물어보라고."

"하하 참 나, 대체 무슨 쇼를 하려고 이러지. 무슨 유언을 하려는 것은 아닌가?"

"아니야. 벌써 유언은 무슨. 이제 아홉 고개야."

ㅇ은 그런 것이 아니라고 하고 또 얘기해 보라는 것이었다.

"옛날 부인이 나타난 것인가, 그런 것도 아니지?"

"아니야. 열 고개."

"아들 얘기도 아니고…… 하하하하 참 뭐 복권이 당첨된 것 아니야?"

ㅊ이 또 말하였다.

"복권은 무슨, 가까워지다가 멀어지는구만."

"가까워졌다고?"

ㅋ이 되물었다. 그러나 더 가까운 답을 내놓지 못하였다.

"좌우간 사람과 관계되는 거야?"

"어허 참, 그건 아까 물어봤잖아?"

"그럼 돈과는 관계가 없고 사람과 관계가 된다 이거야?"

"그렇다니까. 왜 자꾸 후퇴를 해애?"

그리고 ㅇ은 밥 다 먹었으면 집으로 가자고 했다. 술은 집에 가서 더 하자고 했다.

쇼는 집에서 하는 것이었다. 여기서는 안 되느냐고 하자, 안 된다고 하였다. 도대체 무슨 얘기인지 무슨 쇼를 하려는지 도무지 알 수가 없었다.

ㅇ의 집으로 다시 갔다. 그때도 조금 전이나 마찬가지로 아무 준비는 된 것이 없었다. 아이들도 다 나가고 부인만 기다리고 있었다. ㅇ은 부인에게 술상을 차리라고 하였다. 부인은 간단한 안주와 과일을 깎아 내놓았다. 술은 ㅇ이 찻장에서 고량주를 한 병 꺼내 와서 따놓으며 45도짜리라고 하였다. 술을 한 잔씩 따르면서 스무고개를 계속 하자고 했다. 술이 정말 너무 독하여 목구멍이 훌떡 벗어지는 것 같았다. 모두들 억지로 웃으면서 그냥 얘기하라고 했다. 한두 가지씩 더 물어보았지만 여전히 정답은 나오지 않았다. 힌트를 하나 달라고 하였다. 그러자 ㅇ은 아까 ㅋ이 비슷하게 맞혔다고 했다. 그리고 이것이 힌트라고 하면서 또 그 독한 술을 따랐다. ㅋ은 자신의 여러 물음 가운데 어느 것이 쇼의 답과 비슷하였던 것인지 알 수가 없었고, 더구나 그 술과 연결을 할 수가 없었다.

"참 답답해 죽갔네. 어서 빨리 얘기하라우."

"그래도 맞혀야 재미가 있지 않아?"

"하 이거 정말 죽갔구만!"

ㅊ도 ㅋ과 같이 고향 사투리가 튀어나왔다.

"쇼를 하긴 해요?"

그도 더 이상 생각나는 것이 없어 그냥 얘기를 하라고 하며 물었다.

"그럼 하지, 이렇게 비디오도 다 준비를 해놨다고."

"그래? 비디오?"

"그게 무슨 쇼야?"

"보통 쇼가 아니야."

그러자 모두들 실망했다는 듯한 표정을 지었다.

ㅇ은 더 시간을 끌 필요가 없다고 생각하고 이야기를 시작하였다.

"아까 답이 나왔었다고, 그때 얘기를 할까 하다가 가만히 있었지. 사실은 북한에 있는 아들을 만나고 왔어."

그러자 모두들 눈을 휘둥그렇게 뜨고 ㅇ을 바라보며 한 마디씩 했다.

"그래? 정말이야?"

"그럼 북한을 다녀왔단 말이야?"

"부인도 만났어?"

부인 얘기는 ㅋ이 하였다. 아까도 옛날 부인이 나타난 것이냐고 했었던 것이다.

"얘기를 들어보라고."

ㅇ은 하나하나 대꾸하지 않고 원래 생각한 순서대로 얘기를 하려는 것이었다.

"어젯밤에 돌아왔어. 중국 장춘에서 어제 오후에 떠났지. 장춘 공항에서 택시로 9시간 가는 곳이었는데 쉽게 말하자면 압록강 건너편 지점이야. 거기서 내 아들을 만난 거야."

다시 그래? 정말이야? 참 장하구만! 하고 묻다가 감탄을 하다가 어떻게 가게 되고 만나게 되었는지 또 물어대었다. 그러나 ㅇ은 역시, 얘기를 들어보라고 하며 차분히 정리된 얘기를 순서대로 하는 것이었다. 추리소설이나 영화를 뒤에서나 중간에서 먼저 보면 재미가 없는 것인데 그런 것도 있었지만 우선 얘기가 많기 때문에 빨리 하려는 것이었다.

1. 4후퇴 때 38선을 넘어온 것은 다 아는 일이고, 그때 ㅇ은

노모와 신혼인 아내를 두고 온 것이다. 그 후로 어머니의 생사도 모르고 아내의 생사도 물론 알 도리가 없었다. 통일이 된다든지 남북이 오간다든지 하는 것은 상상도 못하던 60년대에 고향이 같은 지금의 아내와 결혼을 하였고 3남매를 낳아다 성가를 시켰다. 어머니의 생사를 모른 채 생일날에 제사를 지내기 시작하여 그것도 몇 십 년이 되었다. 헤어져 살아서 그렇겠지만 교직에 있고 또 국문학 전공이어서 그런지 모르지만 부모에 대한 효심이 지극하였고 그것을 아이들에게 철저히 전수하려 하였다. 늘 벽에 부모의 제삿날을 써서 붙여 놓았던 것이다. 그것을 여기 늘 왕래하던 친구들도 잘 알고 있었다. 그런데 그것이 기일이 아닌 생일이었고 그 날짜에 두 분 부모의 이름에서 한 글자를 따서 붙인 이름으로 장학회를 만들고 생활비를 아껴서 장학금을 여러 사람들에게 주기도 했던 것이다. 그런데 이번에 가서 어머니의 돌아가신 날, 제삿날을 알아가지고 온 것이었다. 아내는 죽었다고 하였다. 64세에. 그래서 애기는 숙연한 가운데 계속되었다.

ㅇ은 늘 두고 온 아내에 대하여 괴롭게 생각하며 살았다. 부모에 대한 생각은 물론이지만 그 부분이 늘 어두운 그림자처럼 따라다녔다. 지금의 아내와 결혼을 할 때─그때 그가 축시를 써서 읽은 것 같다─첫아들을 낳을 때도 그랬고 결혼기념일에도 그랬고 특히 얼마 전 결혼 50주년이 되는 날 아내와 같이 말하자면 금혼여행으로 금강산을 다녀오면서도 얼마나 생각했는지 모른다. 6.25전쟁은 20세의 나이 어린 신랑과 바로 아이가 들어 배가 부른 아내를 갈라놓았고 평생 한이 되게 하였던 것이다. 기회가 있을 때마다 아내에 대한 수소문을 하였다. 많은 사람들이 북한을 오고 가게 되면서 자꾸만 그쪽으로

기웃거리게 되었다. 그가 남북 개천절 공동행사 때 같이 가자고 하였는데 선뜻 같이 가겠다고 한 것도 혹시나 첫 부인—옛 아내—의 소식을 들을 수 있을까 해서이고 또 그것이 불가능하다고 생각되었을 때 안 가겠다고 한 것이었다. 그런데 그때 내놓았던 여권 비자가 이번에 큰 역할을 하였다. 사실 그것 때문에 이번에 아들을 바로 만나고 올 수 있었다.

ㅇ은 그 점에 대하여 그에게 고맙다고 인사를 하였다. 그에게 일정과 코스를 물으면서 황해도 구월산과 신천을 들른다고 하자 고향인 장연이 바로 옆 군이라고 하면서 가겠다고 하였지만 개인행동은 전혀 할 수 없다고 하자 그러면 갈 필요가 없다고 포기하였던 것이다. 신천에는 미군학살을 고발한—사실과는 다른 얘기지만—박물관이 있어서 코스에 들어 있었던 것인데, ㅇ은 그때도 다른 라인으로 연결을 하여 아내를 찾고 있었던 것이다. 찾아줄 터이니 얼마를 내놓으라는 것이었고, 그것이 거금이어서 경비를 줄이고자 한 것이었다. 무엇보다도 가능성이 문제였지만. 얘기를 거기서부터 다시 하였다.

며칠 전 아들을 찾았다고 하면서 중국에서 전화가 왔다. 선부터 찾아주겠다고 한 중국 조선족 중개인이 있었다. 브로커라고 할까, 60대의 여인이었다. 사람을 찾아다 데려다놓고 돈을 받겠다고 장담하였는데 정말 아들을 데리고 왔다는 것이었다. 빨리 비행기를 타고 오라는 것이었다. 아내는 하고 묻는 대신 아들 혼자냐고 물었다. 전화를 바꿔주겠다고 하였다. 그것을 확인을 시켜주는 것이기도 했다.

"바꿔 드릴 테니 직접 통화해 보세요."

아들이 전화를 받았다.

"아버지입니까? 저어 종수입니다."

전화의 금속음이 낭랑하게 들리었다.

"그래, 반갑다. 나는……."

ㅇ은 자신이 아버지라는 말이 나오지 않았다. 그러면서도 왜 그런지 확인을 하고 싶었던 것이다. 50년이 넘어 55년 만에 만나는 아들이다. 아니, 한 번도 만나보지 못하였던 아들을 처음으로 만나는 것이었다. 그것도 목소리로 만나는 것이 아닌가. 아들의 이름도 처음으로 듣는 것이었다. 너무도 어설픈 만남이었던 것이다. 그래서 우선 기본적인 것을 좀 물어보았다. 아버지 이름과 어머니 이름을 묻고 나이가 몇이냐, 할아버지 할머니 이름은 무어고 나이는 몇이냐, 그리고 고모와 고모부의 이름과 나이, 사는 곳, 살던 곳, 용모, 특징, 또 어머니의 시집과 위치, 외할아버지 할머니 외삼촌의 이름 등을 물어보았다. 아들은 거침없이 술술 다 대었다. 그것을 중개인에게 다 적어주었던 것이다. 그것이 확인되어 데리고 온 것이라 하겠는데 거기에 몇 가지를 추가해서 물어본 것이었다. 아들의 어머니 그러니까 그의 아내의 아버지 어머니 오빠에 대한 사항이었다. 그것도 술술 얘기했다. 더 물어볼 것이 없었다. 그런 것을 다 알기란 실제 본인이 아니면 불가능한 것이었다. 그래도 하나를 더 물어보았다. 이모의 아들 딸, 이종사촌 오빠와 누나가 있었는데, 그것도 금방 척척 주워 섬겼다. 그런 것을 어떻게 둘러댈 수가 있단 말인가.

"그래 맞다. 종수라고?"

"네, 아버지!"

ㅇ은 그제야 마구 눈물이 쏟아지는 것을 참으며 물었다.

"어머니는……."

그것은 무엇을 확인하기 위해서 묻는 것이 아니었다. 중개인

272

에게 들어서 알고 있기도 하였던 것이다. 재혼을 하지 않은 것도 애기를 들었고 만일 재혼을 했다면 만나지 않겠다고 말했던 것이다. 그것이 계약 조건이었던 것이다.

"어머니는 15년 전에 돌아가셨어요."

"그래, 그동안 참 고생이 많았겠구나!"

"다 하는 고생이 아닙니까?"

"그래? 지금 몇 살이냐?"

"쉰다섯입니다."

사실 가장 중요한 것은 그제야 확인을 하였다. 맞다. 전쟁이 일어난 지 55년이 되었다. 그해 봄에 결혼을 하였던 것이다.

ㅇ의 애기를 모두들 고개를 끄덕끄덕하면서 숙연하게 들었다. 아무도 말을 하지 않았다. 그래서 그가 인사로 물어본다는 것이 핀트가 맞지 않았다. 아들은 하나뿐이었느냐. ㅇ이 무슨 소릴 하느냐고 언성을 높였다. 첫아들 유복자인데 무슨 아들이 또 있을 수 있느냐는 것이었다. 그가 겸연쩍어 더 물어보았다. 왜 신혼의 부인을 두고 왔느냐. 왜 부모를 두고 왔느냐. 그러자 ㅇ은 이제 화를 벌컥 내는 것이었다. 그것을 몰라서 묻느냐는 것이었다. 그리고 보니 그런 애기를 더러 들은 것 같았다.

다른 친구들이 설명을 해주는 것이었다. 전쟁이 일어나자 부모들이 외아들을 살리기 위해 억지로 등을 떠밀어 남쪽으로 피난을 보낸 것이라고. ㅊ과 ㅋ은 ㅇ과 같이 황해도에서 살다가 38선을 넘어 월남한 처지들이었다.

3

ㅇ은 1951년 5월, 회임 8개월의 아내와 헤어져 단신으로 3 8 선을 넘어왔는데 그 몇 달 뒤 남하한 처당숙으로부터 아내가 아들을 출산했다는 소식을 들었다. 그 후 55년이 지나도록 아들과 가족의 생사를 모르고 살아 왔다. 그런데 언젠가, 중국에 가서 가족을 만나고 온 사람이 있다는 말을 풍문으로 듣게 되었다. 다방면으로 수소문한 끝에 알아낸 그 사람의 소개로 중국의 조선족에게 북한에 두고 온 아들과 가족의 생사를 확인해 줄 것을 의뢰하였다. 단 한 번만이라도 만나보고 싶지만 아들에게 후환이 있지 않을까 염려되어 생사만이라도 확인해 달라는 부탁을 했던 것이다. 그런데 두 달 반쯤 지난 어느 날 중국에서 아들을 찾아서 데리고 왔다고 전화를 한 것이었다.

참 꿈만 같은 일이었다. 틀림없는 그의 아들이었다.

아침을 먹는 둥 마는 둥 하고 곧바로 여행사로 달려갔다. 다행히 여권을 가지고 있던 터라 비자 수속과 함께 왕복 비행기 표를 살 수 있었다. 인천공항에서 비행기를 타고 약 두 시간 후에 장춘 공항에 내려 거기서 안내하는 조선족을 따라 차를 타고 9시간 만에 아들이 기다리고 있는 압록강 가의 산간 마을 허름한 외딴집에 도착하였다. 거기 정말 그의 아들이 기다리고 있었다. 세상에 태어난 지 55년 만에 아버지는 아들의 얼굴을, 아들은 아버지의 얼굴을 처음 보는 기막힌 상봉이었다. 그 순간의 감회는 정말 백분의 1도 표현하기가 어렵다. 각자 상상을 해보시라.

55년 만에 처음 만난 부자간의 대화는 자연히 가족과 친인척들의 이야기로 집중될 수밖에 없었다. ㅇ은 이미 집에서 전화로, 어머니의 작고 연월일과 아내의 타계 소식을 알고 갔지만 아들을 만나 자세한 이야기를 듣는 순간 큰 충격과 슬픔으로 복받치는 울음을 참을 수 없어 한동안 말을 잇지 못하였다. 1남 5녀의 막내로 늦게 낳아 금지옥엽보다도 더 귀하게 키운 외아들을 혈혈단신 피난시키고 한순간도 마음을 못 놓으신 어머니, 그날부터 잠 못 이루고 정화수 떠놓고 손이 발이 되도록 아들의 목숨을 지켜 달라고 천지신명께 빌고 또 빌고, 죽기 전에 아들을 한 번만이라도 꼭 만나게 해 달라고 조상님 전에 치성을 드리다 기진맥진한 어머니, 아들로서 그보다 큰 불효가 더 있으랴. 그리고 남편으로써 아내에 대한 의무와 책임을 저버린 죄책감과 아내에 대한 연민의 정 또한 말로 다 할 수가 없었다. 유복자 아들을 혼자 키우며 남편 대신 시어머니에게 극진한 효도를 다한 아내, 청상과부로 재혼의 유혹을 뿌리치고 오로지 아들 하나만을 바라보며 평생을 수절하다 세상을 떠난 아내의 얘기를 듣는 것은 말할 수 없는 고문이요 형벌이었다.

"내가 너무 많은 죄를 졌구나! 네가 할머니 어머니를 대신하여 나를 용서하여 주기 바란다. 너에게 정말 낯을 들 수가 없구나!"

ㅇ은 마구 소리 내어 울면서 말하였다.

부자는 서로 끌어안은 채 목을 놓고 울어대다가 다른 얘기를 하였다.

"그래 무얼 하고 사느냐?"

ㅇ이 물어보았다.

"협동농장에서 일하고 있시오."

"그래애."

협동농장의 의무노동 연령은 남자는 만 17세부터 만 60세까지이고, 여자는 만 17세부터 만 55세까지라고 하였다. 일하는 시기는 4월부터 11월까지이고, 오전 5시부터 오후 9시까지 일한다고 하였다.

식생활에 대하여 물어 보았다. 4, 5년 전부터는 식량배급이 중단되었는데 주식은 강냉이밥과 강냉이 범벅이고 쌀밥은 자주 먹지를 못한다고 하였다. 쌀값은 1킬로에 850원이고 강냉이는 1킬로에 550원이다. 중학교 교사 한 달 봉급은 1,500원, 쌀 2킬로 값도 안 되었다. 아버지가 교직에 있었기 때문인지 그렇게 연결을 하였다.

"그렇게 가지고 어떻게 사나 그래?"

"교원들은 특별히 우대하여 쌀 배급을 줍니다."

전기는 농사철에만 공급하고 농한기에는 단전되므로 주민의 6, 70 프로가 TV(흑백)를 가지고 있지만 농한기에는 시청할 수 없으며 밤에는 등잔불로 조명을 대신한다. 전기 사정 때문이기도 하지만 냉동기(냉장고)와 세탁기, 컴퓨터를 가진 사람은 거의 없고, 커피도 마셔보지 못했으며, 담배는 옛날 장수연長壽煙처럼 종이에 말아서 피운다. 식수는 쫄짱(펌프)에 의존하고 취사나 난방은 모두 나무로 해결한다. 땔나무는 가을에 해다 쌓아놓고 다음 해 여름까지 땐다. 옛날과 달라진 것이 없었다.

텃밭에 곡식이나 채소를 심어 먹기도 하고 팔기도 하며, 또 닭과 개 같은 가축도 기르는데 밤도둑이 많아서 싹쓸이해 가는 경우가 빈번하다는 것이다.

협동농장은 정기적으로 열흘에 한 번씩 쉬는데 이 휴일에 맞춰 열흘장이 선다. 장날을 이용하여 텃밭에서 가꾼 채소와 곡식, 또 집에서 기른 닭과 개 같은 가축을 팔아서 그 돈으로 식량과 생활필수품을 산다. 텃밭을 가꾸거나 가축을 기르는 것은 협동농장을 정년퇴직한 부모들이 도맡아 하므로 부모를 모시고 있는 가정이 생활형편이 좀 낫다. 교통사정은 지방도로는 거의 포장이 되어 있지 않고, 버스도 자주 다니지 않으므로 가까운 곳은 걸어다니고 먼 거리는 자전거를 이용한다. 자가용 승용차는 당 간부 몇 사람만 타므로 시골에서는 자가용 구경하기가 어렵다. 버스 승차 시는 여행증을 조사하지 않고 기차승차 시만 조사한다. 옛날에 비하여 많이 완화된 것이다.

교육에 대하여도 알아보았다.

학제는 소학교 4년, 중학교 6년, 전문학교 3년, 대학교 4년인데 소학교와 중학교는 의무교육이다. 의무교육이 옛날에는 완전 무상이었는데 근래에는 교육비가 수월찮게 들어서 학부모들의 불만을 산다. 옛날에는 대학 입학 우선순위가 출신성분이 첫 번째였는데, 언제부터인가 돈(뇌물)과 배경이 큰 비중을 차지한다.

군대의 복무연한은 만 10년인데 면회를 자주 가거나 휴가를 자주 오지 않는다. 면회를 가거나 휴가를 자주 오면 돈이 필요한데 돈이 없으므로 면회 가기를 꺼려하고 휴가 오는 것을 달갑지 않게 생각하기 때문이다. 또 돈 얘기였다.

"결혼은 어떻게 하였느냐?"

"출신성분 때문에 많은 고초를 겪었시요. 처녀들이 시집오기를 기피하는 바람에 결혼도 못하고 있었는데 그 사정을 전해 들은 해주에 사는 인척 아저씨가 그쪽 처녀를 중매해 주어 늦은 나이에 총각 신세를 면하고 딸 둘 아들 하나를 낳았시요."

"그래애. 참 장하구나!"

다시 목이 메었다.

이런저런 얘기를 주고받는 동안, 주로 ㅇ이 물어본 것이지만, 55년 만에 처음 만난 아들과의 2박 3일은 금방 지나가고 언제 다시 만날 기약조차 없는 생이별의 시각이 일각일각 다가오고 있었다.

ㅇ은 아들을 만나게 해준 대가를 지불하였다. 그리고 그만큼 아들에게도 주었다. 달러로 바꾸어 온 300만 원이었다. 신발 바닥에 넣었다가 아무래도 안심이 안 되어 팬티 속으로 주머니를 만들어 넣어 주었다. 좀 더 많이 주고 싶었지만 가지고 갈 수 있는 만큼을 준 것이었다. 북에서는 그만하면 큰돈이라고 하였다. 남에서도 적은 돈은 아니지만. 돈이란 마음이며 정인 것이다. 간을 떼어주듯이 아들에게 아버지의 마음을 전한 것이다. 꿈에도 그리던 아들을 만났을 뿐 아니라 그 아들을 위하여 아버지의 정을 줄 수 있게 되어 말할 수 없이 기뻤다. 어쩌면 다시 못 볼지도 모르는 아들이 아닌가.

"저어 아부지!"

아들이 축축이 젖은 눈으로 아버지를 바라보며 말하였다.

"그래. 내 아들 종수야!"

"언제 또 만나게 될까요?"

"그럼. 또 만나야지."

"정말 그렇게 될까요?"

아들의 재차 다그쳐 묻는 말에 아버지는 대답을 못하였다. 울고 있었던 것이다. 아들도 따라 울었다.

"곧 통일이 되갔지."

"50년 60년 안 된 것이 언제 되갔시오?"

"그렇긴 한데……."

아버지는 자신의 나이를 생각해 본다. 일흔여섯이다.

"통일이 될려고 하면 금방 돼……."

스스로도 실감을 못 느끼는 말이었다.

"아무래도 이게 마지막인 것 같아요."

아들은 아버지가 하고 싶은 얘기를 대신 한다. 사실은 그래서 돈도 준 것이다.

꼭 그렇게 계산을 한 것은 아니지만 나름대로 유산을 준 것이다. 그의 재산이야 물론 그보다는 많이 있다. 그러나 그것을 다 가지고 갈 수가 없다. 가다가 빼앗길지도 모르고 그것으로 화를 입을 수도 있다. ㅇ은 여러 가지 경우를 생각하였다.

"그저 오고 가기만이라도 했으면 좋았어요."

"그러게 말이다."

"휴전선 울타리 넘어서라도 만났으면 좋았어요."

"그래 그래. 참 네 말이 맞다."

아들은 어른이고 아버지는 어린아이 같았다.

"마지막으로 한 말씀 해주시라요."

"응?"

유언을 하라는 얘기였다.

눈물이 다시 앞을 가리었다. 아들은 익지로 웃음까지 띠고 있었다.

"아직 뭐, 좌우간 건강해야 오래 사니까, 몸 건강하라고."

한다는 말이 그랬다. 다른 말은 생각이 안 났다.

"저야 뭐 아직 단단하고 살 날이 많이 있어요."

"나도 아직은 괜찮아. 더 살아 버텨야지. 남쪽은 의료시설도 좋고 잘 먹고 하니까 120까지 산다고 하는데 그때까지 살면 통일이 되지 않았니?"

"그건 잘 모르갔지만 공기는 이북이 더 좋을 거외다. 공해라고는 없으니까요."

“그래. 우리 모두 애국자들이구나!”

아버지도 이제 눈물을 닦고 웃으면서 말하였다.

“그게 무슨 애국입네까? 분파주의지요.”

“그래? 네가 나보다 훨씬 똑똑하구나!”

주욱 교직에 있어서 가르치기만 했던 아버지는 집단농장에서 일만 하여온 노동자 아들이 훨씬 명석한 것 같았다.

“아무려면 아들이 아버지보다 나아야 되지 않겠습네까? 하하하하……”

말도 잘 했다. 든든한 아들이었다.

“그런데 넌 누굴 닮아 그렇게…….”

“넉살이 좋으냐 이거지요?”

“하하하하…… 그래 말이다.”

“아들이 아버지를 닮았갔지요.”

“난 그렇지 않은데.”

“그러면 어머니 닮았갔지요 뭐. 제가 누굴 닮을 사람이 있갔시까?”

“그런가?”

아버지는 55년 전으로 거슬러 생각을 해보았다. 어머니, ㅇ의 아내도 그렇지가 않았다. 수줍어하고 묻는 말 외에는 대꾸도 하지 않았다. 그런 그녀가 수절을 하였고 남편을 대신하여 자식 노릇을 하면서 변모된 것인가, 아니면 사회 체제를 닮은 것인지도 모른다.

“그래. 어떻든 너는 내 아들이다. 참 귀한 내 장남이다.”

“네? 유복자가 아닙네까?”

유복자인데 무슨 장남이고 차남이 있느냐는 말인 것 같다.

“그래. 그래. 그렇지.”

ㅇ은 새로 장가를 들어 낳은 2남 1녀가 있다. 대충 얼버무리었지만 그에 대한 인정을 받지 못하였다. 그것을 누구에게 이야기하여야 할 것인가. 아내가 살아 있다면 허락하였을까. 부모가 살아 있다면 그 앞에 엎드려 사죄를 받을 수 있었을지 모른다. ㅇ의 부모는 딸만 다섯을 낳고 가문의 대가 끊어질까 염려하여 만신 신당의 칠성신에게 치성을 드리고 소실도 얻고 하여 두 아들을 낳았다. 서모가 먼저 아들을 낳았지만 호적에는 어머니에게서 1년 뒤에 태어난 ㅇ을 먼저 올렸다. 양반 가문에서 서자로 하여금 대를 잇게 할 수 없다 하여 적자인 ㅇ이 장남이 되고 동생이면서 형이 되었다. 그런 사실을 할머니 어머니에게 들어서 알고 있을지 모른다. 그러나 지금 그런 고리짝 얘기를 하고 있을 수가 없었다.

서로 헤어질 시간이 된 것이었다. 아버지야 얼마든지 있어도 좋지만 아들은 이제 가야 하는 것이다.

"그래, 우리 한 번 안아볼까?"

아버지가 일어나 두 팔을 벌렸다. 아들도 일어나 두 팔을 벌리고 나아왔다. 부자는 으스러지게 안고 얼굴을 부비었다. 이쪽저쪽 가슴으로 바꾸어 안으며. 아버지와 아들로서의 정을 더욱 절절하게 느끼었다. 뜨거운 피가 콸콸 솟구치는 핏줄을 확인하며 마구 복받치는 눈물이 쏟아졌다.

"정말 고맙다. 정말 미안하다. 나를 용서해 다오."

"이제 와서 자꾸 눈물 빼는 얘기는 하지 마시라요."

"그래. 그러마."

ㅇ은 정말로 그래야 되겠다고 생각했다. 그 대신 웃을 수 있는 얘기를 하나 떠올리었다.

"야, 이거 우리가 김일성이하고 문익환이하고 만나 포옹하는 장면 같구나! 아니 김정일이하고 김대중이 끌어안는 것 같지 않니?"

"아니, 와 그렇게 혀가 짧으십네까?"

껄껄껄 웃기를 바랐는데 아들은 실망스런 눈을 하고 아버지를 다시 나무라는 것이었다.

"혀가 어떻다고?"

"위대한 장군님을 그렇게밖에 표현을 못 하십네까?"

경칭을 사용하지 않은 것을 말하는 것 같다. 국어 선생이 혀가 짧았던 것이다.

"하하하하…… 그래. 너희는 너희 식대로 살아라. 그걸 내가 지금 어떻게 고치갔느냐. 우리는 우리 식대로 살아야지. 그게 충성인지 분파인지 모르갔다만……."

"알갔시요."

"그래. 그래. 우리끼리는 통일이다."

"예."

부자는 두 팔에 더욱 힘을 실어 크게 벌리고 다시 포옹을 하였다. 정말 한 점 티도 없는 통일이었다. 그러나 곧 포옹을 풀고 헤어지는 이별 이산의 시간이 초읽기를 하고 있었다. 정말 이제 떠나야 하는 시간이었다.

"하루만 더 있으면 안 될까?"

"안 됩네다."

다시 아버지는 어린애 같고 아들은 어른 같다.

알선자가 정말 이제 가야 한다고 말하며 부자의 포옹을 떼어놓았다. 언제 또 한 번 만남을 주선해 보겠다고 하였다. 너무 지체를 하였다고 하였다. ㅇ이 연락받은 지 3일 만에 여기 도착을 하였고 아들이 집을 떠난 지는 열흘이 되었다. 여행

기일을 어기면 안 되는 것이다. 그 절체절명의 시간을 다 사용한 것이다. 조그만 표시도 나서는 안 된다고 하였다. 아들은 그것을 잘 알고 있었다.

"그럼……."

"그래. 잘 가거라. 잘 살아……."

입으로 말할 수 없는 작별을 눈으로 말하며 아버지는 아들의 무사귀환만을 빌고 또 빌었다.

4

쇼가 어땠느냐고 ㅇ은 묻지 않았다. 희극이 아니라 비극이었다. 아니, 웃지 못할 희극이었다. 그가 가만히 있기가 밋밋하여 같이 이야기를 들은 부인을 보며 말하였다.

"난데없이 아들이 나타나 당혹스러우시겠어요."

참 말하기 어려운 부분을 그렇게 넘기려 한 것이다. 어떻게든 위로를 하려 한 것이다. 그런데 부인은 의외의 얘기를 한다.

"저야 좋지요 뭐. 배도 안 아프고 아들을 하나 더 얻었으니 말이에요."

그러며 웃는 것이었다. 아무래도 억지로 웃는 웃음 같았다.

"참 훌륭하십니다. 이 시대의 아픔을 대신 앓고 계신 겁니다."

그가 다시 그렇게 위로를 하였다.

"아들이 많은 집에는 자꾸 아들이 생긴다니까."

ㅊ은 그렇게 말하여 좌중을 웃기었다. ㅊ의 아들은 업둥이였던 것이다.

"그나저나 잘 가기나 했는지 모르갔구만."

ㅋ이 말하자 모두들 이구동성으로 고개를 끄덕이었다.

ㅇ의 아들이 잘 갔다는 소식은 바로 들을 수 있었다. 무사히 도착하였다는 전갈을 중개인이 보내주었다. 가족 안부를 묻는 것을 암호로 하였던 것이다.

그리고 한참 뒤 아들의 편지를 받았다고 하였다. 그것이 보통 힘든 것이 아니었다. ㅇ이 그 중개 알선자에게 몇 사람을 소개하여 부자 상봉 혈육 상봉을 하게 한 대가였다. 안부 편지에 불과했지만 그 행간에 담긴 많은 사연을 읽을 수 있었다. 아무 탈 없이 잘 있다는 것을 확실히 전해준 천금과 같은 쪽지였다. 아들과의 완전한 만남이었다.

ㅇ이 아들을 하나 더 찾아서 만날 무렵 ㅌ은 하나밖에 없는 아들과 헤어졌다.

아들을 멀리 보내던 날 ㅌ은 한없이 울었다. 마구 비가 쏟아지고 있었다. 미안하다. 정말 너에게 아무것도 해준 것이 없구나! 자기 스스로를 위해 혼신의 힘을 다했을 뿐 아들을 위해서는 아무것도 해준 것이 없었다. 그저 공부 잘 해라, 취직보다는 학문을 해라, MBA보다는 PHD를 해라, 아들에게는 어려운 주문 마음에 안 드는 요구만 해 왔다. 집 사주고 차 사주고 그런 것 대신 학비를 대주겠다고 했다. 그것이 더 적고 힘이 덜 들어서가 아니었다. 먼 장래를 위해서 그렇게 희망한 것이다. 최소한 아비보다는 나아야 되는 것 아니냐는 것이었다. 불초不肖라는 말이 있는데 그것은 아버지보다 못한 아들이라는 뜻이다. 그것을 면하게 해 주려는 것이었다. 차근차근 계단을 밟아 올라간 이력과 업적을 계승시키려 했다. 그래서 자신이 쓰던 책 자료 그동안 쌓아온 발판까지 넘겨주려 한 것이다.

전공이 같지는 않더라도 계통이 같으면 사전이라든지 쓰던 책을 물려줄 수 있고 진로에 대해 아무래도 도움을 줄 수가 있을 것이었다. 욕심을 부린 것인가. 너무 단순하고 안이한 생각이었던가.

그렇게 일방적인 요구만 하는 동안 아들의 책장 속에 술병이 들어찼고 휴지통에 담배꽁초가 그득했다. 종래는 이상한 것까지 집어넣고 마셔대어 폐인이 되었던 것이다. 그리고 어느 날 새벽 먼 길을 떠나고 말았다.

참 무어라고 말할 수가 없었다. 왜 무엇 때문에 그렇게 되었다고 누구에게 설명할 수가 없었다. 도저히 납득이 안 가고 설명이 안 되었다. 아무에게도 알릴 수가 없었다. 부모의 상을 당하면 그 아들은 굴건제복을 입고 죄인이 된다. 아버지가 돌아가시는 것을 천붕天崩이라고 한다. 하늘이 무너지는 것이다. 이것은 무어라고 할까 땅이 꺼지는 것이다. 얼굴을 들 수가 없었다. 죄를 지은 사람이 카메라 앞에서 얼굴을 가리고 고개를 푹 수그리듯이 얼굴을 들 수가 없었다.

ㅌ은 아들을 보내고 모든 사리에서 물러나 두문불출하였다. 누구보다도 부모에게 죄스러웠다. 가끔 효자라는 말을 들었지만 그런 불효가 없었다. 천하에 불효막심이었다. 주례를 많이 섰는데 일체 다 사양하였다. 주례의 첫째 요건이 첫아들을 낳는 것이었다. 적어도 아들을 가진 아버지라야 되었다. 강에 뛰어들려고도 하였다. 아니 뛰어들었다가 뜻을 이루지 못하였다. 물에서 허우적거리다가 구조를 당하였다. 죽음마저 좌절되고 말았다. 창피하고 부끄러웠다. 그랬다간 더 큰 죄를 짓는 것이었다. 아내를 위해서 그러면 안 되었다. 아내는 ㅌ이 하나님을 믿지 않아서 그렇게 되었다고 하였다. 죄를 져서 그렇다고 하

였다. 그렇다 치자. 정말 너무나 많은 죄를 졌다. 그런데 그러면 하나님을 그렇게 신실하게 믿고 한 내 끼의 죄도 짓지 않는 그녀에게는 왜 벌을 주느냐 말이다. 정말 하나님은 있는가. 또 있다면 그분은 그 죄를 다 알고 있으며 공평하게 다스리고 있는가.

젊은 여인을 새로 사귀어 아들을 하나 낳을까도 생각하였다. 그렇게 시도하기도 했다. 그러나 그러면 안 되었다. 아들도 좋지만 아내를 위해서 그럴 수는 없었다. 아내를 속이거나 숨통을 막아야 하는데 그것은 또 하나의 비극을 낳는 악순환이었다. 여자가 말하였다. 10억만 내놔. 아무 잡소리 안 내고 아이를 낳아서 키워주겠다고 하였다. 알겠다. 떠난 아들은 백억 천억짜리도 넘었다. 백조 천조 억조도 넘고 아니 그것을 어떻게 돈으로 따질 수가 있는가. 다른 아무 방법이 없었다. 그 아들을 다시 만날 때까지 기다리는 수밖에. 그것이 언제가 될지 모르지만 ㅇ이 북의 아들을 만나는 것보다 어려울지 모르지만 다른 길이 없었다.

만날 수 있다고 하였다. 언제 어디서 어떻게 만날지는 모른다. 만나기만 하면 되었다. 꾹 참고 기다리다 보면 그 시간이 올 것이다. 그러나 기다리기만 하고 시간만 보낸다고 되는 것은 아니다. 지나가야 할 관문이 하나 있었다. 평생 넘어지지 않는 고개였다. 큰 산이었다. 문지방 넘듯이 넘는 사람도 있었다. 부지기수로 많았다.

"그렇게 할 수 있겠어?"

그가 염려스레 묻는다.

"글쎄……."

"분명히 얘기해야지."

목사처럼 아니 저승사자처럼 다시 말하였다.

그렇게 노력하겠습니다. 노력한다는 것 가지고 안 됩니다. 확실히 말해야지요. 예, 그렇게 하겠습니다.

세례문답을 할 때 목사에게 약속을 하였다. 그러나 실천이 안 되었다.

"틀림없이 다시 살 수 있을까?"

ㅌ이 그에게 되물었다.

"그렇게 씌어 있지."

"아이를 다시 만날 수 있을까?

"들어 봐."

그는 떠듬떠듬 주워섬겼다.

나를 믿는 자는 죽어도 살겠고…… 살아서 믿는 자는 영원히 죽지 아니 하리니……

"그런데 그것이……"

믿어지지 않는다고 하였다.

그도 마찬가지라고 하면서 노력하고 있다고 하였다. 늘 술잔을 부딪치며 주를 위하여! 호기 있게 떠드는 사이였다._서로 솔직하게 다 털어놓는 처지이고 아이에 대한 얘기를 지인 중에 유일하게 얘기하여 알고 있었다.

위로하기 위해서만이 아니었다.

늘 얘기하던 대로 있다고 믿으면 있고 없다고 믿으면 없다는 식이 아니었다. 음부냐 낙원이냐 그것을 누가 정해 주는 것이 아니고 스스로 택하여 붙잡는 것이 아니겠느냐. 순간이냐 영원이냐 불구덩이냐 그늘 밑이냐 그것을 선택하라는 것이었다.

"그래."

ㅌ은 어금니를 꽉 깨물었다. 눈을 감았다.

두 팔을 넓게 벌리고 아들의 만남을 위한 포옹 연습을 하였다. ㅇ의 부자 상봉 장면을 떠올리며. 서로 으스러지게 안고 얼굴을 부비었다. 이쪽저쪽 가슴으로 바꾸어 안으며 마구 울었다. 그래. 그래. 그것이 언제일지 모르지만 많은 시간을 기다려야 할 것 같았다.

꽃의 시간은 지나고 열매의 시간이 남았다.

멀고 긴 터널이었다.

<발문跋文>

진리를 찾기 위한 몸부림

변 이 주
소설가, 목사

I

은사께서 지으신 책에 발문을 적는 기회를 얻었으니 참으로 영광스런 일이 아닐 수 없다.

고교시절, 선생님께서 우리 학교에 부임하셨을 때 교장 선생님께서는 '문학계의 고등고시를 통과한 선생님'이라고 소개를 하셨다.

그때부터 선생님은 내 마음 속에 우상으로 자리 잡으셨다. 선생님께 문학 지도를 받을 때 나의 소망은 '더도 말고 덜도 말고 선생님만큼'만 글을 쓰는 것이었다.

그러나 날이 갈수록 절실히 느끼는 것은 나는 선생님 발꿈치에도 미칠 수 없다는 사실이었다.

그렇다고 하여 낙심하고 실망하여 글쓰기를 멈추겠다는 생각은 해 본 적이 없다. 아무튼 열심히 써서 선생님 발꿈치에 턱걸이라도 하여 선생님의 문하생으로서의 명맥은 유지하고자 한다.

식을 줄 모르는 선생님의 창작에 대한 열기는 어디서 분출되는 것인지 모르겠다. 하늘이 주신 선물이기도 하겠지만 발명왕 에디슨의 고백처럼 99%의 노력의 결과임이 틀림없을 터이다.

나는 선생님의 지도 덕분에 소설가의 이름을 얻기는 했지만 본
업이 목회이다 보니 목회자의 위치에서 선생님의 글을 읽은 독후
감을 적어 보고자 한다.

II

이 책의 주인공 '그'는 기독교에 대한 회의를 그대로 품은
채 겉으로만의 신자 생활을 유지한다. 갈등을 해결하기 위해
할 수 있는 일은 다 해보지만 결국 그 길을 찾지 못한다.

성경 속에서 답을 찾아보기도 하고, 기독교 신앙이 돈독한
친구에게, 혹은 목회자에게서 답을 찾아보려 하지만 결국 목적
을 이루지 못한다.

'그'는 '길'을 찾고 '진리'에 눈 뜨고 싶은 욕망으로 인해 목
이 탈대로 타는데 주위 사람들은 설득당하지 않는 '그'에게 실
망을 느끼고 '할 수 없는 사람'으로 치부해 버리고 만다.

그러나 기독교로 귀의하는 일은 설득으로 되지 않는다는 사
실을 기억할 필요가 있다. 모든 종교가 다 그렇겠지만 특히
기독교의 진리는 '현실이고 사실'인 문제까지도 이론으로 설명
이 되지 않는 특징이 있다.

이 책에서 주인공 '그'가 제기한 몇 가지 문제에 대해 생각
해 본다.

1. 하나님이 존재하는가?

어떤 이들은 하나님의 존재를 절대 신뢰하는 기독교인들을
'맹목적으로 믿는 사람들'이라고 비난한다.

그러나 우주를 보라. 우주가 끝이 있는가? 현실적으로 '끝이
없는' 것이 존재할 수 있는가? 수학에서 무한대라는 용어를

쓰지만 현실적으로는 무한대라는 것이 존재할 수가 없다. 그럼에도 불구하고 우주는 무한대이다.

하나님이 없다는 것을 증명하기 위해서는 우주를 샅샅이 뒤져서 찾아보았음에도 불구하고 찾지 못했을 때 그때 가서나 '하나님이 없다'는 주장을 펼쳐야 설득력이 있을 터인데 그게 가능한가 말이다.

결국 '하나님이 없다'는 주장은 그 누구도 할 수 없는 것이다. 그럼에도 불구하고 하나님이 없다고 주장하는 것은 어리석은 사람이나 할 수 있는 일이라고 성경은 강조한다.

> 어리석은 자는 그 마음에 이르기를 하나님이 없다 하도다
> (시 14:1)

2. 창세기의 저자는 분명 모세이다. 그렇다고 해서 모세가 하나님을 탄생시켰나?

성경을 보는 관점에 따라 대답이 갈라질 수 있다. 창세기의 저자가 모세라는 단순논리에 의존한다면 '모세가 하나님을 탄생시켰다'는 말이 설득력을 가진다.

그러나 신학용어에 '유기적 영감설'이 있다. 성경을 기록할 때, 성령님께서 선지자들과 사도들에게 감동을 주시어 하나님의 뜻을 기록하게 하셨다. 하나님께서 선지자들과 사도들의 개성과 지식과 사명감과 문체를 그대로 사용하시되 오직 성령께서 주장하셔서 기록하도록 하셨다. 기록상 하나님의 교리에서 벗어나지 않도록 지시하시고 감독하시므로 오류가 생기지 않도록 하셨다.

따라서 성경은 사람의 손으로 기록되었으되 정작 글을 쓴 이는 하나님이시다.

이해를 돕기 위해서 예를 하나 들어 보자.

멀리 떨어져 사는 아들이 노부모에게 편지를 보냈다. 글을 읽을 줄 모르고 쓸 줄도 모르는 노부모는 아들에게 답장을 쓰는데 손주의 손을 빌린다. 손주가 받아쓴다.

"아범아 보아라."

편지를 받는 이의 입장에서 볼 때 이 편지가 누구의 편지인가? 글씨를 쓴 아들의 편지인가, 아니면 불러 준 아버지의 편지인가?

3. 죽지 않는 삶은 값어치가 없다. 형벌이다

과연 그럴까? 해석하기에 따라서는 그럴 수도 있다. 백년, 천년을 산다고 해도 골골대는 삶이라면 그게 무슨 행복일까?

기독교가 말하는 영생의 개념은 '육신이 죽지 않고 영원토록 사는 것'이 아니다. 육신의 허물을 벗고 새 사람이 되어 새로운 세상에서 영원토록 새로운 삶을 사는 것이다.

성경은 영생에 대해서 이렇게 말하고 있다(계 22:1~5).

1 또 저가 수정 같이 맑은 생명수의 강을 내게 보이니 하나님과 및 어린 양의 보좌로부터 나서

2 길 가운데로 흐르더라 강 좌우에 생명 나무가 있어 열 두 가지 실과를 맺히되 달마다 그 실과를 맺히고 그 나무 잎사귀들은 만국을 소성하기 위하여 있더라

3 다시 저주가 없으며 하나님과 그 어린 양의 보좌가 그 가운데 있으리니 그의 종들이 그를 섬기며

4 그의 얼굴을 볼 터이요 그의 이름도 저희 이마에 있으리라

5 다시 밤이 없겠고 등불과 햇빛이 쓸데 없으니 이는 주 하나님이 저희에게 비취심이라 저희가 세세토록 왕노릇하리로다

Ⅲ

누구를 설득할 목적으로 이 글을 쓰는 것이 아니다. 문학적으로 나는 선생님의 글에 대해서 이러니저러니 한 마디도 말할 자격도 없고 실력도 없다.

다만 선생님의 글을 읽고 발견한 것은 진리를 찾아 애타게 호소하는 주인공의 외침을 들은 것이고, 그 외침에 답을 줄 수 없는 세상의 무기력에 대한 아쉬움이며, 인간의 오만함이 영적 세계에 대한 무지를 불러들였다는 안타까운 마음이다.

주인공 '그'의 고민은 모든 사람의 공통된 고민이다. 또한 진리를 발견하지 못한 주인공의 몸부림은 똑같은 고민에 처한 모든 사람들의 몸부림이다.

비록 목사라 하더라도 거듭나지 못한 채 목회생활을 하는 사람은 주인공과 똑같은 고민으로 몸부림치게 된다.

허무맹랑한 이야기 같지만 이와 같은 고민의 열쇠는 신학용어로 '중생(거듭남)'에 있다고 나는 감히 주장한다. 거듭난다는 것은 성령의 강권적인 역사로 생각이 바뀌고 인식이 바뀌고 관점이 바뀌어서 인격 자체가 새로워지는 것이다.

거듭난 사람은 우선 하나님의 존재가 무조건 믿어진다. 하나님에 대한 경외심이 생기므로 술에 취해서 거짓말을 하고 간음을 하고 간통을 예사로 하던 지난날 자신의 모습이 얼마나 추한 것인지 절실히 깨닫게 된다.

그 고통이 말할 수 없이 크게 느껴져서 가슴을 쥐어뜯고 통곡을 하며 회개하기에 이른다.

그렇게 되면 세상이 다르게 보인다. 세상이 온통 새롭게 보인다. 그것이 거듭난 사람의 특징이다.

이런 말을 하는 것이 혹시 선생님께 누가 되지 않을까 걱정스럽기는 하지만 나는 목사가 된 후 30년이 넘게 선생님의 회심을 위해서 기도해오고 있다.

술에 취하고 음란한 짓을 아무런 가책도 없이 예사로 해대는 것이야말로 예술인의 특권이라고 자부하던 내가 어느 순간 중생을 체험하고 목사가 된 것처럼 선생님께도 이런 놀라운 체험의 역사가 일어나기를 빌고 또 빈다.

이 책은 아마도 이 세대를 향한 가장 절실한 질문을 던진 책이라고 나는 생각한다. 많은 사람들이 이 책을 통해서 스스로 고민하다가 결국 중생의 체험을 함으로써 일생일대의 좋은 해답을 찾는 계기가 되기를 바라는 마음 간절하다.

장편연작소설
멀리 멀리 갔었네

지은이 / 이동희
펴낸이 / 심보화
펴낸곳 / 도서출판 풀길

2018년 12월 15일 1쇄 인쇄
2018년 12월 20일 1쇄 발행

서울 종로구 율곡로 13가길 19-5
TEL : 567-9628(팩스겸용)
등록 / 제300-2002-160호
Printed in Korea 2018 ⓒ 이동희
저자와의 협의에 의해 인지 생략

값 15,000원
잘못된 책은 바꿔 드립니다.
ISBN 978-89-86201-38-3